U0478857

有一种力量，叫文学；
有一种美好，叫回忆；
有一种感动，叫青春；
有一种生命，在鲁院！

鲁迅文学院「百草园」书系

梅兰竹菊

王博生 ◎ 著

一部充满挚爱之情
与人生感悟相关的散文集

MEILAN ZHUJU

江西高校出版社

图书在版编目（CIP）数据

梅兰竹菊/王博生著. — 南昌：江西高校出版社，2017.5
（鲁迅文学院"百草园"书系）
ISBN 978-7-5493-5177-0

Ⅰ.①梅… Ⅱ.①王… Ⅲ.①散文集—中国—当代 Ⅳ.①I267

中国版本图书馆CIP数据核字（2017）第052267号

出版发行	江西高校出版社
社　　址	江西省南昌市洪都北大道96号
总编室电话	（0791）88504319
销售电话	（0791）88505573
网　　址	www.juacp.com
印　　刷	北京一鑫印务有限责任公司
经　　销	全国新华书店
开　　本	700mm×1000mm　1/16
印　　张	16.5
字　　数	220千字
版　　次	2017年5月第1版 2020年7月第2次印刷
书　　号	ISBN 978-7-5493-5177-0
定　　价	43.00元

赣版权登字-07-2017-224

版权所有　　侵权必究

图书若有印装问题，请随时向本社印制部（0791-88513257）退换

目录 Contents

超然短章

曲水流觞 …………………………………… 1
诗韵琴声觅知音 …………………………… 3
一湖水 ……………………………………… 5
傍晚时光 …………………………………… 7
湖畔荷韵 …………………………………… 8
花之缘 ……………………………………… 10
半个下午的时光 …………………………… 12
残雪·早春 ………………………………… 13
秋·荷语 …………………………………… 15
秋·荷殇 …………………………………… 16
有名的花与无名的花 ……………………… 17
美的认知 …………………………………… 18
呼和浩特的月亮 …………………………… 19
孤独前行 …………………………………… 20
她 …………………………………………… 22
文竹的生命力 ……………………………… 25
折翅的飞鸟 ………………………………… 28
等 …………………………………………… 30

野蝴蝶 …………………………………… 32
国色天香第一枝 …………………………… 34

梅兰竹菊

梅 ………………………………………… 36
兰 ………………………………………… 39
竹 ………………………………………… 44
菊 ………………………………………… 59

故园情怀

早　逝 …………………………………… 84
大爱·母亲 ……………………………… 86
忆菊花 …………………………………… 89
最美好的记忆 …………………………… 93
辣丝子 …………………………………… 99
诸城烧肉 ………………………………… 101
食在诸城 ………………………………… 103
山的影子 ………………………………… 106
故乡的山 ………………………………… 108
梦想与未来 ……………………………… 129

运河九章

一、大运河 ……………………………… 131
二、运河源 ……………………………… 133
三、通州塔 ……………………………… 138

四、运河节 …………………… 142
五、运河魂 …………………… 146
六、运河桥 …………………… 149
七、运河号 …………………… 153
八、杭州湖 …………………… 156
九、运河情 …………………… 159

都市速写

阅读时光 …………………… 165
城市里的暴风骤雨 …………… 169
斑马线 ………………………… 172
堵　车 ………………………… 175
疱疹之痛 ……………………… 177
城市与狗屎 …………………… 181
修行者说 ……………………… 183
历史的印迹 …………………… 186
功　夫 ………………………… 189
"题壁文化"——写在凉亭上的杂诗 …… 193

文者无畏

互联网时代的文学 …………… 202
糊涂论 ………………………… 205
论修养 ………………………… 207
傻子概念 ……………………… 210
为了夜晚的来临 ……………… 212
诗人的不幸 …………………… 214
读书与赚钱 …………………… 217

文友的悲哀……………………………… 218
一颗牙齿的脱落……………………… 220
四十不惑……………………………… 222
让梦想变成现实……………………… 225
2011年跨媒介诗歌节散记 …………… 228

生命旅程

我的十万大山………………………… 235
永德寻"根" …………………………… 238
岳阳·南湖一夜……………………… 239
广州印象……………………………… 241
即墨的海与山………………………… 244
千年古镇长辛店……………………… 247
密云云岫谷…………………………… 251

曲水流觞

——中国兰亭书法节曲水流觞记

甲午三月三,群贤聚兰亭。越王种兰于会稽山阴,后人建亭纪念,兰亭之名,流传百世。兰亭圣地,羲之故里,书法之乡,人文荟萃。上古祭大禹,诗人思陆游,文豪数鲁迅,巾帼有女侠,自古名流之地,历史文化名城。桃花点点,草绿柳黄,小桥复流水,乌篷穿水巷,江南特色水乡。处处墨香文迹,坛坛黄酒飘香,老绍兴,最是江南。

曲水流觞,古代闻名者有三人,羲之为书于兰亭,苏轼为文于诸城,乾隆为雅于故宫。后人不胜枚举,自羲之之手,薪火相传,书风不灭,千年不断。

漫山竹影婆娑,溪间幽兰飘香。今人穿作晋人裳,穿越古今。优雅粉装仕女,分列曲水两旁,恭候贵宾到来。红提篮,黄滕酒,三炷高香祭拜,柳枝点水净身。竹林紫烟弥漫,悠扬乐曲渐起。素衣古琴女,长袍吹箫男,琴声悠,箫声长。红衣少女穿林间,眉目传情,飘飘欲仙,轻盈修禊舞蹁跹,长袖舒展,不似在人间。

鹤发美髯公,童颜寿眉长。挥笔写大字,举杯赋诗章。德高望重者来自海内海外,海峡两岸,"兰亭七子",朝气蓬勃。墨池边,善挥毫,曲水旁,敢饮酒,流觞处,会作诗。

溪流清澈,望穿石板。片片花瓣,红黄粉色,觞盏如小舟,仕女自上游平石板小桥处放下,七拐八转,九曲顺流而下,到宾客处停留，红衣仕女以竹笊篱，于水面捞起，送至宾客前。宾客初始推让，随后欣然接受，再之呼仕女上酒，饮罢酒后吟诗，书于题板之上。酒兴相助，美女相伴，众人期盼，渐入佳境，开怀大饮，奋笔疾书，墨落宣纸成佳作……好一派盛世书会，高雅不独赏，热闹不落俗。真可谓，空前绝后，风流尽致！

  王羲之，《兰亭序》，无意写就永恒，世人皆临摹，无人可超越！羲之诸人去，觞盏传后人。书风在，风流千古，至今不变其形；黄酒香，飘香百世，其味亦能醉人。文字、书法，民族文化象征，国人精神所在。流觞！流觞！古人醉，今人醉，后人皆醉！

诗韵琴声觅知音

——清明诗会侧记

清明雨,花溅泪。琴声悠悠,诗声朗朗。小院不同往日,今日柳艳人媚。玉指轻弹,扶琴问天地,何处觅知音?一曲《高山流水》如醉如痴,一曲《阳关三叠》借问故人今何在?

一首《清明》一千载,多少行人欲断魂?一轮明月照千古,月依旧,诗人化作尘埃去,留下诗词传人间!《水调歌头》,明月几时有?把酒问青天。苏公今何在?想当年,超然台上,呼朋唤友,通宵达旦,举杯畅饮,酩酊大醉,何在?左牵黄,右擎苍,聊发少年狂,何在?无言以对。唯吟千古名句,仿佛可以与诗人远隔时空再次交流。

琴声不断,诗声不断。轻声吟流水,高亢唱群山。一首《春江花月夜》,海上明月共谁生?我用心声唤故人,故人却远在天之涯海之角。怎么可能听到我的心声?

不听也罢。我自狂吟我自醉,无人伴舞我独舞!素衣长袖,轻盈似蝶,娇柔似柳,为君一舞到天明。红靴起落,蜻蜓点水,指触琴弦,为君一曲到天涯!长发飘然,谁会为我挽起?似水柔情,谁会解我心忧?

千里觅知音,知音今何在?琴声停时吟声止,清明日,诗与琴,最默契。

君不见，黄河之水天上来，奔流到海不复回。
君不见高堂明镜悲白发，朝如青丝暮成雪。
人生得意须尽欢，莫使金樽空对月。
天生我材必有用，千金散尽还复来。
烹羊宰牛且为乐，会须一饮三百杯。
岑夫子，丹丘生，将进酒，杯莫停。
与君歌一曲，请君为我倾耳听。
钟鼓馔玉不足贵，但愿长醉不复醒。
古来圣贤皆寂寞，惟有饮者留其名。
陈王昔时宴平乐，斗酒十千恣欢谑。
主人何为言少钱，径须沽取对君酌。
五花马、千金裘，呼儿将出换美酒，与尔同销万古愁。

——李白《将进酒》

一湖水

一湖水，映过日，映过月，映过朝云，映过晚霞。风吹过，雨淋过，白云自天际飘过，云影自水面捋过。鱼群在湖水中自由地游走，湖水是它们快乐的家园。轻舟横卧湖面上，随湖水荡漾。有人将它滑向湖的深处，湖面便划开一道水迹，越来越远，越来越宽。恋人们偎依在湖畔，甜言蜜语让湖面泛起爱的涟漪。多少人在这明净的湖岸，相聚相离，相扶前行……这湖水见证过多少风雨、多少聚散，波澜不惊，湖水无恙。

一湖春水，映过岸边桃花娇媚的魅影。朵朵含笑，朵朵含情。只是春光太匆匆，刚刚见你粉红的笑脸，转眼便是纷落的花瓣。点点离愁，点点哀伤。像无数滴掉在湖面浮在水面的泪珠，不见不伤。是谁辜负了这春光？是谁辜负了这娇媚的桃花？又是谁辜负了这一湖春水……

一湖夏水，映过离岸荷花羞涩的丽影。绿伞盖，布满湖面。尖尖荷，在碧绿的叶子间亭亭玉立。不等盛开，便有蜻蜓立在上面……悄悄地，悄悄地，羞涩地开满盛夏的湖面。即使能阻止游人的亲近，却挡不住他们贪婪的眼睛，更挡不住飞舞的蜜蜂与蝴蝶的亲吻。你惊艳了整个夏天、整湖的水，仿佛一切都是为你而存在。在你残败的那一刻，湖便没有了绿的呵护，夏便不再存在了……

一湖秋水，映过垂柳千条柔顺的倒影。它随风摆动着柔软的细细腰肢，不时地亲吻着波光粼粼的湖面。一枚枚黄色的叶子，不情愿地离开了树枝，不情愿地投入湖里，不情愿在浮在水面，改变了湖水的颜色，为一湖秋水涂上了油画的色彩，增加了秋的诗意。

这秋水，最明媚，最阴柔，最让人怀恋。它能映出一个人的心事，或孤单，或落寞，或兴奋，或高亢，或沉沉的哀思，或拳拳的爱恋……

秋水如镜，映着无数往事，映着无数未来……

傍晚时光

傍晚，少不了的夕阳，夕阳下的波光，波光里的鱼跃。游船归岸，倦鸟归林，只剩下蝉鸣，只剩下一群贪玩的孩子。拉风琴的老人，独自坐在夕阳下，拉一曲自己喜爱的曲子，拉一个属于自己的傍晚。

荷，静立于湖面，碧绿于水面之上，粉嫩于荷叶之间。少了游人的目光，多了一分静谧与安详。三五只锦鲤打破了宁静，像是在荷叶间游戏，像是迷失在密密匝匝的荷丛里，找不到出口，只得在荷梗的夹缝间左冲右突，终不得归程。

红的霞，映着静谧的湖面。湖面便穿上了傍晚的余晖做的衣裳，湖便有了天空的色彩，极目处，天水一色，这园子便有了暮色里的生机。

两只野鸭，自荷林中窜出，追逐着冲向湖中心，划破平静的湖面，划出一个粼粼的扇面，自荷岸不断扩大延伸。大约有一箭的距离，头鸭终于疲于追逐，拍打着翅膀，飞离水面。于是，两只野鸭，几乎同时在湖面飞起，形成一个优美的弧线，掠过大片荷面……

一切回归于寂静，无论浮华的都市，还是漂泊的人生；一切回归于自然，不管是昔日的辉煌，还是今生的落寞。激情过后，波澜不惊。夕阳短暂，而夜漫长……

湖畔荷韵

  我所见到的你的美，是那么安详、宁静，美如处子。水中莲花，污泥不染，宠辱不惊，坦然面世……身处闹市，却不改自身特质。
  雨中的莲花更美丽。还记得你的模样，那个雨后的夏日，你玉立在水中央，如出浴美人，清丽，淡雅……只可远观，不可亵玩。
  一个夏天，两个园子。一池莲，一湖荷，美不胜收。可惜，总是来去匆匆，连片刻的停留都不能。如果可以，我想坐在岸边，一个早晨，或一个下午，或一个傍晚，守着一湖荷花，静静地看着它们，看着它们悄悄地开着花，安然于水面，不受外来的干扰，开出一个属于自己的夏天。这城市的一角，难觅得一片这样的荷。喧嚣后的美，比自然的美更可贵。
  想着要见你，心就开始乱了……我想在你到来之前，让湖畔的荷花开得更多、更大、更美。我想让你看到一个繁荷盛开的场景，让全部的荷来欢迎你。你和荷花同时出现在眼前。我不知道是欣赏荷花还是欣赏你。你与荷一样的美。荷有千万朵，而你是唯一的。你站在湖畔的堤岸，倚栏观望，长发在风中跳舞，长裙在风中飘动，美得像女神，令千荷在风中频频向你点头示好。你目光专注，不说美或不美。荷中有你，你中有荷。你与荷融为一体，仿佛你是其中开得最大最美的一朵。此情此景，定格在记忆的深处，如同相机拍摄到的画面。
  我不敢看你。你的眼神容易灼伤我的眼睛！一双猫一样清澈明亮的眼睛，让我胆小如鼠。你惊艳了一个夏天。你惊艳了一湖荷花。我呆呆地站在你面前，语无伦次，神魂颠倒。这不能怪我，是你的到来，打乱了我的生活。前世今生，我们的相遇如此偶然，美好中留着一些伤感。就像一切都不完美，除了你与荷。

莲花池畔，北京西站。荷叶点点，小舟荡漾，野鸭飞处，锦鲤遨游……从小荷初露，蜻蜓点水，到花瓣飘零，莲蓬盛盘，一个夏天将在蝉鸣中渐渐隐去……

花之缘

　　春已逝，花依旧，人空瘦。空谷不见幽兰，我自伤感！众人见繁花盛开便欢喜，唯独我见花开便悲伤！众人只羡慕花的艳丽与芳香，唯独我看见遍地落红而感慨……

　　从春到夏，从夏到秋，花群便争相在属于自己的时节开放，然后便匆匆谢去……月复一月，年复一年，每一次见到花开，我便暗自伤感。她们是这个世界最美最美的植物！有少女的含羞，有少妇的风韵，有母亲的慈祥。

　　我从小爱花。爱养花，但不喜欢养小动物。大人们都嘲笑我，说一个男孩子怎么喜欢养花呢？我常为此感到羞愧，常问自己，我不应该养花吗？那些花那么美，千姿百态，赏心悦目，花香四溢，难道世界上还有比她们更美的东西吗？

　　如果没有养过花，便不知道花子或幼苗落进盆里慢慢长大的过程。一片叶，两片叶，一个枝，两个枝，一个花苞，两个花苞，一朵花瓣，两朵花瓣。她们不同的花姿，不同的颜色，不同的芳香，都让人沉醉。从小和种花养花的故事有一大串，说来话长。

　　后来我读冯梦龙的《醒世恒言》，第四卷有一篇《灌园叟晚逢仙女》，羡慕秋公，他是真正的护花使者。我便幻想，有一天我也会有一个大花园，里面种满各种各样的花，让每个季节都有不同的花开放。我会认真养护每一株花。有一天，花园里突然出现一群美丽的仙女，她们是牡丹仙子、荷花仙女、桃花仙子、梅花仙子……个个楚楚动人，芳香四溢。

　　千姿百态的花中，我到底喜欢哪种花呢？这个问题其实是难倒了我的。我要说喜欢某一种花，那是我违心。我要说全都喜欢，你会说我泛爱。因此，我想说每一朵花开都是美的，每一种花都有属于她们自己最美的一朵。

　　花是为世界上所有的女人开的，更是为所有的男人开的。珍惜她们，爱护她们，使她们不被踩躏，让我们的世界处处开满鲜花，生活会变得更加美好。

半个下午的时光

半个下午的时光，从中午到太阳偏西，再从太阳偏西到夕阳西下。

半个下午的时光，从孩子那里找回童年的记忆，她要捞鱼，你就是渔；她要扑蝶，你就是宝钗；她要天真，你就要灿烂；她要耍赖，你就是赖皮。"孩子，时光都去哪里了呀？""爸爸，时光还有呀，只是不知道你的时光去了哪里了。"她调皮地嘻嘻笑着。

半个下午的时光，就是在湖里野泳，从湖这头，游到湖那头，再从湖那头，游回来。

半个下午的时光，就是把充满气的皮划艇，放到水里，和心爱的人一起划到湖中心，再划到树荫下，聊到月上柳梢头。

半个下午的时光，就是在树荫下的长椅上躺着，享受酷暑中难得的清凉。

半个下午的时光，就是在小店门口，忙着为口渴的游人提供瓶装矿泉水。

半个下午的时光，就是把鱼钩一次次甩到水里，再把小鱼钓到水桶里，一条两条三条，或者半个下午一条都钓不到，然后不卑不亢地回家。

半个下午的时光，就是花静静地开，悄悄地败，看蜻蜓点水，蝴蝶翻飞，鸭子下水觅食，蝉不停鸣叫……

半个下午的时光，时间偷偷地溜走，而不会告诉你。

残雪·早春

寒流退却，残雪消融，乍暖还寒。但，谁能挡住这春天的脚步？打开尘封的窗户，让丝缕新春的风吹进来，打开孤寂的心扉，让春天进来。一切的一切原本是美好的，令人陶醉的，而我们（人类）一直在自寻烦恼！

贪婪，是多么可怕！让原本美好的一切不再美好！因此，我所看到的与你所看到的有多么不同！我所要追寻的与你所追寻的有多么不一！我所梦想的与你所梦想的差之千里！世界开始狂躁不安。所有的秩序已乱。法律并不能约束所有！恐慌占去了平和。无形的网网住自由的生命！从此，我们不断挣扎……

罢了！

天道自然。

在乱世中随遇而安。

记不清多少次站在这里看夕阳西下。残美如血，照在湖面，波光粼粼，塔影细长，俏丽地印在水面上，不惊不破，直至夕阳的余晖不留一丝痕迹。

一切归于平静。夜，悄然而来。从远古到现在，几千年不变！

黑暗中亮起的霓虹，让夜充满欲望。

临水而居，依花而眠。春风吹不去的春愁像夜色，你不在，春不敢远去。等你来！花不败，春常在……

春天的脚步，不快不慢，不急不躁。该开放的自然开放，该凋落的自然凋落。匆忙的春太短,悠闲地尽享春光。你走你的,他走他的,同一时光里不同的路,但一样会失去这个春天。看看吧,我们都收获了些什么?
……

老去的春光

一开始
便老去
山桃
碧柳
迎春
连翘
恋人
爱情
以及
婴儿的脸
少女的脸
恋人的脸
……
没有什么是永恒
即便曾经的誓言
转眼就是暮春
而你只留念花开的季节

秋·荷语

舍不得这一池清水，它为我优雅的美默默奉献。洗涤满身污泥的是它，倒映伞盖的荷叶与出浴的美人的是它，托浮着凋零的花瓣的是它，日夜厮守的是它，不离不弃的是它……如今，葬我心身的还是它！

够了。

爱，就一个字。

生死不离。

没有你，我什么也不是！

没有你，我不会有如此美丽的一生！

哪怕如此短暂，像流星划过夜空，像烟花美丽地绽放，像流云装点过蓝天……

我是一朵盛开的荷，如此羞涩、如此大方地盛开，没有掩饰，也不虚伪，开在你的怀里，最终死在你的怀里，为你生，为你亡……

别说草木的世界里没有真情，这水中的荷，正为曾经的誓言，化作人世间最后的美！

……

秋·荷殇

凌乱的荷池，凌乱的水面，再也见不到往昔你碧绿的伞裙、粉色的花冠。悲怆的秋来临之前，你退却粉妆，凋零金线，让莲蓬结满莲子，等待麻雀叼馋的喙，啄出你的莲子；等待采莲人采到竹篮里，划着小船离开；等待穿着黑胶皮防水服的挖藕人，将一段段藕从黑色的淤泥中挖出，装进竹排……

藕断丝连。

洁来洁去。

谁去怜惜……

荷，短暂一生，却惊艳一夏。荷之殇，只有爱她的人才会为她心伤……

昔日那满园的繁花，无处觅踪影。只见残枝枯竭，黄叶遍地，暗香残留，仿佛见你当年风姿，风中摇曳，月下含羞……

有名的花与无名的花

有名的花与无名的花都如期而放。有名的花开时，无名的花也开。

人们总以为花是为他们开的，只有得到了人们的欣赏，花开得才有价值。"其实，人类啊，你们错了。"花说。花以为，它们是为自己开的，有人或无人，它们都会按季节、按花时，自然而然开放。少了人类的欣赏，花开更安然，更能与自然融为一体。其实，花是属于自然的，只不过人类自作多情。其实，人也是自然的。而人类总是错误地认为，自然是他们的。

美的认知

  美是公认的，不要故弄玄虚。诗歌、音乐、绘画，艺术家所要表达的都一样。我们总是低估大众的审美水平，认为他们不懂美和艺术。所以，艺术家把艺术搞得过于艺术，从此，它便高高在上，无人能及。其实，艺术家更应该走下去，在民间与自然中汲取营养，这样创作出来的作品，更有生命力。

呼和浩特的月亮

（呼和浩特出现少有的阴霾天，午夜下起了小雨，而明天必然天朗碧空，为草原上的昭君文化节带来吉祥之气。）

云霾掩盖不住光华，即使露出半个脸盘，也要用余光照亮大地。总有一天，云开雾散，你便能重见天日，整个世界尽收眼底，所有人都会为你瞩目！

  一洗月光
  照亮如漆的草原
  山丘披上平坦的银裳
  牛羊知道牧人的帐篷
  迷途的人儿找到方向

  淡淡月华
  照过古今
  今夜无眠
  月光相伴
  听一首草原的歌悠远而绵长
  看一群牛羊飘过无限的山川

孤独前行

孤独是什么？

孤独是一个人在这世界上寻寻觅觅；

孤独是在静静的夜晚，守着一盏灯默默地思索；

孤独是失去恋人后独自漫步在郊野；

孤独是年长的老者失去同伴时的悲痛；

孤独是一个人走在空旷的街头；

孤独是在拥挤的人流中匆匆穿行；

孤独是走在陌生的世界里，忆起遥远的故土与浓浓的乡情时的悲哀呵！

孤独是人生的起点与终点！

我深信了孤独，孤独更钟情于我。于是，背起沉重的行囊，奔向一座陌生的城，在尘风世雨中，流浪我的心，放纵我的性。像野马，无羁无缰，任我由一座城转向另一座城，由一座山转向另一座山，由一条河转向另一条河；这世界，对我永远是这么熟悉而又陌生！

走向拥挤的街头，不必担心谁会喊出自己的名字，也不会遇到一张熟悉的面孔，只是一往前行，走向哪里，哪里就是目的地。旅途中，你可以自由地哭，也可以自由地笑；可以匆匆地来，可以匆匆地去……

孤独是我的同伴，

寂寞是我的同伴，

忧郁是我的同伴，

痛楚是我的同伴……

我这样生存着，像永远地逝去了。忘记了还有多少书要去读，忘记了还有多少事要去做；忘记了我曾经钟情于谁，忘记了谁曾经热爱于我；忘记了山上的花是红得怎样艳目，忘记了河里的水是清得怎样透明……

忘记了呵！雁来雁去，春夏秋冬。忘记了呵！月圆月缺，岁岁年年。

我独自走着，在风中，在雨中，在分分秒秒的时空中，我独自走着。

相信了眼泪，却不相信痛苦；相信了短暂，却不相信永恒；相信了心的沉默，却不相信梦的缥缈；相信了孤独，却不相信这就是命运！相信了我不相信的以前，相信了我不相信的明天……

啊！啊！这即将来临的是山洪吗？是火山喷发吗？还是山崩地裂，天翻地覆？或者是瞬息间的毁灭？

哦，没有！都没有呵！我依旧是这样沉默。孤独地走着我的路，孤独地唱着我的歌，孤独地祈祷上帝，孤独地朝拜太阳，不为一丝怜悯，不为一点祈求，只为孤独的梦中，我孤独地前行。

她

她坐在课堂上，我站在讲台上。这是个热门专业，来学习的大多是刚走出校门的女学生，或是某公司的女职员。只有她与众不同，吸引我的目光，牵引我的神经。她是谁？她叫什么名字？她始终低着头，默默地听讲，认真地做笔记。下课时我查了报名表，有一个名字进入我的眼帘，像是魔语一般，让我脱口而出。或是某种预感，或是巧合，她夹在下课的同学中向讲台走来。"老师，是叫我吗？"哦，真的是她。这让我感到不知所措。

她站在那里，如玉树临风，亭亭玉立。洁白的短袖上衣，精致、小巧，黑色的轻纱短裙，刚好过膝，往下是白的丝袜，裹着两条芭蕾舞演员特有的小腿，脸如古典美人，形同小家碧玉。我不敢直视她的眼睛……

她锁住了我的眼神，她俘虏了我的身心。爱不需要语言，只需一个眼神，或者一个神态，就能知道恋人所想，因为我们心有灵犀。在她没有出现的地方，我看不到太阳，看不到光明，只有迷茫与孤寂。

她走在校园的林间小路，我站在远处看她身影。

她穿过马路，左顾右盼，紧张地走进校门，我在等待她的出现。

她坐在电脑前，长发及腰，黑得自然、健康，散发着少女独特的魅力。她的手指细长，洁白如玉雕而成，灵巧而熟练地敲打着键盘，仿佛天使在舞台上演奏钢琴。

她给了我灵感，给了我诗，给了我爱情，她给了我新生的力量。

我的生活因她而改变。爱情因她而悄悄来临。我是幸运的，我是幸福的。我的微笑洋溢在碧波轻荡的湖面上。杨柳的细长手指轻拂我的头发，弯月散发出银色的光芒，为我铺展小路，星星是那么热情地眨着眼，为我祝福……

这个夏天和以往所有的夏天不同；这个秋天和以往所有的秋天不同；这个冬天和以往所有的冬天不同；这个春天和以往所有的春天不同。这是一个收获的季节，收获爱情与幸福。夏天的太阳不炎热，冬天的气温也不寒冷，我们走到哪里都充满诗意，哪里都散发着淡淡的玫瑰花香。走在拥挤的人群中，我们手挽着手，时而谈笑风生，时而默默注视，时而紧紧拥抱，时而忘情地亲吻，旁若无人，形同一人。

或傍晚，或早晨，或白天，或深夜，在我们相约的地方——一个格格的墓地公园。这里有高大的松树，密密的松林散发着松油的香味。这里绿茵如毯，鸟儿鸣叫，音乐喷泉在演奏没有休止的曲目。没有城市的喧闹，远离世俗的束缚，还有一个关于格格的美丽传说。也许格格生前没有想过，她死后的墓地是这样宁静而幽美，还有许多年轻的心和她做伴，让她永不寂寞。我们走在月光下、春光里、细雨中、落叶里、夕阳的余晖里……这是一个永远年轻的世界。沉醉不知归路。

紫藤爬过石柱，盖住整个长廊，紫粉色花串从长廊上垂下，像葡萄样儿，花香让你透不过气来；凌霄缠着一株死了的松树干，一朵朵淡黄色的喇叭花在晨风中颤动，犹如松树的外衣；茑萝也不示弱地把五角星布满了石头做的盆景。她一个人幽然自坐，背依在廊栏上看书，像一幅极美的绘画。

这个季节是特意为她安排的，大街小巷都在叫着她的名字，为她歌唱，歌唱她的美丽与善良。邻家的小狗看见了她，一改往日的凶相，温顺得像只绵羊，摇头摆尾，目光温和；看门的老人看见她，眉开脸笑，高兴地帮她提着购买的物品；邻居们见到她，目光聚焦，赞她的美貌，问我她是谁，我只是微笑，而她是那样娇羞。

她给了我无穷的联想，还有泉涌的诗篇，而我的诗句又这样苍白无力，对她。尽管我已做了最大的努力，还是不能展现她的美丽。

哦，白痴的想象力，你不能想象出一个完美女人的样子。语言再多，再精美华丽，也是徒劳。

她的文笔极好，我们有共同的爱好。读她的信常让我自叹不如。我梦想成树，张扬，伸展四方，而她说情愿做大树身边的小草，喜欢平淡静谧的生活。我在浪漫中追求永恒，她在短暂中向往无限。

她像一块自然天成的美玉，至臻完美，没有半点瑕疵，也无须再去雕琢。她的感情细腻而真诚，思维敏捷而聪慧，待人宽容而坦诚。在她的内心，完全是至善、至美、至纯的世界。女性的美与人性，在她这里得到了极致的体现。这是我一生的幸运，是缘赐给我一切——她和爱。

我担心世俗会把她改变，而我却无法阻挡世俗对她的侵袭。我想带她去世外桃源，但我不是陶渊明，也不是范蠡。我向往一种与世无争、自由自在的生活，而我们都不是神仙。世上哪里还有什么世外桃源？连鸟儿都没有一个静谧栖息的地方！谁能知道一张洁白的纸用世俗的笔会画成什么样？她又会改变多少……

文竹的生命力

　　文竹不是竹。只因为它的叶片轻柔，常年翠绿，枝干有节似竹，且姿态文雅秀丽，故名文竹，是"文雅之竹"的意思。也有人叫它云片松、刺天冬、云竹。文竹是多年生常绿藤本观赏植物。

　　小燕子在住校的时候，买了一盆文竹，放在她们宿舍的床头柜上，点缀一下女孩子的房间。她们毕业了，要搬家，东西很多，房间的地上又脏又乱，全是被遗弃的物品。我在房间的角落里发现了它，便把它捡了回来，放在了办公室的案头上。文竹很瘦小，只有两棵，一高一矮，错落有致，花盆也小，还没有茶杯大，很袖珍，看上去既文雅又秀气。有了它，这间房子里便有了绿色的生机，尽管它很不起眼。

　　放暑假后，所有的人都离开了学校。因为事多，又出了趟远门，回到北京后才想起来办公室里的文竹，匆匆忙忙赶到学校，打开房门，发现地上和桌子上落满了灰尘。因长时间不通风，房间里空气混浊，散发着一股发了霉的气味。走到案前，发现文竹的叶子已经变黄，星星点点的针叶儿落满了花盆和花盆周围的桌面。盆里的泥土早已经干裂，看着它的样子，不免有些心痛，责怪自己不细心，竟然因为放假而遗忘了它，忘记了一个绿色小生命的存在。

　　我急忙去打水，浇了浇花，然后打开窗子，让新鲜的空气进来，又把地和桌子打扫了一遍，让房间清新如初。之后，隔三岔五来学校一趟，为文竹浇水，直到开学。但文竹不但没有活的迹象，主枝也开始变黄，叶子全部掉光了。

"早就干死了，还放着它干什么？"小燕子从家里回来，见了文竹的样子对我说，"不如到花市给你买棵新的来吧！"

我有点犹豫，没有同意，把它从案头移到了北边的窗台上，依旧给它浇水，让花盆里的土保持湿润。

过了一个多月，我在收拾窗台的时候，发现花盆里长出了一段嫩嫩的淡绿色新芽，我又惊又喜，文竹活了！

我剪掉了多余的枯枝，让文竹的新芽更好地生长。后来，文竹又发出一个新芽，渐渐地回复了它以前的样子，翠云层层，叶片纤细，密密的，薄薄的，如同羽毛。数片枝叶组成一个优美的图，宛若仕女头上的发髻。

到了寒假，学校停止了供暖，又没有人置班，我怕文竹冻死，就在放假当天，把文竹带回了家里，放在卧室的窗台上。

春天到了，文竹又从泥土里抽出两棵新芽，越长越旺盛，待新芽长高，完全展开定形，小小的花盆显得有些拥挤，我就从市场上买了一个更大的黑色泥瓦盆，添了些新土，将文竹移栽进去。泥瓦盆虽没有瓷盆美观，但透气性好，有助于花卉的生长。果然，到秋天，花盆里又生出一棵新芽，与众不同的是，它竟比其他几棵高出了一尺多，上头还分出了几个侧芽，一点也没有停止长高的意思。文竹的枝干纤细，长得太高的时候就倒到了一边。我找来一根细长的竹竿支撑，出人意料的是，文竹很快又超出了竹竿的高度。我只好把花盆挪到了靠近阳台门口的地板上，又找来一根更长的竹竿，高度已经接近楼板。文竹依旧沿着竹竿攀援延伸，很快文竹的枝头就到了楼板。已经没有更高的支点可以让它自由伸展了，我只好在竹竿的顶部拉了一根细长绳子，另一头拴在了阳台墙角的排水管上，让文竹的枝头拐了个弯，沿着绳子的方向慢慢爬过去。

不要以为这两三米的距离会满足它的生长，不到一个月，它的枝头已经爬过了排水管子。最后，我只好让它来了个180度的大掉头，让它再沿着绳子爬回来，这样反复几次，直到有一天晾衣服，不小心把它枝头的嫩芽碰断了，才停止了它无休止地延伸。

纤弱的文竹有如此旺盛的生命力，我感到无比惊讶。它的枝干竹节处都长出一个个侧枝，每个侧枝展开定形后，窗前形成了一道绿色的屏障，像绿色的门帘，非常美丽。见过它的朋友或客人都由衷地赞叹这棵文竹。文竹一般是不爬秧的，只有这棵与众不同。

由于文竹的枝干已经固定，无法移动，我也就再没有换过盆里的泥土，现在已经是第十五个年头了。十五年来，没有施过一次肥，只是不间断地浇水，差不多每周一次，使土壤保持潮湿。偶然会在煎鸡蛋的时候，把沾在碗里的蛋清倒上自来水，浇在花盆里，就算是给文竹施了肥。

期间，文竹陆陆续续又长出了三棵爬秧的长茎，我不加修剪，凭它疯长，使窗前的绿色门帘更加翠绿茂密。文竹还开过几次花，一般进入冬季之前，花很小，淡绿色，但不见结果。曾经挖出一棵新发芽的文竹，连根移出来，栽到另一个花盆里，但不见其蔓生。

现在，文竹依旧保持着鲜活的生命力。它从容高雅的气质、亭亭玉立的风韵、高高在上的身影，让你不再认为它文弱。它的骨子里分明透着一种自由向上的精神，只要给它一个支点，我相信它可以爬到九霄云外！

折翅的飞鸟

这是我的向往，高空之上，九霄云外，翱翔，盘旋，像鹰一样。

但我不能。在我自高空跌落的那一刹那，我还在幻想，我奋力拍打着翅膀，想在坠落的时候重新飞起，但无济于事。我努力过了，我从没有想过会有今天，说不上悲惨，也无须抱怨。我发出了向群雁分别的呼唤，它们离我越来越远。那个人字形的队伍失去了头雁，但队形不散，依然是一个优美的人字形。它们将到达遥远的南国，在那里度过一个温润的冬天。虽然我不曾去过，但我知道那是候鸟们的天堂。为什么要离开？为什么要回来？我不愿留在这里，这是一片荒无人烟的河套地带，只有几株树站在岸边，大大小小的鹅卵石组成一片片河滩，我的身体随时都会摔个粉碎。

我不想孤独地在冰天雪地的严寒中死去。

我跌落在一棵柳树枝头，又被柔韧的柳枝弹离在一丛灌木丛里，最后落在一堆零乱的枯黄的杂草里。我挣扎着，艰难地爬起来，只能用一条腿站立，另一只翅膀已残。我试过多次，我拍打着唯一的一只翅膀，起飞总是失败。我庆幸，我还活着。有时候，活着会比死去更加痛苦。

我不敢乱动，我痛苦地哀鸣，没有任何回声。我的同伴已经飞远。我孤零零地躺在荒郊野外，等待我的会是什么……

作为一只鸟，为什么来到这个世界？从破壳的那一天起，我们张开肉小的翅膀，注定要飞翔。大地是植物的，但天空是我们的。我在巢穴里一天天长天，我一次次展翅欲飞，就是为了看到更广阔的世界和天空。有一天，我学会了飞翔。我终于像大鸟们一样，自由地飞翔在无限的天空之上，俯瞰大地上的每一株树、每一座山、每一条河。我是多么骄傲自豪。这属于我的天空。我与白云同行。在冬季到来之前，我已经长成一只强壮的大鸟，我比我的同类更勇猛，飞得更高、更远。我成了迁徙中的头鸟。我要像大鸟们一样，长途飞行，飞越千山万水，1000公里，2000公里，3000公里……飞越荒漠，飞越高山，飞越雪岭，不分昼夜，在风雪雷电中奋力飞翔……向着南国，只为寻找一个温暖的地方过冬。尽管北方荒凉，但到春暖花开，我们还会回来。

这是祖先留下的道路，我们必须遵循这一惯例。这是一条艰难的、漫长的、伟大的迁徙之路。不管路途多么遥远艰辛，我都会带领群鸟克服大自然的考验，无所畏惧。我们别无选择。为了生存，我们必须经历重重危机，最终到达我们要去的地方。

但很不幸，我中弹了。我知道数千里之遥的长途旅行，难免会出现难以预料的事情，但没有想到，行程还没有过半，我便半途而废。

从高空中坠落的那一刻起，我的鸿鹄之志变得越来越渺茫。曾经幻想我会重新站立，或者飞翔，但这两者都不可能。我注定要从一个强者变成残疾。再不能回到我自由飞翔的天空，再不能俯瞰大地，再不能与白云并驾齐驱。再不能……

我躲在草丛里，我生怕猎人路过，或者成为狼狗口中的野餐。我试图爬过那一大片鹅卵石的沙滩。去河边喝一口水都变得异常艰难。在寒冷与饥饿挨过了一个白天另加一个夜晚，我被一场突如其来的雪覆盖。

等

　　小草开始发芽，柳树开始长叶，桃树已经开花，屋檐上的雏燕张着大嘴，等着燕妈妈喂食，思念已久的恋人就站在那棵老榆树下，你只能躲在角落里，偷偷地看她……我们还在等什么？等到绿色的叶子终于在秋风中变黄飘落，草枯黄了，花瓣凋谢，雁南归，恋人出嫁……

　　历史的足迹将埋没一切平庸。每一天，晨曦自东方的地平线上射出，黄昏的余晖消失在西山的屏障。每一年，从"一年之计在于春"开始，到"爆竹声声一岁除"结束，时间就从眼前流逝。快乐和悲伤都随着时间的流逝而消失，生命在一天天长，一天天衰老，而时间从来都不会对某一个人怜悯，停下来等你。

　　我们总是在希望中破灭，又在破灭中重生。在绝望中希望，又在希望中绝望。

　　每一次都伴着痛苦的呐喊，每一次都伴着兴奋的尖叫，那是绝望中的希望。

　　这昆仑山上的一滴融化的雪水，要经历多少次艰难险阻，多少次碎裂毁灭与重新复合才得以归到大海！

　　情与爱，每一次都伴着心跳，伴着失眠，辗转反侧，痛与悲中没有一丝希望，但依旧守候。每一次都在莫名中醒来，又在莫名中睡去。那是相见恨晚的思念，那是刻骨铭心的爱恋。

　　它的美，不能相忘。一座座山，一条条河，一片片肥沃与贫瘠的土地，都是我们的。我们爱它，所以恨它。我们远走高飞，是为了再次回归。我们不带走它的一块泥土，但它完整地待在心底，像我们的母亲，生来就已经注定。

  血总是热的。与恋人，与故乡，它都会沸腾。全身的汗毛林立，我看到它变成凤凰在火中飞舞，在故乡的上空盘旋，久久不肯离去，久久不肯落下，久久……

  这个世界不是你的，也不是我的。但它一直在我心里，每一条流动的河，每一座雄伟的山，每一片飘浮着白云的天空，它是我的。

  我们要张开有力的手臂，去迎接一个个怜悯的目光。

  我们不能，不能等到老了的时候，才去回忆过去的错失，后悔许多事都没有去做，如今力不从心，或者坐在轮椅上写我们过去的时光，一支烟，一阵咳嗽，一个人，一段故事。

  来一次真正的革命吧！哪怕瞬间就化作了尘埃。我们的精神不死，将照亮一切黑暗的世界。来一次真正的暴动吧！像陈胜、吴广那样，剑指咸阳。我所追求的，在漫漫长路上，在希望与失望中不断前行的，我的梦想，我的事业！不在幻想中破灭，就在希望中重生。

  感谢她们！让我获得新生与力量！从此，我明白，不要等！哪怕有一天粉身碎骨。

野蝴蝶

自从学习摄影以来，总想用微距拍些蝴蝶的照片，但没有一次是成功的。那些花丛里飞舞的蝴蝶，非常灵巧，明明落在花蕊上不动的，你一旦靠近，它便扇动着翅膀从眼前飞过，有时候刚举起相机，对准目标，准备按下快门的时候，这小东西又翩翩起舞，飘飘然飞过这个花坛，到了那边的绿地上去了。

前几天去门头沟山里旅游，在深山处的一条小溪旁，一只黄斑点的黑色蝴蝶一动不动地落在一棵不知名的灌木上，任我接近它，再接近它，任我按下快门，变幻角度，始终一动不动，终于拍到了多次没有拍到的蝴蝶图片。直到我拍完了，它依然一动不动地趴在枝叶上头，只要伸手过去，便可以捏住它带斑点的翅膀。

闹市的公园里的那些蝴蝶，见到它们的人，多会被它的美丽吸引，或想捉住它，或想占为己有。由于受了人多喧闹的原因吧，蝴蝶一次次受到惊吓，一次次逃离伸过来的手臂，它们便有了更高的警惕性。只要有人接近，就会快速飞走。而生长在深山里的蝴蝶，很少受到人的骚扰，在大自然中自由飞舞，任意起落，不必担心会有大手从天而降，生活得无忧无虑。我正在羡慕这只蝴蝶，从后边的山道上爬上来三口之家，小男孩手里却提着一根竹竿，尽头有一个专门捕捉蝴蝶的网兜。唉，那只蝴蝶的命运可想而知。我往前走的时候，小男孩在悄悄地接近它，我真希望蝴蝶能一飞冲天，而不是被网在其中，但它还是一动不动地停在树叶上……

蝴蝶变成了我摄影作品中美丽的化身，却又成为小男孩镜框里的标本。

国色天香第一枝

桃花节还没有完，植物园里的牡丹花便争妍斗奇，当仁不让，要赶上这春潮与花海的季节，一展"国色天香"的风姿。牡丹一开，雍容华贵，花容端庄，艳冠群芳，令春天里所有开放的花花容尽失。以国花冠名，花王的高贵圣洁，实在没有别的花能与之相比。

"唯有牡丹真国色，花开时节动京城。"

每年这个时候，景山、八大处、香山、植物园里的牡丹，就成了京城居民、游客争相目睹的目标。植物园中桃红柳绿，牡丹园里繁花盛开，爬山赏牡丹，自然也少不了我。

来西山多次，只为爬山，而这个时候来西山，只为赏牡丹。"黄花魁""泼墨紫""皇冠叠""洛阳红""朱砂红""红云飞片""菱花晓翠"……光听这名字，就能知道牡丹的艳丽与美丽。人们纷纷与它合影，摄影师则把一朵朵盛开的牡丹花，变成了一幅幅摄影作品。

出牡丹园，过卧佛寺，入樱桃沟，沿溪流而上，穿过高大挺拔的水杉林，赏完了曹雪芹《石头记》里的原形"元宝石"，再顺溪流而下，到黄叶村小憩。每次来植物园，曹雪芹故居成了必去的地方。河墙烟柳，薜萝门巷。竹篱茅肆，山环水抱。曲径通幽处，雪芹著书地。一部《红楼梦》，几多儿女情。

《红楼梦》第六十三回"寿怡红群芳开夜宴"中，曹雪芹写道：众人掣签，宝钗先得牡丹一签，题有"艳冠群芳"四字，并镌唐代罗隐《牡丹花》中的一句诗：任是无情也动人。"脸若银盆、眼若水杏，唇不点而红、眉不画而翠。"雪芹把宝钗比作牡丹花，正合乎宝钗的容貌与品性。众人都笑赞：只有宝钗原配牡丹花。后人说牡丹是"人间富贵花"，媚俗，但牡丹与梅兰、竹菊有何不同？不能因为种在富贵权势之家而变得富贵，也不能因为种在普通百姓之家就变得清贫。牡丹花艳而不俗，本性从来没有改变，只是人在从中作梗罢了。

  古代"洛阳牡丹甲天下"，如今菏泽成为"牡丹之乡"。巧的是，曹雪芹纪念馆里正在举办"艳冠群芳——张彦玲工笔牡丹绘画展"，女画家竟然是来自菏泽牡丹之乡的。她曾就读于中国画院，为中国工笔画家协会会员、中国美术家协会山东省分会会员、中国画院一级美术师。她工笔牡丹，工整细腻，构图大方，旷逸新颖，栩栩如生，每一笔都凝聚了女画家的心血与思想。

  更奇的要数女画家的文学修养，在其设计精美的《张彦玲画友会明信片》序言中写道："夫画者，成教化，助人伦，穷神变，测微幽，与六籍同功，共四时并运，故书传其意，画传其神。自古名士多能为之，欲学画者，先知阴阳，通六法，外师造化，内得心源，以真为本，以似为工，方能得其气运，合乎自然。现迹简意淡之古风，去错乱无旨之时病。曹州张彦玲甚留意书画，犹喜写生，所绘牡丹向背低昂，郁有生气，花光艳逸，神采清新。"

  离开展厅，出雪芹小院，正是中午，门旁两棵400百岁以上的老槐树前，有数株牡丹在骄阳下盛放，此时，色正艳，香正浓，赏者如潮。

梅

梅，多么富有诗意的字眼。江南江北的女孩子起名多带"梅"字，像"春梅""冬梅""红梅""蜡梅""梅子""梅梅"等，特别在北方，每个村庄都有叫梅的女孩，每到黄昏，就有母亲喊着她们的名字，叫她们回家吃饭；在城里，站在的某一个住宅区的楼下，大喊两声"梅——梅——"，准会有那么几户人家，打开阳台的窗户，探出几个年龄不一的女子的头来。

人们喜欢梅，不仅因为它的花色秀逸，更因为它"遥知不是雪，唯有暗香来"的崇高品格与坚贞气节，迎雪耐寒，冰枝傲然，幽香宜人。寒风中玉蝶颤动，玉树临风，雪天里绿萼婷婷，疏影清雅。"万花敢向雪中出，一树独先天下春。"梅花是花中四君子之首，二十四番花信之首也当数梅花，被人们誉为花魁。松、竹、梅也被古人称之为"岁寒三友"。梅花，象征着炎黄子孙铁骨冰心之精神，高风亮节之形象，给人以自强不息、坚忍不拔的信念。

越到寒冬，室外的花便越少。这个季节，在北京赏花，人们自然想起了梅，赏梅的地方不过北海、陶然亭、植物园、梅园。还有一处叫作"梅花谷"的地方，在城北昌平的下庄，一对老夫妇花十年时间，利用野生山桃嫁接梅花而成，号称千亩，5000余株，100多个品种，确为北京地区少有，更有那飞绿萼、龙爪、异瓣朱砂、黑美人等品种让游人叫绝。待到二月底、三月初，想那千亩梅花，万枝齐放，亿朵争艳，红则如霞如虹，白则满天飞雪，是何等气派，何等壮观！

若要赏此梅花，也需顶风冒雪，长途跋涉，之后，那眼前的梅花会更加精神，芬芳更加浓郁。

北京的梅花开得迟，在春节前后开放的都是经过精心培育的，为了更早地欣赏到开放的梅花，花农们会把梅花养在温室大棚里，让它早开些日子，赶在春节之前上市。爱梅的人们买一盆放在客厅里，满屋幽香，满目清新，等亲朋好友来拜年，赞美之词不绝于耳。

遇到梅花痴，更会把梅花常年养在家中，像闺中女儿，家中娇妻，娇生惯养，日日端详，越到开花时节，更加喜形于色。古往今来，爱梅、咏梅、画梅的人，数不胜数，千秋不衰，入诗入画，相得益彰。梅书梅谱早有传世，元代就有个爱梅、咏梅、画梅成癖的王冕，在九旦山植梅千株，其《墨梅》画、诗，皆远近闻名。

赏梅莫过于中山公园的梅园，梅园里最著名的要数梅花盆景。每年春节期间，梅园里便多了些爱梅、赏梅的人，园子里的梅花随处可见，假山处梅树枝头含苞欲放，塘花坞内梅花盛开，春意盎然，姿态万千，老干新枝，老态龙钟，虬曲万状，苍劲优美，三枝数朵，自成一景。

我对梅花情有独钟。读梅诗，藏梅画，赏梅花。就是遇见名字带梅的女孩子，也会多看她一眼，希望从她的周身能看到梅的影子，眉宇间画一朵梅的花瓣，手臂上贴着梅的图案，秀发里流露出梅的清香，眼神里藏着梅的气质。

"墙角数枝梅，凌寒独自开。遥知不是雪，为有暗香来。"王安石只用区区二十字，便形象地刻画出早春梅花的神韵和香色。我常常被画家笔下的梅花所吸引。大幅画面气势撩人，千朵万朵，满树满枝，雍容华贵，芳香涌动，一派生机。若是小幅画面，只是那么曲折向上三两枝，或者一枝独秀，只有寥寥数笔，数朵鲜红的梅花跃然纸上，却不失高洁淡雅的天性，嗅之但有暗香飘来。

常到北海的假山上，为的就是能见到梅花怒放时的艳丽与清香。若是运气不好，严寒里梅树依旧，便生出些叹惜；若是运气好，看到白塔下面的山坡上，一树红梅傲然挺立在白雪之中，冰肌玉骨，芳香远溢，像一首梅花诗，像一幅梅花画，心头敬意油然而生，便觉得这山石间有了些生气，多了些刚毅。那高洁、坚强的树影，正在悄悄地告诉人们，寒冬即将结束，春天已经来临。

兰

我爱兰花,它是真诚、美好的象征;我爱兰花,它形态贤淑,素雅别致,花香袭人;我爱兰花,它不骄不媚,风姿飘逸,气质超凡脱俗,自古以来,被人们誉为"花中君子""王者之香"。"不为无人而不芳,不因清寒而委琐。"兰花以绰约多姿的叶片、高洁淡雅的花朵、沁人肺腑的香味,赢得了人们对它的钟爱。

中国兰花主要有春兰、蕙兰、建兰、寒兰、墨兰五大类,千种园艺品种,古代称之为兰蕙。兰和蕙是两个不同的兰种,称得上是姐妹花,正如北宋黄庭坚在《幽芳亭》中所描述的:"一干一华而香有余者兰,一干五七华而香不足者蕙"。兰和蕙的区别,还在于开花时间的先后:开于春分时的叫兰,又名春兰,俗称草兰,一杆一花;开于谷雨时的叫蕙,又名夏兰,俗称九头兰,一杆五至十花。蕙花的小柄上都有一滴露珠,名叫兰膏,珠极甘甜,是蕙花的滋养料,不可取掉,这是春兰所没有的。

蕙兰又名中国兰,是我国珍稀物种,也是我国栽培最久和最普及的兰花之一,为国家二级重点保护野生物种,被视为中国的国宝。古代常把"蕙兰"与"白芷"合名,称为"蕙芷"。"蕙芷"代表着中华炎黄子孙上下五千年的文明历史,被视为中华民族秀丽山河、繁荣昌盛、领土完整和民族团结的象征和标志。伟大的爱国诗人屈原忧患国事,极爱蕙兰,文章中多处出现咏兰的佳句,多次出现过"蕙芷"一词!他在《离骚》中比拟蕙兰品格高洁,抒发自己对楚国人民的深厚感情。在《楚辞七谏沉江》里写道："不顾地以贪名兮，心怫郁而内伤；联蕙芷以为佩兮，过鲍肆而失香。"

"王者香夫兰"，孔子在《猗兰操》中，把兰花誉为"王者香"。文中说："夫兰当为王者香，今乃独茂，与众草为伍，譬犹贤者不逢时，与鄙夫为伦也。"夫兰是指蕙兰和白芷，它们是天生的一对，意思是团结中华，统一中国。"蕙芷"成为我国古代文化的精华，是中国和人民本身的象征。

"幽兰生前庭，含薰待清风。"兰花名列花中四君之一。在中国，因历代文人为其写下无数的诗词章句，兰花的形象在国人的心中熠熠生辉。兰花被国人赋予深沉的民族意义，高洁、典雅、爱国、坚贞不渝，国人对兰花有着根深蒂固的民族感情和性格认同。诗人墨客，常以兰吟诵绘画，在他们的作品中，都把品格坚贞、有骨气的人比作兰花。《家语》中说："孔子曰与人善交，如入藏兰之室，久而不闻其香，则与之俱化。"就是说与正人君子在一起，如在养兰花的房间里，被香气所化。《左传》《越书》《楚辞》《蜀志》《晋书》等对兰花均有记载，之后的历朝历代，写兰花的诗词数不胜数，几千年来，经久不衰。

对于许多人来说，兰花是不易种植的，我试了几次都没有成功，由此感到很是惋惜。每到春天，在自由市场的花市上，便多了些卖兰花的人，地摊的塑料布上，整齐地摆放几把兰花，绿绿的青苔裹着粗壮的根，长长的、扁平的兰叶间，突出来一长串或一两个淡绿色的花苞，让爱花的人爱不释手。我产生了养兰花的冲动，把兰花买回来，置于花盆之中，等待花蕾开放。之后的几天里，浇水施肥，每日必看，过了大约两个礼拜，兰花不但没有开，花蕾也渐渐地蔫了，最后连叶子也黄了。好好的一株兰花，最终还是死了。

原来，养兰花不能光靠热忱，除了必要的细心、耐意、勤力和持久之外，还要给兰花一个适宜生长的环境；要求通风良好，靠近水面，空气湿润，温度适中，避免长时间阳光照射，不宜用自来水浇花，因为其水中含盐碱，应将水搁置数天后再使用。这些条件，我一样也不具备，致使兰花因阳台温度过高，楼房过于干燥而死亡。再养兰花，大致不过半年，均会死去，之后便不再养兰花了。我养过很多种花，兰是我最难养活的，也因北方的气候较之南方的气候更难让兰花成活吧，我为不能养兰花找了些借口。

我有一位文友，好养兰花。他家中养了几十盆兰花，花盆分别摆放在上下两层的花架子上，每层底部铺有鹅卵石。撒上水，兰花周围保持潮湿和通风、兰花长得叶宽碧绿，花繁香幽，让我很是羡慕。

虽然没有养成兰花，我依旧不改对兰的偏爱，时间长了，不仅对兰有了更多认识，也对兰的品种、习性、历史也有所了解。

兰花科属繁多，种类庞大，数以万计。每年都有人工培育出的新品种问世，兰的家族不断壮大。而中国兰是最丰富最有特色的植物种类，光凭给兰花起的名字就有成千上万个，每种兰都有一个名字，个个名字清新明丽，生动形象，字字生晖，足见中国兰的历史多么悠久、花样何等万千、中国人对兰是多么热衷。和风、旭日、幽居、桃娇、美人；荷花素、满堂红、玉环妃、虾脊兰、领带兰、蜘蛛兰；同心共赏、名士清谈、素心草堂、宝岛仙女、云山佳人、雪山石斛、白雪冰心、青山玉泉、白雪公主……看看这些兰花的名字，再看看每一种兰开花时的样子，相信你会在第一时间喜欢上兰花。

北京的中山公园有一个惠芳园，每年都在这里举办兰花展，爱兰的北京人，在这里会欣赏到许多珍奇名贵的兰花，一株株，一盆盆，清新雅致，飘逸俊芳，纯正幽远，神韵兼备，赞美之声不绝于耳。兰花为什么比一般的花卉更摇曳多姿？专家解释说，这主要是生存进化的结果。在自然界，昆虫模仿植物以逃避天敌的很多，但植物模仿昆虫以繁衍生存的却只有兰花。许多兰花精妙复杂的结构、色彩甚至质感、气味，与某些昆虫甚至昆虫的器官惟妙惟肖，比如它通过模仿雌性黄蜂的气味形状，吸引雄性黄蜂一次次扑向自己，通过这种模仿欺骗昆虫为其传粉，以致某种兰花需要特定的昆虫传粉，形成了植物界中很独特的奇花异卉。兰花因此形态变化多端，花色丰富无比。专家认为，研究兰花就能明白植物进化的很多奥秘，所以兰花被列为植物保护之首。

兰目繁多，以稀奇而珍贵。兰花在我国南北各省均有分布，浙江尤其多，兰溪、蕙水，两条河的名字，就是因为它的发源处多兰、多蕙而得名。鉴别兰的优劣，可以从香、色、瓣、韵、姿等几个方面论美：花香以清雅、纯正、温和者为佳，清香不浊者为上品，有过于强烈之异味者为劣；花色以嫩绿为上，浓绿次之，赤绿又次之；花瓣以荷瓣为极品，圆瓣为上品，糙瓣为下品；花韵以主瓣为中心，左右两瓣水平仰展为上品，两侧瓣稍向上也佳，如花瓣下斜则次之。内瓣光洁、舌短而圆阔大、彩点彩线图案稳定、色彩好者佳，杂乱而色暗者为劣；花姿全株匀称、花与叶协调者为佳，叶以基部紧、中上部阔为佳，叶色以油润有光泽者为好。更多的时候，以主流人们的审美观点为标准，稀少的未必是好花，奇而丑、色而脏、多而乱、怪而恶的花都不是好花。

"物以稀为贵"，兰花的价值在于品种的罕见及培育的难度。价格不菲的兰花，都是兰花中的极品。一盆名贵兰花，价值动辄几千、几万，甚至几十万、上百万元，一株兰花等于一栋豪宅！武汉第十七届中国兰花博览会上，开展首日，一盆名为"桃园三结义"的兰花就以130万元的高价被武汉一位企业主购得。当一个品种在全世界都非常罕见时，其持有者就相当于垄断了这一资源，如号称价值过千万元的"大唐凤羽"，之所以珍贵，就是因为其在全世界不超过10苗，这时候，无论开出什么价位，都是正常的。除此之外，春兰梅瓣、水晶荷价格也在10000元到25000元人民币每株，"杏黄兜兰"，在国外则卖到10万美元一株。

兜兰，因开花时下垂的花瓣成兜形而得名，是世界上名贵兰花之一。兜兰的唇瓣呈兜状，承雨露而不滴，其背萼极其发达，呈扁圆形或倒心形，有各种艳丽的花纹；蕊柱亦与众不同，两枚花药分别生于蕊柱的两侧。兜兰没有储藏养料和水分的假鳞茎，因此相对别的兰花品种而言，兜兰对气候变化的适应能力较差。它开花时雍容富贵，十分高雅，曾经名噪一时，如今已经走进寻常百姓家。国家邮政局还发行过《兜兰》的邮票，一套四枚，六色照相凹版印刷。邮票外形采用菱形，这是我国邮政首次印制发行菱形邮票。杏黄兜兰和硬叶兜兰被人们称为"金童玉女"，如果把它们分开栽种，根本就不起眼，只有把两株巧妙地栽种在一起,才会显得异常的美丽迷人,所以,人们称它们"金童玉女"!

随着天价兰花频频亮相,兰花的自身价值被世人所知,野生兰花资源急剧消失,我国兰科植物处于濒危态势。采兰人常"地毯式"挖掘,见兰就挖,连残根剩苗都不放过。由于过度采集,掠夺式偷采滥挖,加之森林过度采伐和土地开垦等原因,兰科植物遭到毁灭性破坏,一些特有品种和珍贵品种正在消失,18种野生兜兰,几乎全部流失到国外。目前,兰花有100多种濒临灭绝。"杏黄兜兰",因为其繁殖难题没有解决,现在野外已经很难找到其踪影。兰花经营者在野外的大量采挖,将不利于兰科植物的保护,加快其灭绝的速度。也许,数十年之后,那些清绿雅致、叶姿飘逸的蕙兰,将永远地消失在我们的视野中,它唇瓣艳丽、幽香宜人、气度非凡的样子,将永远只能保留在我们的记忆中。

爱兰花吧,像爱惜自己的生命!那被誉为"国香""香祖"的兰花,绝不是你想象中的一株开花的植物或者草,它是中国高雅文化的理想代表,是国人高尚情操的精神,它的名字叫"中国兰"。

竹

竹，多生于南方，清瘦而强劲。北方也有竹，但不多见，而且过于纤细。

竹，夏不畏酷暑，冬不屈霜雪，生不避贫壤，伐后可复生。对于以物明志的中华民族来说，人们或以竹喻品质气节，或以竹喻事明理，或以竹抒情言志，从竹中得到多方面的思想启迪。历代文人骚客，咏竹的诗、文不计其数。赏竹、咏竹、写竹、慕竹的行为，成为长盛不衰的高雅风尚。

竹子，四季常青，挺拔秀丽，千姿百态。观赏竹清雅挺秀，姿态优美，终年不凋，给人以幽雅的感受，显示出高风亮节的情操。观秆的有：黄杆乌哺鸡竹、花毛竹、龟甲竹、黄纹竹、金镶玉竹、黄条早竹、佛肚竹、罗汉竹、四方竹、黄金碧玉竹、红秆绿线竹、湘妃竹、紫竹等，竹竿形状奇特，变化多样。观叶的有：黄条金刚竹、绿竹、京竹、菲白竹、菲黄竹、锦竹、箬竹、箭竹、凤尾竹、观音竹等，风姿婆娑，翠绿秀丽。凤尾竹，枝叶挺秀细长；琴丝竹，金黄色的枝干上镶有碧绿的线条；湘妃竹，枝干上生有花斑，清秀婀娜；斑叶苦竹，叶片上生有斑白图案；紫竹、黄竹、赤竹，其枝干分别带有紫色、黄色和紫红色；花身竹，在绿色的竹竿上镶有黄色的线条；佛肚竹，枝干短粗，并向外凸出，好似罗汉的大肚子。此外，还有龙鳞竹、碧玉竹、鸡爪竹等，也是竹中的珍稀品种。如将多种观赏竹合理配植，装点住宅，制作盆景，绿化环境，不仅赏心悦目，而且喻人以高雅廉洁的品德。

中国是竹的故乡。全世界约有100属1000多种竹子，而我国有37属约500种，不仅竹类、竹质资源丰富，而且养竹、用竹历史悠久。《弹歌》唱道："断竹、续竹、飞土、逐肉。"相传源于黄帝时代的古老民歌，是我们所知最早的中国诗歌，说明在很早以前，我们的祖先已经用竹子制作箭头、弓弩等武器，用于娱乐、捕猎或战争了。中国文化影响最深的植物资源中，非竹莫属。英国学者李约瑟说得好，东亚文明乃是"竹子文明"。竹与人类的文化生活结下不解之缘，自古以来，在中华民族的日常衣、食、住、行中，到处都有竹的倩影。竹子天生就是艺术。无论在公园的一隅，还是在庭院的一角，或是在月亮门的一旁，大门口的一侧，只要有它的身影，这个地方便活了。室内挂一件竹雕或竹子艺术品，都会让整个房间与众不同。竹子单株不显脆弱，群植更显生气。

北京的竹子散见于各大园林，在一处假山旁，或一座建筑的围墙外，常能见到小片竹林，让人感到意外与惊喜。我见过最大的竹林莫过于国家图书馆南边一溪之隔的紫竹院，院内近百万株竹子成为北京城内一道独特的风景线，让人仿佛置身于竹子的故乡。紫竹院三湖两岛，一条长河，一条水渠，大面积的水域营造出一个适合竹子生长的环境，以紫竹最为著名，另外还有斑竹、石竹、青竹、甜竹、淡竹、方竹、云竹、锦竹、箬竹、苗竹、金竹、棕竹、湘妃竹、早园竹、寿星竹、四季竹、桃枝竹、佛肚竹、凤尾竹、琴丝竹、孝星竹、人面竹、巴山木竹、碧玉金银、金镶玉竹、金银玉寿竹等100多个品种，其中一些是有名的珍贵品种，连高度只有10厘米的竹种，在院子里也能见到。片片竹林，亭亭玉立，郁郁葱葱，婆婆娑娑，如诗如画。竹景园、筠石苑、水竹坞、松筠涧、斑竹麓等几处竹园各有特色，从竹子搭建的傣族风格的大门，到园子里的竹楼、竹亭、竹榭、竹篱、竹桌、竹椅，再到侗寨风雨桥、水里的竹船、流水处的竹水车，再到陆地上的坐竹轿子、抖箜竹、吹艺筒等等，让生长在北方的人们大开了眼界，这分明是走进了竹子的"大观园"。

黄叶村的竹子是为纪念曹雪芹而栽种的，在他的故居的大门右侧，有几株竹子高过了门楼，门前那一片清瘦的竹子，在四周高大树林的环抱下，形成一道半圆的竹围墙。围墙把曹雪芹洁白的大理石雕像护在中央。那"凤尾森森，龙吟细细"的潇湘馆的竹子，原是只为林妹妹生的，"竿竿青欲滴，个个绿生凉"，青翠欲滴、情思悠悠、哀怨沉沉，不正是林黛玉修长纤巧的体态、清丽高雅的容貌、轻盈秀美的身姿的完美写照吗？

兰亭前的竹子过于单一，而且非常拥挤；御花园里的竹子却被染了些皇家贵族的气势；未名湖畔的竹子则显示出青春的气息。香山脚下的几片竹林，虽然苍翠，却不及双清别墅里那几株竹子显得精神，显得亲切。最让我吃惊的是红螺寺的那片竹林，密密麻麻，高大挺拔，竹竿笔直，竹叶遮天蔽日，棵棵壮如胳膊。走进竹林，地上落满了厚厚的竹叶，如同铺了一层竹叶编织而成的毯子，脚踏上去，软绵绵的，仿佛走进了安庆菱湖岸边的江南竹林。

诸城常山北麓的雩泉旁有一处翠竹，粗细均匀，节节向上，四季常青，不知道从什么时候开始有的。这一地区并不易种竹，也很难见到竹，这里的翠竹也许是因着北宋大文豪苏轼的缘故而栽种的吧，他一生爱竹成癖，又对雩泉倍爱有加，在这里种些翠竹也是自然的事。苏轼诗云："宁可食无肉，不可居无竹。无肉使人瘦，无竹使人俗。"姿容秀丽、风雅宜人的翠竹，与苏轼一生有着扯不断的情丝，宁可不吃肉也要种竹，在他的生活中，随处有竹，"门前两丛竹，雪节贯霜根。交柯乱叶动无数，一一皆可寻其源。""官舍有丛竹，结根问因厅。下为人所往，上密不容钉。""予谪黄洲，寓居定惠院，饶舍皆茂林修竹。""林断山明竹隐墙，乱蝉衰草小池塘。"他在《跋与可纡竹》中赞竹"其屈而不挠者，盖如此云。"苏轼自出仕到病逝，一生的坎坷，其间曾三次被贬谪，"乌台诗案"更是让苏轼陷入深牢狱一百多天，几临被砍头的境地。杭州、密州、徐州、湖州、黄州、颍州、扬州、定州、惠州、儋州……直到最后病逝常州，这些地方都留下了他做官、居住与生活的身影。苏轼每到一处，必深得民心，政绩显赫，这是因为苏轼有竹子的刚直、竹子的气节、竹子的坚毅，即使面对死亡的打击，也能不屈与泰然。苏轼不仅常写竹，还常画竹，诗文画中都可见到竹的身影。有《竹石图》留于后世，在翰林院还用朱砂画过一幅"赤竹"，是国画里难得的珍品。墨竹之爱，是苏轼爱竹的升华，是作者精神与心血凝聚的产物。竹子伴在苏轼左右，见证了他起起落落、风风雨雨的一生，它既融于苏轼的现实人生，也融入苏轼的艺术人生。

潍坊十笏园里也有竹子，只是过于稀少，但棵棵青翠，株株碧绿。十笏园以小巧著称，园内水木清华，建筑布局严谨，新巧别致，一步一景。笏为古时大臣上朝时拿着的狭长形手板，多用玉、象牙或竹片制成。"十笏"虽是比喻意，却十分恰当，在仅有的2000平方米内，建有楼、台、亭榭、书斋、客房等67间，曲桥回廊连接，鱼池、假山相伴，莲花绿竹点缀其间，荷香四溢，绿竹依依，小巧玲珑，匀称紧凑。碧云斋的东廊内装有冯起震画竹刻石10块，分别由董其昌、邢侗、李晔题跋；西廊内嵌有招子庸画竹刻石。画上招子庸自题诗曰："写竹当师竹，何须法古人，了然心眼手，下笔自通神。"

十笏园内荟有郑板桥的书画真迹及碑刻。落霞亭内装嵌有郑板桥手迹刻石"笔墨三则"、"田游岩"和"题画竹"。"且让青山出一头，疏枝瘦干未能遒。明年百尺龙孙发，多恐青山逊一筹。"诗风趣自然，行文顺畅，表面看是在描写竹子的生长，实际上表达了作者远大的理想和抱负，不向强权低头的坚定信念。那园子里的竹子，也许就是郑板桥画上的那棵竹子，是他亲手栽植的那棵竹子吧？不然怎么会如此清高，如此圣洁？他在《题竹石》诗中对竹子有这样的描写："咬定青山不放松，立根原在破石中。千磨万击还坚劲，任尔东西南北风。"诗中赞美竹子挺拔、不屈、有节、常青、坚韧，也正是作者自身的性格特征。

清乾隆十一年（1746年），郑板桥由范县调任潍县知县，任潍县（今潍坊市区）知县7年，最大的政绩是救济灾民。当时潍县发生百年不遇的大旱，大批灾民流离失所。"十日卖一儿，五日卖一妇，来日剩一身，茫茫即长路……"是当时的写照。他果断采取措施：一面先行开仓赈贷，令百姓具券借粮，一面向上呈报；对于积粟之家，不分绅商，尽行封存，责其平粜。他还修筑城墙，疏浚城河，以工代赈。当他卧在衙门的书斋里，静听窗外竹叶沙沙响动，竟然感觉到是民间百姓呼饥号苦的喊声！"衙斋卧听萧萧竹，疑是民间疾苦声。些小吾曹州县吏，一枝一叶总关情。"他处处关心百姓，千方百计救民于水火，因此触犯了豪绅巨贾利益，遭诬告罢官。"乌纱掷去不为官，囊橐萧萧两袖寒。写取一枝清瘦竹，秋风江上作鱼竿。"去官以后，板桥卖画为生，往来于扬州、兴化之间，与同道书画往来，诗酒唱和。1766年1月22日（乾隆三十年十二月十二日），板桥卒，葬于兴化城东管阮庄，享年七十三岁。

郑板桥，这位"扬州八怪"的主要代表人物，多才多艺，以三绝"诗、书、画"闻名于世，他白天画竹，夜间思竹，胸有成竹，竹子成了他一生中不可缺少的一部分。"四十年来画竹枝，日间挥写夜间思。冗繁削尽留清瘦，画到生时是熟时。"对于画竹，郑板桥曾写下了这样的体会："江馆清秋，晨起看竹，烟光日影露气，皆浮动于疏枝密叶之间。胸中勃勃遂有画意。其实胸中之竹，并不是眼中之竹也。因而磨墨展纸，落笔倏作变相，手中之竹又不是胸中之竹也。总之，意在笔先者，定则也；趣在法外者，此机也。独画云乎哉！"因此，他从竹子千姿百态的自然景象中得到启示，激发情感，经过"眼中之竹"，转化为"胸中之竹"，借助于笔墨，挥洒成"手中之竹"，即"画中之竹"。最终成就了"胸有成竹"一段美谈。

济南以泉著名，虽然也多竹，却成了这所城市里的点缀。趵突泉边的竹子虽然茂盛，但游人是冲着泉水来的；李清照纪念馆里的竹子虽清雅，又婉约，充满文采之气，但人们是冲着女词人而来；大明湖里有小片的竹林，却不及湖里的荷花与岸上的柳树闻名。趵突泉公园里倒是有一座园中之园的万竹园，园内多修竹，多院落，吟吟风竹，绿意葱葱，淙淙泉水，小桥幽道，曲廊环绕，院院层进，清幽静雅，优美至极，再加上几处南方的灰瓦白墙建筑，仿佛有些江南的韵味，总算是觅到一处赏竹子的好处去！

在江南，竹子不是什么稀罕的景物，只有北方人和不曾见过竹子的人会感到新奇。北方的竹，充其量是园林的点缀，成不了气候。看竹、赏竹还是要去江南，江南才是竹子的故乡、竹子的天堂。当爱竹的北方人走进了南方的竹林、竹海、竹乡、竹国，都会惊讶到无话可说，遗憾不能生在此地，一辈子做个竹乡人。

江南的竹不分季候，四季都是常青的，生得自然，长得大方，颜色温润，枝繁叶茂，有着旺盛的生命力，绝不像北方的竹，似有水土不服、营养不良的感觉。茂密的竹林里，满眼全是绿色，随处都有新笋破土发芽，随处都有新绿在旧竹旁长成。

武汉龟山上的竹子稀而散，不能成林，只是为金碧辉煌的黄鹤楼添了些绿；安庆独秀山上的竹子多了些肃穆之气，它们静静地守候着陈独秀的墓地；天柱山的竹子是自由地生长的，在山与山之间，在松林与杂树之间，不能形成竹林的气势；黄山脚下的竹子则无拘无束，一望无际，变幻成一道绿色的竹海；井冈山上的竹子多了些英雄气概，浩浩荡荡，生机勃勃；岳麓书院的竹林则文气十足，清清朗朗，神采飞扬……这些都不能和中国十大竹乡的竹子相比，当你到了浙江安吉、临安、江西崇义、宜丰、福建建瓯、顺昌、安徽广德、湖南桃江、广东广宁、贵州赤水，你才会领略到天下最美的竹子，了解到竹子的真正意义。在那里，多以生长最快的毛竹为主，粗壮而挺拔。竹子要用几十万亩、几百万株、几千万根、几亿根这样的概念来计算，让你真正体会到什么是竹子的海洋、竹子的世界、竹子的王国！放眼望去，漫山遍野到处都是青青翠竹，碧绿如洗，连空气中都弥漫着竹子的清香。山山青竹翠，坡坡涌绿波，风吹叶摇，竹浪起伏，沙沙的竹涛声，似优美的丝竹声，响起在耳旁，令人心旷神怡，超凡脱俗，像步入了人间仙境。

四川蜀南竹海也是一处盛产竹子和欣赏竹子的好地方，景区面积120平方公里，7万余亩楠竹覆盖大小28座岭峦、500多个山丘。竹子以海潮的气势，铺天盖地，绵延起伏，逶迤苍莽，宛若烟波浩渺的绿色海洋，是名副其实的"竹海"。林中溪流纵横，飞瀑高悬，湖泊如镜，泉水清澈甘洌，曲径通幽，景色宜人。沿着林中小道前行，如同漫步在翡翠般的绿竹长廊之中，空气清新，郁香沁人，清新的空气中饱含竹叶的清香，仿佛进入了一个神秘的竹世界。竹海里除了常见的毛竹外，还可以见到人面竹、算盘竹、慈竹、绵竹、花竹、凹竹等30多个品种，那些毛竹恣意地生长，根深深地扎进泥土，竿笔直地插向蓝天，不畏狂风，不畏暴雨，不屈不挠，宁折不弯。

　　风中，竹枝随风舞动，竹叶槭槭作声。棵棵竹子摇曳生姿，像一个个翩翩起舞的少女，婀娜多姿，左顾右盼，温柔而妩媚，放纵亦生情；片片竹林层层舒展，挺立连绵，万顷碧波，荡漾如潮，又像是数万只挥动的手臂，此起彼伏，自由自在，诗情画意，尽在其中……

　　雨中，一片葱茏，苍翠欲滴的竹叶被雨冲刷得更加青绿。站在茂密的竹林里，去聆听一段美妙的乐曲吧，有雨点落在的竹叶上沙沙作响的声音，有许多竹笋破土而出的声音，有竹在拔节、抽叶的声音，有林间溪水流动的声音，有从远处传来的鸟的轻啼，还有动物穿过林中的尖叫……这就是人间仙乐，天籁之音，世界上最美妙的和声，人与竹林相互融洽，竹中有我，我中有竹，不分彼此。在雨后，万顷竹林，皆被洗礼，如尘世间的一切，洗尽铅华，获得重生。那新生的竹子，迎着阳光，带着希望，带着向往，日日夜夜，不断滋生，茁壮成长……

　　这就是毛竹，生长的过程可谓自然界一大奇观。毛竹在种植期前5年丝毫不长，到了第6年雨季到来的时候，它竟以每天6英尺的速度向上急蹿15天左右，最后大约可以长到90米高，并成为竹林中的身高冠军。更为奇特的是在它生长的那段日子里，处在它周围方圆10多米内的其他植物便停止了生长，等到它的生长期结束后，这些植物才又获得了生长的权利。在好事者寻根问缘的过程中，这一奇观的谜底被揭开，原来毛竹前5年不是没有长，甚至没有少长，只不过是以一种不易被人们发觉的方式在生长——向地下生根，经过5年的地下工作,一株还未向上发芽的雏竹的根系竟然向周围发展了10多米,向地下深扎了近5米,真可谓"博大精深"。这样的生长方式不仅为它5年后成长打下了坚实的基础,同时还悄悄地"侵占"了周围其他植物的根系发展空间,使它们无法获得生长所必需的水分及养料,所以在第6年雨季到来的时候,它能够几乎以资源垄断的方式独自急长,而此时周围的其他植物只能望天兴叹,眼巴巴地看着它生长。

说到四川的竹,更会让人想到离成都不远的卧龙自然保护区,那里是国宝大熊猫的故乡,而竹子又是大熊猫最主要的食物。它以巴山木竹、拐棍竹、糙花箭竹、华西箭竹、大箭竹的竹笋竹叶为食,最喜爱的是竹笋。竹笋幼嫩多汁,适口性好,易消化吸收,是大熊猫的美味佳肴。

竹子也会开花,但开花后的绿叶凋零,枝干枯萎,成批死去,使许多人误认为竹子开花是不祥之兆,其实这是一种自然现象,像稻子、麦子一样,都会有开花结果、衰老死亡的规律,只不过竹子开花周期很长,一般要十几年到上百年,所以很少见。竹子也会因天气长期干旱、竹林土壤板结、杂草丛生、老鞭纵横而开花。1984年夏季,卧龙自然保护区内的箭竹大量开花,开花后大片竹林枯死,造成珍稀动物大熊猫因缺食而大面积死亡。

湖南的九嶷山和洞庭湖的君山上出产一种竹子,竹子上面斑斑点点,似有泪痕,这便是世人皆知的湘妃竹,又名斑竹,亦称泪竹,传说为二妃的血泪所化而成。陈鼎《竹谱》称"潇湘竹""泪痕竹"。竿部生黑色斑点,颇为美丽。《群芳谱》:"斑竹即吴地称'湘妃竹'者。"

相传距今四五千年前的尧舜时代,尧帝有两个女儿,大女儿叫娥皇,二女儿叫女英,姐姐长妹妹两岁。娥皇和女英都长得俊秀,贤惠善良,尧王很喜欢他的两个女儿。尧在位时任人唯贤,对舜三年的考察后,发现舜德才兼备,就将王位禅让给他,同时还将两个美貌女儿娥皇和女英许配给舜。尧王死后,舜帝即位期间,南方的三苗部族

（现在湖南）多次在边境骚扰，舜亲率大军南征，到苍梧后，舜不幸病死，葬在九嶷山下，后人把这个地方叫作零陵。九嶷山又名苍梧山，离湖南省南部宁远县城南六十里处。舜南征未返，二妃心中不安，便出门四处寻找，来到了洞庭湖上的君山岛上，一双人儿日夜在湖边向南眺望，不幸的是，望眼欲穿之际传来了舜驾崩的消息。二妃柔肠寸断，泪如雨下，点点的泪珠，都滴到了青翠的竹子之上，竟将满山的竹子染上了斑斑的泪痕。后来人们为纪念二妃，将这充满泪水的君山斑竹取名为湘妃竹。

在这里，关于舜王的死还有另一个版本。根据《史记》载："舜南巡狩，崩于苍梧之野，葬于江南九嶷。"晚唐诗人高骈曾写过一首七绝，题为《湘浦曲》，诗中写道："虞帝南巡去不还，二妃幽怨水云间。当时血泪知多少！直到而今竹尚斑。"《述异记》云："舜南巡，葬于苍梧，尧二女娥皇、女英泪下沾竹，久悉为之斑，亦名湘妃竹。"舜帝晚年时巡察南方，在一个叫作苍梧的地方突然病故，娥皇和女英闻讯前往九嶷山，一路痛哭不止，一直哭得两眼流出血泪来。血泪洒在山野的竹子上面，染得竹子满身斑斑点点，形成美丽的斑纹，成为斑竹，有紫色的，有雪白的，还有血红血红的，有的像印有指纹，这便是九嶷山的湘妃竹。

后来，姐妹二人投湘水而死。人们为纪念娥皇、女英，在湘水旁建立黄陵庙，在君山东麓建立二妃墓、湘妃祠。史载"尧女，舜之妻，葬此"。二妃的墓后，是一片斑竹林，是这里独有的，这片斑竹林的竹子与别处竹子不同，就算是你把它移往别处，来年生长出的竹子也绝非斑竹。不管此说是否真伪，二妃坚贞不移的爱情故事却足以让人感动，信以为真。传说她二人都做了湘水女神，娥皇是湘君，女英为湘夫人。"湘君"和"湘夫人"一词最初出现在屈原作品中。《阵物志》也有这样的记载："尧之二女，舜之二妃，曰'湘夫人'，舜崩，二妃啼，以涕汨挥，竹尽斑。"从以上两个版本来看，二妃的血泪是洒在两处了，一处是九嶷山，一处是洞庭湖的君山，因此这两地的竹子通身长满了斑斑点点，那斑点酷似人的泪痕。

一个动人的爱情故事，一段美丽的神奇传说，虽然还有文字与史料记载，但湘妃竹的来历都不可信。如今，佳人虽去，泪斑犹存，人们每次见到湘妃竹，都会想起湘君和湘夫人，都会想起她们和舜帝的爱情故事。那君山与九嶷山的斑竹随着微风轻轻摆动，发出沙沙的声响，仿佛在向人们讲述着湘妃的情感世界，让人珍惜眼前拥有的一切。"斑竹一枝千滴泪，红霞万朵百重衣。"毛泽东诗词中的诗句，说的也是这个故事。

　　关于湘妃竹上的斑点，其实是由特殊的地理环境造成的。湘妃竹是一种情竹，它一年内2次发笋，第一次在四五月间，竹笋发在母竹的周围，如"孝儿敬母"。第二次在9月以后，大都生在母竹中间，如"慈母护儿"。斑竹特有的斑点就是第一次发笋后长出来的，一圈圈紫色的花纹，好像一滴滴珠泪。从生物学的观点来看，斑竹的花纹是真菌腐蚀幼竹而成的，是君山、九嶷山特殊地理环境的产物。1986年北京紫竹院公园曾在君山引种了10多株斑竹，今日看去斑点已逐步退化，很不明显，这就是一个很好的例证。

　　在北方人眼里，竹子就是竹子；在南方人眼里，竹子不仅仅是竹子，还是无价的宝贝儿。竹与人类的文化生活结下不解之缘，与人民生活息息相关，比比皆是。竹子和竹子相关的用品，无时无刻不在影响着你的生活，随你所想，它无所不在。

　　晋代戴凯之所撰《竹谱》，以四季韵文，记载了70余种竹的性能，当时就发明了用竹造纸。竹子的利用涉及衣、食、住、行、用各个方面，建材、食品、造纸、包装、绿化、工艺品及日常生活方面有几百种用途，最普通的莫过于你每天吃饭所用的筷子——中国人在3000年前已开始使用，至今仍是我国广大人民的主要餐具。除此之外，还有帽子、席子、鞋子、鱼竿、笋框、笋筛、簸箕、晒垫、盆景、桅杆、船篷、船篙、房梁、架子、地板、乐器、雕刻、竹屏、竹瓶、竹编竹工艺品……炊具的箄、笾、篦、碗、箸、勺、盘、厄、蒸笼等，盛放物品的筐、篮、笱、箱，家居的床、榻、席、椅、枕、几、屏风、桌、橱、柜，算具的算筹、算盘，量具的竹尺、竹筒，照明的灯笼、烛炬、卫生用的扫帚、熏笼、装饰用的帘、花瓶，把玩用的扇子、手杖，竹在交通上的用途更大，可以用于造船、造车、造桥，甚至赌博用的六箸、殡葬用的棺材……

竹与中国文字结缘最早。可追溯到六千年前的新石器时代。1954年，在西安半坡村距今6000年左右仰韶文化遗址中出土的陶器上，有"竹"的象形符号。在浙江余姚市河姆渡7000年前的原始社会遗址内也发现了竹子的实物，可见在原始社会时期竹子和人们的生活有了密切关系。在甲骨文、金文中都有"竹"的象形符号和与竹有关的文字。古人以竹片作为文字的载体，用牛皮绳串起来编结成书，就是所谓的"韦编"。大教育家孔子勤于读书，把牛皮绳多次翻断，被人们作为"韦编三绝"的佳话传颂。从汉字中竹部文字的情况来分析，也可看出中国利用竹子的古老历史，古人把"不刚不柔，非草非木，小异空实，大同节目"的植物称之为竹。从形态上认识开始，把竹子进行加工，制成物品，又以"竹"字衍生出竹部文字。我国辞海中共收录竹部文字209个，如"笔、籍、簿、简、篇、筷、笼、笛、笙"等等。历代各类字典收录的"竹"就更为可观，诸如"竹报平安""衰丝豪竹""青梅竹马""日上三竿""势如破竹""胸有成竹"一类的成语，也都包含着与竹子有关的典故。从中可以看出社会和生活的各个领域，竹子日益为人类所认识和利用，在中国几千年的历史上发挥过重要的作用。

从战国到魏晋长达八百年的岁月里，人们皆用竹简写字、刻字、著书立说。我国最早的历史文献《竹书纪年》，以及《尚书》《礼记》《论语》等经典，都写在竹简上。由于竹简的利用，中国文字记载的历史可上溯到殷商时代，为中国文化的发展及历史文献的传存立下了汗马功劳。以象形表意为特征的方块汉字也因竹简而被固定下来，逐渐形成了中国独特的书法艺术。文房四宝之一的毛笔，笔杆多用竹枝。久负盛名的湖笔已发展成羊毫、兼毫、紫毫和狼毫四大类、250余个品种，既是人们得心应手的书写工具，又是赏心悦目的工艺品。

竹与中国古代科技关系密切。早在商周时代，我国已发明使用竹钻。公元251年李冰任四川太守时，便带领民众修筑了世界上第一座农田水利灌溉工程——四川都江堰，其中使用了大量的竹子。世界上最古老的自来水管是用竹子制作的，古时称为笕。在盛产竹子的四川，汉代时人们已用竹缆绳打出了深度达1600米的盐井，这是因为竹缆的抗拉强度达每平方寸4000公斤，与钢缆的抗拉强度相似。这种用竹缆打井的技术，到19世纪才传到欧洲。1859年，美国人用这种方法在宾夕法尼亚州钻出了第一口油井。算盘是我国古代科学发明的重要成果，而它的前身——筹算——就是用竹签做筹码来进行运算的。早在9世纪，我国已开始用竹造纸，造纸术成为中国四大发明之一。随着火药的发明，南宋时人们采用竹管制造出突火枪；元代有人用四支竹筒内装火药绑在椅子的四条腿上，利用火药喷射的反作用力，使坐在椅子上的人升空，虽说这有点异想天开，却是最早的"载人火箭"。明代已出现一种用竹筒制作的二级火箭，名叫"火龙出水"，发射升空后会极为壮观。

竹子与建筑自古以来历史悠久，密不可分。汉代，能工巧匠利用竹子为汉武帝建造的甘泉祠宫，造型美观。宋代大学士王禹偁在湖北黄冈做官时，自造竹楼，并写了《竹楼记》，其中对竹楼的"音响效果"写道："夏宜急雨，有瀑布声；冬宜密雪，有碎玉声；宜鼓琴，琴声和畅；宜咏诗，诗韵清绝；宜围棋，子声丁丁然；宜投壶，矢声铮铮然；皆竹楼所助也。"盛产竹子的南方，竹楼是寻常百姓家的房舍，许多少数民族的住房皆用竹制，云南西双版纳地区的傣族至今仍住竹楼，整个建筑几乎无一不是竹子建成，竹柱、竹梁、竹檩、竹椽、竹门、竹墙，有的地方甚至将竹一破两半做瓦盖顶，连家具如桌、椅、床、箱、笼、筐等多为竹制。一座座竹楼掩映在绿树芭蕉丛中，充满诗情画意，让人流连忘返。

竹具有坚、韧、柔、直、抗压、抗拉、抗腐等多方面的特性，是很理想的建筑材料，被人们为"植物钢铁"。有人说，竹子将成为21世纪的建筑材料，是真的吗？让我们来看看结构吧。科学家对竹子进行力学测定表明，竹子的收缩量很小，而弹性和韧性极强，顺纹抗压强度每平方厘米为 800 公斤左右；顺纹抗拉强度每平方米厘米可承载 1800 公斤，其中刚竹的顺纹抗拉强度每平方达 2833 公斤，竹子的抗弯能力极强，如大毛竹的空心度为 0.85，抗弯能力要比同样重量的实心杆大两倍多。机械设计师从中受到启发，研制出很有价值的空心转动轴，在不降低承载能力的条件下可节约一半钢材。1991 年，哥斯达黎加发生了一次里氏 7.7 级地震，大批砖瓦和钢筋混凝土建筑倒塌了，但 20 多座用竹子搭建的建筑却安然无恙。正是因为竹子体轻质坚，皮厚中空，抗弯拉力强。因此人们用竹子代替钢筋，浇铸竹筋水泥建筑物。

竹子在世界各国的建筑中广受欢迎。美国建筑师达雷尔·德博尔说："没有比竹子更好的建筑材料了。"著名建筑大师贝聿铭说："我敢说，我和我的建筑都像竹子，再大的风雨，也只是弯弯腰而已。"他从郑板桥的《兰竹图》中受到启示，设计建造高达 315 米、70 层的中国银行大厦。这一"仿竹杰作"，巍然屹立于多台风的香港，泰然不动。

竹子对中国音律的起源产生了重要的影响。竹是制作乐器的重要材料，中国传统的吹奏乐器和弹拨乐器，基本上是用竹制造的。有了竹，才有了竹乐器，才有了音乐。古称音乐为"丝竹"，有"丝不如竹"之说。唐代，称乐器演奏者为"竹人"。考古学家在湖北随州曾侯乙墓出土文物中发现了竹制的十三管古排箫实物，是目前考古文物中发现年代最早的排箫。我国南方有一民间乐器，直接称为"江南丝竹"。中国传统乐器如笛、箫、竽、笙、筝、篪、箓、鼓板、京胡、二胡、板胡等皆离不开竹。从那牛背上的牧童吹响动听的竹笛、苗寨传情的芦笙，到现代流行音乐，都有竹乐器悦耳的演奏。

我国第一家竹乐团所使用的乐器全都是竹子制成，乐器品种三十余种。以笛子来说就有十几种，高、中、低声部齐全，吹、打、弹、拉齐备——音区已超过钢琴的音域。乐器除了中国传统的民间乐器笛、箫等之外，更有独家发明研制的新型竹乐器，如用世界最粗的竹子做的低音鼓、根据古代文献记载"相"开发的超低音乐器、用锤击打的竹板琴、拍击竹管发音的拍筒琴、根据民间渔鼓发展成的竹排鼓、用世界上最粗的竹子做的巨龙鼓、用1000多摄氏度高温烧成的竹炭做成的能发出金属般声音的炭琴等，可竹乐团还有长3.3米的世界最大的巨笛、短4.6厘米世界最小的口笛、仅一根弦的独弦琴、富于中华民间生活气息的蒸笼、竹碗等。这些竹乐器外观造型独特，演奏方法新奇，演奏的乐曲音色优美，是一种远离尘嚣的最清纯、最原始、也最贴近自然的天籁之声，这在全世界也是唯一的。

从食用方面看，竹笋和竹荪是极受人们喜爱的美味山珍，竹实是历代救荒的重要作物原料。先秦文献中记载，3000多年前的竹笋就是席上珍馐。春日出笋期，采挖出的春笋质嫩、脆、味鲜美。竹笋的食用方法多种多样，经烹饪加工，可做出许多种美味佳肴，备受人们的欢迎。

竹还具有特别的医用价值，在中国最早的医书典籍中，就有用竹治病的历史记载。竹的全身都是宝，叶、实、根及茎秆加工制成的竹茹、竹沥，都是疗疾效果显著的药用材料，竹黄、竹荪也是治病的良药。

竹无所不在，竹无所不能。真如苏东坡所述："食者竹笋，庇者竹瓦，载者竹筏，炊者竹薪，衣者竹皮，书者竹纸，履者竹鞋，真可谓一日不可无此君也耶？"

古往今来，在中国人的心目中，竹子是高雅、纯洁、虚心、有节的象征，有谦谦君子之意，代表中正和高风亮节。"未出土时先有节，便凌云处也虚心"。古人称松、竹、梅为"岁寒三友"；元代吴镇在"岁寒三友"外加兰花，名"四友图"；明代黄凤池辑《梅兰竹菊四谱》，陈继儒称之为"四君子"，后人又加上奇石或松合称"五友"或"五清"。古今庭园几乎无园不竹，居而有竹，则幽篁拂窗，清气满院；竹影婆娑，姿态入诗入画，碧叶经冬不凋，清秀而又潇洒。"不可一日无此君"已成了众多文人雅士的偏好，"门对千根竹，家藏万卷书"，讲的就是古代名士和竹子的生活情趣。

人生贵有胸中竹。白居易《养竹记》如是说："竹似贤，何哉？竹本固，固以树德。君子见其本，则思善建不拔者。竹性直，直以立身。君子见其性，则思中立不倚者。竹心空，空似体道。君子见其心，则思应用虚受者。竹节贞，贞以立志。君子见其节，则思砥砺名行，夷险一致者。夫如是，故君子人多树为庭实焉。"

人生贵有竹品质。"一节复一节，千枝攒万叶，我自不开花，免撩蜂与蝶。"郑燮以竹喻人，清正廉洁。这也正是我所没有的，这也正是我所想拥有的。

菊

赏　菊

　　到深秋，大江南北、长城内外的菊花便开尽了。京城的北海、中山公园、植物园、玉渊潭、八大处……、道路两旁、街头的绿化地带，随处可见盛开的菊花。又恰逢国庆与重阳，赏菊成了北京人每年秋天必不可少的活动。展览菊花的地方，处处人流如潮，人头攒动，络绎不绝。各处的菊花造型也别致，拼成一个个不同的图案，多姿多彩，绚丽夺目。菊花的世界，到处充斥着沁人心脾的花香。金黄的，火红的，雪白的，淡绿的，浅紫的；或典雅，或秀逸，或富贵，或浪漫，或梦幻，或风韵多姿，或雍容端庄，或幽静含情，或热烈奔放；如金丝，如飞瀑，如莲座，如龙爪；如天女散花，如贵妃出浴；如黄山云雾，如西湖秋月……那一株株、一盆盆、一簇簇、一片片的菊，色彩缤纷，姹紫嫣红，在阳光下欢快地竞放，令人赏心悦目，心旷神怡，一扫秋之寂寥、秋之冷漠、秋之萧瑟。

　　真是个赏菊花的好季节！天下的菊花都是为欣赏它们的人而开着。走近它，你才会领略到它的色、它的香、它的姿、它的韵、它的美。细细观察那些形态各异的菊花，实在是一种美的享受。人们喜欢菊，不仅因为菊花绚丽多彩，姿态优美，更因为菊之高洁、不畏寒霜、傲霜独立、笑傲秋风的特性与其高贵的品质。

《礼记·月令》篇中这样记载："季秋之月，鞠（菊）有黄华。"它的意思是说，菊花开放的时间是每年秋天的秋末，九月份，所以菊花也叫"秋花"。菊花的"菊"，在古代是作"穷"字讲，是说一年之中花事到此结束，菊花的名字就是按照它的花期来确定的。因为九月是阳，所以菊花表示九月九日重阳节这个意思，后来重阳节赏菊这个习惯由此而产生。"菊"字也写作"鞠"，"鞠"是"掬"的本字。"掬"就是两手捧一把米的形象。菊花的头状花序生得十分紧凑，活像抱着一个团儿似的。人们发现菊花花瓣紧凑团结一气的特点，所以叫作"菊"。

菊花的品种繁多，形态各异，颜色更是丰富多彩。黄色的雍容华贵，金光灿烂；红色的热情奔放，绚丽夺目；白色的洁白如雪，淡妆素裹；黑紫色的典雅尊贵，珍奇难觅。花瓣有平瓣、管瓣、匙瓣、管匙瓣等四类，花序有毛刺、托桂、卷散、飞舞、松针、莲座、丝发、垂珠、芍药、翎管、龙爪、鹰爪、荷花等形态，真可谓千姿百态，应有尽有。菊花有龙、凤、狮、虎四种基本形态为主的花型，龙型的若飞若舞，婀娜多姿；凤型的风姿飘逸，俊秀潇洒；狮型的威武雄壮，瑰伟挺秀；虎型的刚劲沉稳，充盈丰满。

自古以来，文人雅士和园艺家们赋予菊花许多美丽的名字，这些名字形象贴切，意蕴超凡，如同锦上添花，令人遐思不已。

以山水风光拟名：有"高山流水""空谷清泉""墨雨烟云""黄山之雾""卢沟晓月""荷塘倩影""绿柳垂荫""春水绿波""杏花春雨""东方欲晓""春江花湖""珠帘飞瀑""月涌江流"等。

或以花色命名，白色菊有："银丝串珠""空谷清泉""珠帘飞瀑""月涌江流"；黄色菊则有："飞黄腾达""黄莺出谷""泥金狮子""沉香托桂";金黄色的有"金冕""金丝献瑞";绿色菊有:"绿云""绿阳春""玻璃绿""绿柳垂荫""春水绿波";白色微绿的称"玉蟹冰盘",红色中加白的叫"雪照红梅""枫叶芦花";红绿两色的有"绿衣红裳";红白绿三色的有"三色牡丹";紫色的有"墨麒麟";等等。

以花形、姿态命名。"千丈珠帘"因花瓣呈细管状,花丝披散,花瓣长而下垂,恰似珠帘而得名。"杏花春雨"则是因菊花酷似杏花般微红的脸庞,呈现一副沉浸于宜人春雨的醉态而得此美称。其他还有"柔情万缕""长风万里""十丈珠帘""金钱垂珠""墨荷""一坯雪""彩云爪"等,一语道破花的万种风情。

以花瓣拟名:有"惊风芙蓉""飞龙玉爪""松林挂雪""香罗带""老翁发""金铃歌"等。

以鸟兽动态拟名:有"白鸥玉波""百鸟朝凤""白鹤戏水""平沙落雁""玉凤还巢""雏凤展翅""灰鹤衔珠""紫燕翻飞""白鹭横江""玉龙闹海""游龙戏凤""野马分鬃""玉蟹冰盘""虎背斜阳""醒狮图""凤凰振羽""泥金豹"等。

也有以历史人物和故事命名的,如"出师表""白西厢""龙图阁""龙城飞将""木兰换装""嫦娥奔月""湘妃鼓瑟""二乔斗艳""文姬抚琴"等。每一个名字的背后都蕴含一些动人的故事,启发人们的想象。

或借诗词典故表示菊花的颜色,如红色的"红叶题诗",黄色的"黄石公",粉色的如根据崔护诗句命名的"人面桃花",根据杜牧的《赤壁》诗句命名的"铜雀春深",根据曹操的《短歌行》命名的"月明星稀"等;根据命名者的寄托或向往而赋名的有"归田乐""朝天子""炼丹炉""佛莲座""巾帼英雄""南极仙翁""红尘不染"等。

以花香气味命名有"梨香菊"——闻之似有鸭梨的香气,是菊花中最负盛名的。以美人姿态拟名的有"西施浣纱""湘妃晚妆""嫦娥奔月""金发女郎""白雪公主""麻姑献瑞"等。依据花色、花瓣、花朵综合成"韵"而命名的如"醉荷""醉舞杨妃""醉荷",取其似荷非荷,极似微醉之人,飘洒而无羁;"醉舞杨妃",其色粉红,瓣肥厚,形多姿,极似历史故事中的杨贵妃带醉慢舞。

菊花的名字,在清代编纂完成的《菊谱》(又名《东园菊谱》)就有记录,品名达百种,依次为:曲粉、柘枝黄、檀香毬、粉蝴蝶、紫薇郎、红丝玉、银凤羽、赤瑛盘、灯下黄、蜜荷、松子菊、青心玉、绿衣黄裳、紫龙须、姑射肌、靓装西子、绣芙蓉、大金轮、紫袍金带、青莲、含烟铺锦、银鹤氅、粉装、紫罗襦、水精毬、紫金盘、杨妃晚装、檀香盘、曲紫、解环绦、雪莲台、珊瑚枝、紫茸、一粒毬、玉毫光、银捻线、天孙锦、玉连环、锦心绣口、白鲛绡、海红莲、粉鹤翎、金捻线、粉针、金膏水碧、琥珀莲、紫霞觞、白凤、六郎面、七宝盘、赢师管、金凤羽、国色天香、金针、玉玲珑、粉翠、落红万点、软枝桃红、金丝莲、金剪绒、福橘红、杏花颐、黄玉琮、紫装、金海棠、银牡丹、金芙蓉、佛手黄、白玉缠光、朝阳素、粉捻线、雨兰红、金丝楼、鹭鸶管、截肪玉、玉芙蓉、粉心莲、御爱黄、紫针、旨蕌、海献金毬、松针、碧桃红、粉菉竹、海云红、紫荷衣、虎皮莲、二乔、波斯帽、紫缨、赤脂瓣、栗留黄、珊瑚雪、银绣球、绿荷衣、朱砂盘、紫翠莲、蜡盘、锦边莲、追金琢玉。

这些命名使菊花的形状、色泽、风姿、神韵更加盎然有趣,并人产生丰富的联想。仅从名字看来,菊花就已令人眼花缭乱,目不暇接。菊花的命名,虽然任人可取,但自古以来,一般都有一定的规范,务求名副其实,清丽典雅。所谓"赏菊务品其名,得菊勿俗其名",确是中肯之语。

看着它,那金色的黄、纯色的白、醉心的紫、桃花的粉、旗色的红、浅色的茶、翠色的绿,每一种颜色的菊花,都叫人如醉如痴。最是那令人叫绝的墨菊,色泽浓而不重,花盘硕大凝重,花瓣中空末端弯曲,颜色由浅入深,亮丽如绸似缎,远看似宣纸墨泼成画，近观如江南云锦千秀，即使在繁花丛中，你也能第一眼认出它的存在。孤傲不失活泼，华丽不失娇媚，美如其名。"渊明爱佳色，灵均餐落英。墨衣林下去，标致更凄清。"一个"墨"字了得！更有那菊中珍品的绿荷，碧如翡翠，如荷花仙子的绿色裙子，张开如一把把绝色的小伞，疑是有人拿了绿漆刷了一般，清爽淡雅，浑然天成。花能开出绿色，均为花中少有，均被视为珍奇。

走近它，淡淡的，清香袭人，悠悠然，沁人肺腑，如开启的葡萄美酒，似醉非醉。红如涂朱，白似脂玉，黄若金丝，紫犹宝石，色泽鲜艳，异彩纷呈。

花姿繁多，更有那细若发丝的"千丈珠帘"、丰满奔放的"金碧辉煌"、浑厚壮观的"帅旗"、雍容端庄的"醉杨妃"、幽静清丽的"绿牡丹"、飘逸含情的"鸳鸯带"、娇小玲珑的"白松针"、柔美光洁的"墨麒麟"、花瓣着刺的"麻姑献瑞"、瓣端开裂的"金盘托桂"、梨香扑鼻的"梨香菊"，都是颇具盛名的佳品。有碧如翡翠的"绿牡丹"、红绿相衬的"绿衣红裳"、妩媚动人的"绿水长流"、洁如新雪的"白十八"、别具风韵的"墨荷"、雍容华贵的"锦都春"、姿媚韵高的"湘妃鼓瑟"、灿若纯金的"金龙须"，都是天姿国色，无与伦比。其姿有的龙飞凤舞，有的亭亭玉立，有的小巧玲珑，有的繁杂庞大，有的像火焰那样热烈，有的像月夜那样静谧，有的像羽毛般柔软，还有的像贵妇人似的持重。或倚、或倾、或俯，似歌、似舞、似语、似笑，美不胜收。

菊之神韵，犹如初恋少女般羞涩，眉目间清纯如水，妩媚动人，只有真爱菊者才能发现美丽所在。如此这般的菊，怎么不叫人喜欢呢！

咏 菊

冷香四溢空傲世,
芳华重阳簇翠枝。
青烟疏雨西风紧,
明月萧条竞放时。

　　菊与文人墨客有扯不断的情愫。它傲霜抗寒,坚强不屈,高洁幽雅,芳香四溢,成了他们心中孤标傲世的精神象征,使历代文人高士赞赏不已。

　　不少诗词把菊花人格化,当作安于贫穷、不慕荣华、有骨气的人的象征,用"黄花晚节香"象征人的高洁品质。我国最早写诗赞美菊花不屈不挠精神的是晋代大诗人陶渊明,他吟道:"芳菊开林耀,青松冠岩列,怀此贞秀姿,卓为霜下杰。"他爱菊成癖,写下许多咏菊名句,一直流传至今,"采菊东篱下,悠然见南山",可谓是脍炙人口的佳句,妇孺皆知。李商隐的《菊花》:"暗暗淡淡紫,融融冶冶黄。陶令篱边色,罗含宅里香。几时禁重露,实是怯残阳。愿泛金鹦鹉,升君白玉堂。"则写出了菊花的可爱与美丽。著名诗人陆游也曾赞吟菊花:"纷纷零落中,见此数枝黄。高情守幽贞,大节凛介刚。"唐太宗李世民在《赋得残菊》诗中赞扬残菊风姿不减,余香犹在,"露浓晞晚笑,风劲浅残香",又对来年复荣充满信心,"还将今岁色,复结后年芳"。屈原在遭谗被逐后,写《离骚》以寄志,"朝饮木兰以坠露兮,夕餐秋菊之落英",视菊花为食粮,在《九歌礼魂》中他写道:"春兰兮秋菊,长无绝兮终古。"表明了屈原洁身自好、永远不与恶势力同流合污的品格。

　　黄色的菊花最早进入了古代的诗文。菊花古代亦称为"黄花"，"黄花"在诗人笔下成了菊花的代名词。"忽见黄花吐，方知素节回。"初唐王绩见到菊花吐艳，醒悟到重阳节的来临。杜甫在战乱中度过重阳时写下"旧采黄花賸，新梳白发微。""苦遭白发不相放，羞见黄花无数新。"他从时序的推移中觉察到自身的衰老。李白却用"九日龙山饮，黄花笑逐臣"，"黄花不掇手，战鼓遥相闻"显示他所特有的豪情。宋代女词人李清照以菊花自比，写下了"东篱把酒黄昏后，有暗香盈袖。莫道不销魂，帘卷西风，人比黄花瘦。"的词句，把佳人比作菊花，更是恰到好处，一个"瘦"字，道出了花影人魂。"孤标傲世偕谁隐，一样花开为诋迟？"曹雪芹笔下的林黛玉就是这样与众不同！

唐代诗人元稹的《菊花》抒发了自己的爱菊之情，"秋丛绕舍似陶家，遍绕篱边日渐斜。不是花中偏爱菊，此花开尽更无花。"表现出一种对时光流逝、对美好事物消逝的无奈心境。孟浩然对它恋恋不舍，情有独钟："待到重阳日，还来就菊花。"王安石的"黄昏风雨打园林，残菊飘零满地金"，把落地的黄菊比喻成雨后的黄金。岑参的《题菊诗》与杜甫有异曲同工之处，"强饮登高去，无人送酒来。遥怜故乡菊，应傍战场开。"作者借菊抒怀，菊本是供文人雅客持酒赏玩的花中君子，可生在动荡不安的年代却只能如乱世佳人般"应傍战场开"，怜惜菊花生不逢时的同时，也表达了诗人对故乡、家国的忧思之情。宋代诗人欧阳修的《菊》（"共坐栏边日欲斜，更将金蕊泛流霞。欲知却老延龄药，百草催时始见花。"）准确地描述了菊花色、形兼备的观赏价值与医用功效。苏轼的《赵昌寒菊》（"轻肌弱骨散幽葩，真是青裙两髻丫。便有佳名配黄菊，应缘霜后苦无花。"）将菊的枝、叶、花比喻为娉婷袅娜的清丽佳人，见诗如见花，见花如见人，形象逼真，惟妙惟肖。陆游的《晚菊》（"蒲柳如懦夫，望秋已凋黄。菊花如志士，这时有余香。眷言东篱下，数株弄秋光。粲粲滋夕露，英英傲晨霜。高人寄幽情，采以泛酒觞。投分真耐久，岁晚归枕囊。"）将菊花之余香与蒲柳之凋黄作了鲜明的对照,表露了诗人如菊花般凌霜耐久、不畏世俗权贵的至诚之心。朱淑真的《菊花》("土花能白又能红,晚节由能爱此工。宁可抱香枝头老,不随黄叶舞秋风。")脍炙人口,被誉为咏菊绝唱,她赞扬菊花的气节,西风频吹,霜凝大地,菊花不随黄叶舞秋风。

农民起义领袖黄巢也借菊以寄托豪情,写诗云:"待到秋来九月八,我花开后百花杀,冲天香阵透长安,满城尽带黄金甲。""飒飒西风满院栽,蕊寒香冷蝶难来。他年我若为青帝,报与桃花一处开。"这里菊花多了些霸气与杀气。

最早咏白菊的当推刘禹锡和白居易。刘禹锡见到白菊吟道:"家家菊尽黄""梁园独如霜"。花的洁白有如"仙人披雪氅,素女不红妆";花的娇贵使得"桂丛惭并发,梅蕊妒先芳"。白居易回忆经历的杭州、洛阳、苏州"三处菊花同色黄",晚年见到白色的菊花时,不由得既兴奋又感慨,写下《重阳席上赋白菊》的诗:"满园花菊郁金黄,中有孤丛色似霜。还似今朝歌酒席,白头翁入少年场。"表现出他心里平衡,心静如水,心宽如海的心态。

古今写菊的诗篇浩如烟海,诗人喜欢菊花,看重的是"寒花开已尽,菊蕊独盈枝"(杜甫)。僧齐已赞它"无艳无妖别有香",声明自己"栽多不为待重阳","却是真心爱澹黄"。东坡一句"菊残犹有傲霜枝",既赞菊花的品格,亦暗指自己的情操。清代蒲松龄深情感叹:"植此种于庭中,如见良友,如见丽人,不可不物色之也。"曹雪芹对菊花更是一往情深,他在《红楼梦》中写了很多咏菊诗词,"冷吟秋色诗千首,醉酹寒香酒一杯"道出大文学家曹雪芹的心境。《红楼梦》第37回的"蘅芜院夜拟菊花题"、第38回的"林潇湘魁夺菊花诗"等都是。第38回中,通过忆菊、种菊、对菊、供菊等十二首菊花诗,描写宝玉、黛玉、湘云等人物不同的思想性格,情趣各异。如林黛玉的《咏菊》("毫端运秀临霜写,口角噙香对月吟。满纸自怜题素怨,片言谁解诉秋心？"）及《问菊》（"孤标傲世皆谁隐，一样花开为底迟？圃露庭霜可寂寞，雁归蛩病可相思？"）《红楼梦》中，写佳人们寄菊言情，林黛玉《菊花诗》夺魁，与菊同洁；史湘云伴菊而眠，与菊同欢；薛宝钗思菊伤情，与菊同凄……菊花陪佳人，更显其清姿淡容，也表明了曹雪芹的人格与品性。

周敦颐说它是"花之隐逸者"。憨僧张化《赞菊》诗中曰"不容丹桂称前辈，只许寒梅步后尘"，表现了菊花那种努力进取、自强不息的抱负。明朝开国皇帝朱元璋"忽与西风战一场，满身披上黄金甲"的《赋菊》诗，体现领袖人物改天换地的政治主张。再如宋代诗人陆游的"菊花如志士，过时有余香"和清代诗人袁牧的"晚节不嫌知己少，香心如为故人留"均表现出人过留名、雁过留声、严于律己的高尚情操。还有如陆龟蒙的《忆白菊》："稚子书传白菊开，西成湘滞未容回。月明阶下窗纱薄，多少清香透入来。"李师广的《菊韵》："秋霜造就菊城花，不尽风流写晚霞。信手拈来无意句，天生韵味入千家。"风子的《秋声》："廊下阶前一片金，香声潮浪涌游人。只缘霜重方成杰，梁苑东篱共古今。"王如亭的《菊城吟》："狮龙气象竟飞天，再度辉煌任自威！淡巷浓街香满地，案头九月菊花肥。"郑谷的《菊》："王孙莫把比荆蒿，九日枝枝近鬓毛。露湿秋香满池岸，由来不羡瓦松高。"再如宋朝郑思肖的"宁可枝头抱香死，何曾吹落北风中"，陆游的"开迟愈见凌霜操"，杨万里的"菊花自择风霜国"，韩琦的"莫嫌老圃秋容淡，犹看黄花分外看"，"且看黄花晚节香"……他们吟唱的都是秋菊傲霜的风韵。诗人毛泽东的"战地黄花分外香"诗句，则赋予菊花另一种含义。还有更多写菊花的诗："凌霜留晚节，殿岁夺春华。""涧松寒转直，山菊秋自香。""赖有南园菊，残花足解愁。""寒花开已尽，菊蕊独盈枝。""素心常耐冷，晚节本无瑕。"等等，不胜枚举。

菊花遇到文人，便有了君子之德，隐士之风，志士之节。历代的文人墨客把她与梅、兰、竹一起，赞誉为"花中四君子"。

画　菊

菊能入诗，亦能入画。

古画里就有"梅、兰、菊、竹"四条屏。

菊，群芳中的隐者，在万花即将枯萎的时候，悄然盛开于田野村舍、木栅竹篱、院中墙旁。宜肥宜瘦，宜蕾宜放；可眩黄郁金，可皑皑白雪；可水墨滴翠，可万紫千红。皆是一派自然潇洒的气度，自然也成了画家们笔下的所爱。

菊花何时入画，现在也难以查证，宋代《宣和画谱》卷中在著录唐末五代画家滕昌佑时，记述藤"卜筑于悠闲之地，栽花竹杞菊以观植物之荣悴，而寓意焉"。这是绘画史中所见到的最早有关画菊的明确记载了。由此可知，五代已经有了画菊的风气。自五代黄筌的《寒菊蜀禽图》以来，画菊者层出不穷，不胜枚举。凡工花卉者，咸能为之，虽众若繁星，但无当空皓月。唐宋年间多用勾勒渲染法，以表现菊花的种类繁滋，色彩艳丽。出类拔萃者有黄筌、滕昌佑、邱庆余、赵昌、黄居宝等人。《全唐诗》中不见关于画菊的记载，说明唐代画界尚未注意到这一题材。入宋后，画菊花的人开始增多，但和画梅、兰、竹的人相比自然要少。一直到南宋、元代的时候，赏菊、咏菊、画菊之风气才开始浓厚起来，热衷于画菊的画家开始多起来，如钱选、苏明远、赵彝斋、李昭、柯丹丘、王若水、盛雪莲、朱樗仙等俱善画菊，而且他们都突出菊花傲霜凌秋的品格，在技法上摒去脂粉，唯以水墨图写。明清之际的吕纪、徐霖、沈筌、蒋廷锡均循此法。但明清两代画菊的人也不多，有陈淳、徐渭、沈周等人画过菊花，现有陈淳的一幅《菊石图》藏于故宫博物院。元明以来始有文人逸士，慕其幽芳，寄兴笔墨，不施脂粉，愈见清高，始创墨笔点染法，更显傲霜凌秋之气。含之胸中，出之腕下，全然不在色相相求矣。画中每题诗句，情景交融，更能直抒胸臆。成就卓著者当属徐渭、陈淳、石涛、恽南田、朱耷、李方膺、虚谷和吴昌硕了。中国人对菊花有着自己独特的审美情愫。中华民族的传统美德谦恭气质、倔强精神都通过菊花表现出来。中国人喜爱菊花就像西方人喜爱玫瑰花一样，是国情、人情的体现。历代文人笔下的菊花形象也是中国人文化内涵的体现。菊花繁多的品种、缤纷的色彩在画家的眼里已并不重要，"黄花"成了菊花的替身。画家关注的是菊花"发在林凋后，繁当露冷时"的精神，"春露不染色，秋山不改条"的气节和"澹极名心宜在野，生成傲骨不依人"的风骨。即或逸笔草草，也能惊天动地……

清代人画菊花的也不是很多，其中以金陵八家的胡慥和扬州八怪的黄慎最为有名。

清初四僧之一的石涛画的《对菊图》，画法精细，笔法细秀苍劲。远景山峦重复，屋舍掩映山间树丛，中景溪水平静，近景院落内，有两松交错盘结，一高人对菊而立。近代画家陈大羽的《松菊颂》，松柏龙腾虬跃，霜菊气韵生动。笔墨酣畅，色彩鲜明，溢出画外。笔墨功底厚实并以书法入画，显示出浩荡磅礴之气势。

至八大山人画菊，竟不以花蕾为主，而着重表现菊花的残叶、残枝傲霜之姿，从而画出了菊花之精神气质。菊花在画家墨气淋漓的笔下，幻化出一种冰清玉洁与空灵幽绝的境界。

画家们的画菊题诗别有情趣。清代画家黄山寿反其意而写道"不是花中偏爱菊，迟开都为让群芳"，借菊花之迟开，真诚地写出了处事做人的原则——先人后己。扬州八怪的郑板桥在《画菊与某官留别》中写道："进又无能退又难，宦途踬踣不堪看。吾家颇有东篱菊，归去秋风耐岁寒。"道出了他与陶潜一样，"不为五斗米折腰"的清高气节。更有宋代画家郑思肖震撼人心的"题菊"诗："花开不并百花丛，独立疏篱趣无穷。宁可枝头抱香死，何曾吹落北风中。"写尽了菊花的坚贞不屈、视死如归的品格，表达了作者不怕杀头，不愿降敌的爱国主义精神。唐寅的《题菊花图》中写道："黄花无主为谁容，冷落疏篱曲径中。尽把金钱买脂粉，一生颜色付西风。"《红楼梦》中薛宝钗所作的《画菊》诗云："诗馀戏笔不知狂，岂是丹青费较量？聚叶泼成千点墨，攒花染出几痕霜。淡淡神会风前影，跳脱秋生腕底香。莫认东篱闲采掇，粘屏聊以慰重阳。"

另外，菊花华丽、闲寂的风度也十分投合日本皇室贵族和文人墨客的情趣，长期成为日本皇室的象征，平安朝的宫廷贵族、文人墨客仿效中国重阳节饮菊花酒的习俗，赋诗探韵，酒为菊酒，杯为菊杯。陶渊明的"采菊东篱下，悠然见南山"所抒发出的归隐情趣，也引起不少日本人的共鸣，他们在园林中广植菊花，以营造野趣。在江户初期画家菱川师宣所画的《余景作庭图》中，菊花满院，并注明："此名菊水之庭……池之周围结菊篱以植菊，以陶渊明之诗心而作。"

品　菊

"家家争说黄花秀，处处篱边铺彩霞。"群芳凋零的深秋，唯独菊花霜中争艳，繁英似锦，将清秋的大自然点缀得分外妖娆。每逢此时，正是人们品赏菊花的好时节，那么如何品味菊花呢？

早在春秋战国时期，《吕氏春秋·十二纪》和《礼记·月令篇》均有记载。宋《全芳备祖》记载："菊有黄华，北方用以准节令，大略黄花开时节候不差。江南地暖，百卉造作无时，而菊犹不然，……必待霜降草木黄落而花始开。"这就明确提出用菊花记节令"节候不差"。至今人们还有"霜打菊花开"的说法。

独立寒秋的菊花，在上古时代有着不同的文化含义，被古人视为"候时之草"，成为生命的象征。"大火"在农历九月初九隐退，这使古人失去了时间的坐标，产生了莫名的恐惧。"秋祠以菊"正是古人祈求"大火"再生的祭礼活动。九月初九这一天，巫师们手持鞠互相传递，轮番起舞，祈求重获"大火"。随着科学技术的进步，古人对时间有了新的认识，"火历"让位于一般的历法，但人们对九月因阳气的衰减而引起的自然气候变化仍然有特殊的感受。因此，九月九日人们举家登高避忌，饮菊花酒或赏菊祈福、祈寿的古俗依旧传承，成了现在的重阳节，又叫菊花节。

菊花在九九重阳应节而开，所以有"节花"之名。"九"与"久""酒"谐音，所以，重阳除了赏菊、登高外，必饮菊花酒，以求延年益寿。重阳节之所以有名，是因为这个节日和历史上许多有名的文学家有关；而在这些文学家的故事里，包含着重阳节的各种风俗，如登高、赏菊、饮菊花酒、佩茱萸等。

后人在重阳节这一天，还有吃重阳糕的习惯。重阳糕就是用粉面蒸糕，辅料有枣、栗或肉。讲究的重阳糕要做成九层高，像座小宝塔，上面还做两只小羊，以符合重阳（羊）的意思。有的重阳糕上还插一小红纸旗，并点蜡烛，这大概是点灯之意。"吃糕"代替登高，用小红纸旗代替茱萸。重阳节正是一年的金秋时节，菊花盛开。据传赏菊及饮菊花酒，起源于晋朝大诗人陶渊明。民间还把农历九月称为菊月，在菊花傲霜怒放的重阳节里，观赏菊花成了节日的一项重要内容。清代以后，赏菊之习尤为昌盛，且不限于九月九日。

在我国，重阳节插茱萸和簪菊花的风俗，在唐代就已经很普遍。古人认为在重阳节这一天插茱萸可以避难消灾；或佩戴于臂，或做香袋把茱萸放在里面佩带，还有插在头上的。大多是妇女、儿童佩带，有些地方，男子也佩带。除了佩戴茱萸，人们也有头戴菊花的。唐代就已经如此，历代盛行。清代，北京重阳节的习俗是把菊花枝叶贴在门窗上，"解除凶秽，以招吉祥"，这是头上簪菊的变俗。宋代，也将彩缯剪成茱萸、菊花来相赠佩带。

菊花不仅供观赏，还可食、可酿、可饮、可药，与人民群众的生活密切相联系。人们欣赏它那千姿百态的花朵、姹紫嫣红的色彩和清隽高雅的香气，成为塑造园林景观、装饰生活环境的佼佼者。单纯从花的观赏效果说，菊花明显高于百花之处，在于它花姿多变，花型纷繁，出神入化。有的翩翩起舞，有的柔发飘拂，有的娇容半掩，有的火焰喷涌。富贵者如牡丹，雍容大度；雅洁者如梅花，秀丽端庄；潇洒者如兰花，风姿舒曼……故而，植物学家把菊花称作"植物艺术品"。

菊花品种繁多，花型及花色丰富多彩，花期长，花量大，是布置花坛和岩石园等的极好植物材料。盆栽观赏也深受我国人民喜爱，案头菊及各类菊艺盆景使人赏心悦目；大立菊是盆栽中的皇后，一个枝干上就有上千朵花，竞放吐艳，清香阵阵，沁人肺腑，令人陶醉。地栽以不同花期的菊花组成花镜、花坛或草坪镶边，可形成明显的季相变化，与背景如树篱、树墙、栅栏、景石相配，自然协调，相映成趣。同时菊花是世界上四大切花之一，在销售额中居四大切花首位。水养时花色鲜艳而持久，可供花束、花圈、花篮的制作。

近几年来，许多植物学家研究发现，菊花还具有保护环境、净化大气的奇妙功能，被称为"空气的卫士"。它不畏烟尘污染，对一些有害气体（H_2S、Cl_2、SO_2等）具有不同程度的吸收能力。特别是白母菊，它能在含二氧化硫的空气中茁壮成长，并且枝叶并茂，花开仍旧。比起那些傲雪蜡梅、飘香桂花、富贵牡丹及芍药、石竹等经受不住二氧化硫"折磨"的鲜花来说，菊的生命力可谓顽强。因此，在一些被二氧化硫污染的地区，如化工厂、电厂、药厂、钢厂等地的附近，可多栽植菊花，一则美化环境，二则净化空气。

《周礼·天官·内司服》中载"后服鞠衣，其色黄也。"说明菊花之色已被皇家定为帝王服装的专有颜色，这一直延续到了清代。

此外，建筑小品和雕刻常常选择菊花为图案。宅园大厅里陈设的清式太师椅，四把一套，靠背上分别雕刻着"梅、兰、竹、菊"图案，象征着四君子，以映衬人物。古代神话传说中，菊花又被赋予吉祥、长寿的含义，常常成为组合图案中的吉祥符号，如菊花与喜鹊组合表示"举家欢乐"，菊花与松树组合成为"益寿延年"的象征等，园林漏窗也不乏菊花图案。

总之，菊花的应用相当广泛，应用范围大到广场、街道、公共绿地，小到厅、廊、居室，均可见到她的芳踪。

菊花为中国人所爱，从文化根源追寻，常常由陶渊明植菊、赏菊说起；但远比这悠久的文献资料表明，古人最初看中菊花，并非是欣赏它的形态美，而是可以用于食用和治病。菊花有很高的药用价值，《群芳谱》总结它的疗效有"明目，治头风，安肠胃，去白翳，除胸中烦热，四肢游气，久服轻身延年"。

李时珍对菊的药性做了详细考察，认为菊有"利五脉、调四肢，治头目风热，脑骨疼痛，养目血，去翳膜，主肝气不足"的功效。至于菊花能增强人们的体质、延年益寿的记载，自古就有很多。《神农本草经》列菊花为百草上品，更有"菊服之轻身耐老"的说法。重阳节饮菊花酒"令人长寿"。陶渊明在其诗中云重阳"酒能祛百病，菊解制颓龄"。南北朝医药学家陶弘景《名医别录》中说："菊花味甘，无毒，可疗腰痛，除胸中烦热，安肠胃，利五脉，调四肢。白菊主治风眩，能令头不白。"唐朝陈藏器（《本草拾遗》）也认为，白菊可染鬓发令黑，和巨胜茯苓蜜丸服之，去风眩，变白不老，益颜色。清代医学家赵学敏，在《本草纲目拾遗》中记：浙江处洲出产一种野菊花，当地人采其蕊，干之如半粒绿豆大，甚香，且轻圆黄亮，称之为菊米，其败毒散疗，去风清火，明目轻身，称作第一。新中国成立后出版的《中国药用植物图鉴》对菊花的药用疗效、药用成分也有详细的记载：菊花"为清凉性发散风热药，功能疏风热，清头目，降火，解毒。主治头痛眩晕、血压亢进，神经性头痛等"。这说明，菊花从古至今都在作为药用，对治病、强身起到了很大的作用。

据现代化学分析，菊花中含有挥发油、菊甙、腺嘌呤、氨基酸、胆碱水苏碱、小檗碱、黄酮类、菊色素、维生素、微量元素等物质，可抗病原体，增强毛细血管抵抗力，其中类黄酮物质已经被证明对自由基有很强的清除作用，而且在抗氧化、防衰老等方面卓有成效。从营养学角度分析，菊花花瓣中含有17种氨基酸，其中谷氨酸、天冬氨酸、脯氨酸等含量较高，同时还富含维生素及铁、锌、铜、硒等微量元素，因而具有一般果蔬无法比拟的作用。现代临床医学也证明，菊花是一种神经强壮药和清凉解热药，确有良好的解热降压作用，对葡萄球菌、绿脓杆菌、流感病毒等都有抑制作用，菊花制剂对冠心病、胸闷、气急、心悸、头晕、头痛、四肢麻木、动脉硬化、血清胆固醇过高、癌细胞以及感冒、喉咙疼痛等疾病有明显疗效，对扩张冠状动脉功效显著。所以常服菊花，对防病保健、减肥、延年益寿是大有好处的。

菊花入药，还有一种重要方式，即菊花药枕。早在宋代，集菊花研究之大成（《百菊谱集》）的学者史铸就说过，"囊可以枕"。宋人林洪《山家清事》有较详细描写：秋天采山中甘菊花，贮以红棋布囊作枕用，能清头目，去邪秽。赵学敏的书中也提到，清代杭（州）城石罅生菊，枝叶极瘦小，九月开花如豆，香而且甘，雍正初，禁人采取，以充贡品，宫闱以作枕。既然皇帝妃子们要独占享用，它的药疗功效一定是不差的。据雍正年《畿辅通志》说，北京一带"甘菊产涧边，花小而繁，最馥，九月采之，置枕中能明目"。可见我国南北方都有菊花药枕的讲究。如今，随着物质文化水平的提高，普通老百姓也追求保健和长寿，以菊花为主要药物材料的保健性药枕，式样翻新，大量上市，深受消费者喜爱。

古人认为，菊花"服之者长寿，食之者通神"（晋傅玄《菊赋》），"久服利血气，轻身、耐老、延年"（《神农本草经》）。故而菊花被誉为"长寿花""延龄客"。我国食用菊花的历史十分悠久，早在战国时期爱国诗人屈原就有"朝饮木兰坠露兮，夕餐秋菊之落英"的吟咏。古代还有康风子食菊成仙的传说。到唐代，市面上就有菊花糕卖。"东篱同坐尝花筵，一片琼霜入口鲜"的诗句，正是写食菊的乐趣。李峤诗曰："令节三秋晚，重阳九日欢。仙杯还泛菊，宝馔且调兰。"王维诗云："四海方无事，三秋大有年。百生无此日，万寿愿齐天。芍药和金鼎，茱萸插玳筵。无穷菊花节，长奉柏梁篇。"郑所南的"道人四季花为粮，骨生灵气身吐香。闻到菊花大欢喜，拍手笑歌频癫狂。"写出了宋代食菊之盛。"常饮菊花茶，老来眼不花。"文人雅士常以菊代茶，并赋诗吟诵，陆游有"何时一饱与子同，更煎土茗浮甘菊"的诗句。郑板桥有描写古代郦县一带饮菊延年益寿、返老还童的诗："南阳菊水多蓍旧，此是延年一种花。八十老人勤采啜，定教霜鬓变成鸦。"

菊花可以酿酒、制茶作为饮料，菊苗可以做菜食用，所以菊花自古以来深受人们的欢迎。宋代《全芳备祖》对这方面的记述就非常详尽和深刻，菊花"所以贵者，苗可以菜，花可以药，囊可枕，酿可以饮。所以高人隐士篱落畦圃之间，不可一日无此花也"。

菊花气味芬芳，绵软爽口，是人肴佳品。其吃法很多，可鲜食、干食、生食、熟食、焖、蒸、煮、炒、烧、拌皆宜，还可切丝入馅，菊花酥饼和菊花饺都自有可人之处。菊花虽品种很多，但入食多用黄、白，尤以白菊花为佳，杭白菊、黄山贡菊、福山白菊等都是上品。说到吃菊花，古时有两位作家是吃出了名的。一位是唐朝的陆龟蒙，他家住在荒郊野外，房前屋后空地宽敞，便种了许多杞菊。春天，嫩苗恣肥，就采来当下酒菜；夏天，枝叶老梗，不好吃了，他仍督促儿孙去采摘，简直是食菊上瘾了。后来他因此写成一篇《杞菊赋》。宋朝的苏东坡也有食菊喜好，也写过《杞菊赋》。宋时，菊花可食，已为人们普遍了解。史正志说，南宋杭州一带老百姓，以菊花为作料，制成菊糕，作为馈赠亲友的礼品。陶穀《清异录》说，用鲫鱼或鲤鱼肉拌和菊瓣，炸烩成菊花鱼片，别具风味。因此，当时菊花入餐的烹饪办法已很有讲究。清代，传说慈禧太后爱品尝菊花美食，用铜火锅盛鸡汤或肉汤，以急火烧沸，再投入鸡片、腰片或肉片，并杂以白菊花瓣，则形成一道名吃"白菊乌鸡涮红锅"。如今，菊花烹制出多种佳肴，如广州的腊肉菊花饼、菊花蛇羹，杭州的菊花咕噜肉、菊花肉丝，北京的菊花鱼球、菊花肉，安徽的菊花鸡丝，湖南的菊花竹笋汤等，都是脍炙人口的珍肴。此外，在菊花食品中，还有菊花火锅、菊花浓汤过桥桂花鱼、菊香百花脯、菊花竹丝鸡烩五蛇、菊露香液鸡、秋菊伴春巢、荔茸秋菊鸭、菊花鲜栗羹、菊花羹、油炸菊花叶、菊花鱼片粥、菊花露、菊花糕、菊花豆腐、菊花肉卷、菊花饼、菊花里脊、菊花鸡片、三色菊花丝、菊花猪肝汤、腌菊香、菊花蛋丝汤、菊花蜜饮、熬菊花糖等，也都是色、香、味俱全，而且营养丰富，别有风味。

用菊花酿酒，陶渊明之前就有了。相传汉武帝时，宫廷中即有重阳节饮菊花酒的仪式。据刘歆《西京杂记》卷三记载：菊花初开，与茎叶一同采下，杂黍米酿之，至来年九月九始熟，称作菊花酒。饮菊花酒风俗一直流传下来，唐玄宗时的社会名流"饮中八仙"之一李适之，《唐书》其传记写道："凡天子飨会游豫，惟宰相学士得从，秋登慈恩寺，献菊花酒称寿。"宋人史铸在他的菊谱中说："汉俗九日献菊酒，以祓除不祥。"南宋吴仁杰的《离骚草木疏》讲述那时菊花酒酿造方法：八月采收菊花，曝干，浸酒中，隔一段时间，便可饮用；并说当时诸洲县所产菊花酒，差不多都是这样酿造的。清代《食物本草会纂》亦记载了酿造配方，说："菊花酒，治头风，明耳目，去痿痹，消百病。用甘菊花煎汁，同面米酿酒，或加地黄、当归、枸杞诸药亦佳。"菊花酒酿制现今仍有。菊花酒清凉甘美，是强身益寿佳品。从医学角度看，菊花酒可以明目、治头昏、降血压，有减肥、轻身、补肝气、安肠胃、利血之妙。陶渊明诗云："往燕无遗影，来雁有余声。酒能祛百虑，菊解制颓龄。"称赞了菊花酒的祛病延年作用。

菊花入茶，虽不比菊花酒那样古老，但也堪称源远流长。唐代学者陆羽著有《茶经》，他是一位品茗行家，僧人皎然有诗《九日与陆羽饮茶》，写道："九日山僧院，东篱菊也黄。俗人多泛酒，谁解助茶香？"看来菊花酒已很普及，被称作俗人的口味，而饮菊花茶则是高人雅士的兴致。宋朝史铸《白菊集谱》介绍："菊花古人惟以泛酒，后世又以入茶，其事皆得于名公之诗。"他说的"名公"，应当是指陆羽，或者李白，他们都写过精彩的饮茶诗。至宋代，菊花茶风行于世，孙志举《访王簿同泛菊茶》诗曰："妍暖春风荡物华，初归午梦颇思茶。难得北苑浮香雪，且就东篱撷嫩芽。"洪遵《和弟迈同台》诗中有言："户小难禁竹叶酒，睡多须借菊苗茶。"陆游《冬夜与溥庵主说川食》诗中句："何时一饱与子同，更煎土茗浮甘菊。"这都是两宋时代以菊代茶或与茶同烹的明证。如今，菊花仍是茶用主要香料之一，产于浙江的杭菊、河南的邓菊、河北的祁菊以及安徽歙县的贡菊、滁县的滁菊、亳县的亳菊，都是有名的甘菊。尤其是杭菊，泡茶微甘而香，生津润喉，堪称佳茗。

除了入酒入茶，菊花自身也是别具特色的清凉饮料。古人曾说："用甘菊晒干，密封收藏，间取一撮，如烹茶之法，谓之菊汤，用作消渴者。"如今，民间多有泡水饮用的，特别是到了炎热夏季，如菊花蜜饮：菊花50克，加水20毫升，稍煮后保温30分钟，过滤后加入适量蜂蜜，搅匀之后饮用，具有养肝明目、生津止渴、清心健脑、润肠等作用。而固体菊花晶饮料，早已为我国广大消费者熟悉。

菊花具有酿酒、泡茶、制食、入药等药食同源的功能，还有如下养生功效：菊花茶、菊花羹、菊花酒、菊花粥、菊花糕、菊花肴、菊花膏、菊花枕、菊花护膝、菊花洗浴等。

养　菊

爱花的人没有不爱菊花的。如果你爱菊，最好的表达方式就是自己去养菊。院子里种上几种菊花，等到秋来九月八，菊花盛开，内心会有一种说不出的自豪感。

菊向来不甚高贵，农家小院常能见到它的影子，胡同里的四合院中，也能闻到它的幽香。

菊花原产于中国，在8世纪前后，由我国传到日本。之后他们将菊花与日本若干野菊进行杂交，形成了日本栽培菊系统。1688年荷兰商人从我国引种菊花到欧洲栽培。1689年荷兰作家白里尼曾有《伟大的东方名花——菊花》一书。切花菊和盆栽菊在欧洲栽培十分普遍，德国、英国、波兰、西班牙、匈牙利、俄罗斯和土耳其等国都有一定规模的栽培。

晋朝陶渊明在江西故里以艺菊自娱，爱菊成癖，曾广为流传。他写过不少咏菊诗句，如"采菊东篱下，悠然见南山""三径就荒，松菊犹存""秋菊有佳色，裛露掇其英"。这些诗句至今仍脍炙人口。

南北朝的陶弘景将菊花分为真菊和苦薏两种。茎紫、气香而味甘，叶可作羹食者为真菊；青紫而大，作蒿艾气，味苦不堪食者名苦薏，非真菊也。这对菊花的认识又进了一步。

唐朝菊花的栽培已很普遍，栽培技术也进一步提高，采用嫁接法繁殖菊花，并且出现了紫色和白色的品种。如李商隐诗："暗暗淡淡紫，融融冶冶黄。"白居易诗："满园花菊郁金黄，中有孤丛色似霜。"

宋朝栽培菊花更盛，随着培养及选择技术的提高，菊花由室外露地栽培发展到盆栽，并能用其他植物作砧木嫁接菊花，菊花品种也大量增加。这是从药用转为园林观赏的重要时期，出现了不少菊花专书和菊谱。在此期间的菊谱，对所栽的品种即以花色归类，花形也有较详细的记载。刘蒙的《菊谱》（1104年）是最早记载观赏菊花的一本专著，记有菊花品种26个。范成大菊谱（1018）记载有35个品种，其中的合蝉、红二色是管瓣出现的最早记载。其后，花色又出现了绿色的绿芙蓉和黑色的墨菊。在栽培上对菊花的整形摘心、养护管理和利用种子繁殖获得新品种等都有了更多的经验。《致富广集五记》记载："临安园子，每至重九，各出奇花比胜，谓之开菊会。"《杭州府志》中记载："临安有花市，菊花时制为花塔。"可见南宋时的首都临安有了花市、花会。流传至今的菊花会是在南宋时杭州开始的。宋末史铸的《百菊集谱》列举了洛阳、苏州等地160多个菊花品种，系汇辑各家专谱，加上本人新谱及有关故事、诗文等而成，搜罗广博，蔚为壮观，堪称集当时菊谱之大成。至南宋，艺菊中心转至江南的苏、杭一带。如范成大在苏州附近辟置范村艺菊，当地花师傅善于对菊花进行整形、修剪，可做到一株上开数十朵菊花，足见当时技艺之高。南宋首都杭州是当时的艺菊中心，如菊花会、菊花山、大立菊及菊塔等，都是当时在杭州开始出现的。

明朝菊花品种更多，艺菊水平又有提高，且有更多的菊谱问世，如黄省曾、马伯州、周履臣、高濂、乐休园等人都著有《菊话》。在黄省曾的《艺菊书》中记载了220个菊花品种，且列专目论述菊花栽培的基本技艺，即贮土、留种、分秧、登盆、理辑、护养。李时珍的《本草纲目》（1580年）和王象晋的《群芳谱》（1630年）对菊花都有较多记载。《群芳谱》对菊花品种做了综合性研究，记有黄色92个品种、白色73个品种、紫色32个品种、红色35个品种、粉红22个品种、异品17个品种，共6类271个品种，至少有16种花型。还有高濂的《遵生八笺》记录菊185种，并总结出种菊八法。

清朝菊谱及艺菊专著更多，说明新品种不断增加，栽培技术陆续提高。在这段时期中，还出现较为频繁的菊花品种交流。有陈昊子《花镜》、刘灏《广群芳谱》、许兆熊《东篱中正》、陆延灿《艺菊志》、闽延楷《养菊法》、徐京《艺菊简易》、颜禄《艺菊须知》、计楠《菊说》、陈谋善《艺菊琐言》、吴仪一《徐园秋花谱》等。《花镜》一书记载当时菊花有黄色54种、白色32种、红色41种、紫色27种，共计154个品种。计楠的《菊说》载有菊花品种233个，其中新培育的品种有100多个，并提出了菊花育种的方法。清朝菊花品种日益增多，在乾隆年间还有人向清帝献各色奇菊，乾隆曾召集当时花卉画家邹一注进宫作画，并装订成册。文人画菊题诗，当时也蔚然成风。

民国以来，菊花品种大批失散，已无正式文献可查。到新中国成立前夕，南京金陵大学园艺系为国家保存了良菊630种。新中国成立后，随着园艺事业的发展，菊花也经历了曲折历程而日益发展壮大。1953年上海的菊花只存150多种，但后来艺菊事业迅速得到恢复，上海、北京和南京等地收集和整理菊花品种。其中南京农业大学对中国菊花品种资源进行了调查研究，整理出3000多个品种。近年来，在继承前人经验的基础上，提高栽培技术，采用杂交育种、辐射诱变、组织培养等新技术，不仅提高了菊花的生产质量，并使品种数量剧增，据不完全统计，菊花已经达8000个品种以上。大立菊一株可开花5000朵以上，案头菊、盆景菊的发展，更提高了菊花的观赏价值。目前，我国除北京之外，另有30多个城市把菊花定为市花。

菊花是菊科菊属多年生草本，茎直立而开展，粗壮而多分枝，小枝青绿色或带紫褐色，披柔毛。叶大，互生，有柄，卵形或广披针形，羽状浅裂至深裂，边缘有粗大锯齿，有柄，叶柄长1—2厘米，托叶有或无。叶的形态因品种而异，可分正叶、深刻正叶、长叶、深刻长叶、圆叶、葵叶、蓬叶、船叶等8类。头状花单生或数个聚生茎顶，微香，直径2—30厘米，缘花为舌状的雌花，有白、粉红、雪青、玫红、紫红、墨红、黄、棕、淡绿及复色等鲜明颜色；心花为管状花，两性，可结实，多为黄绿色。种子（实为瘦果）褐色而细小。

花期一般在10—12月，也有夏季、冬季及四季开花的不同类型。种子成熟期一般11—12月下旬至翌年2月，其他类型种子的成熟期也不同。

菊花耐寒，喜温暖和阳光充足环境，不耐高温和干旱，怕积水和多雨。生长适温18—22℃，最高32℃，最低10℃，地下茎能耐-10℃低温。植株花芽分化期，白天温度维持20℃，夜间温度15℃，有利于花芽分化；花期最低夜温不低于17℃，开花中后期，可降到13—15℃，对延长花期有一定帮助。菊花喜地势高、土层深厚、富含腐殖质、疏松肥沃而排水良好的沙壤土。在微酸性至中性的土壤中均能生长，而以pH6.2—6.5最好。菊花虽然喜光，但盛夏中午烈日下适当遮阴对菊花生长有利。忌连作。

菊花为短日照植物，白天长日照下进行营养生长，在10℃的夜间温度下，有利于花芽发育。

世界上已有菊花20000~25000个园艺品种，我国也有8000个品种以上。在如此众多的五色缤纷的品种中，不仅花色各异，而且花型、瓣形、花期、花径大小、整枝方式及园林应用诸方面也有很大差异。为便于菊花的生产与栽培及园林应用，并为菊花的起源、选育等科学研究服务，古今中外对菊花的栽培类型及品种有多种不同的分类方法，依自然花期及生态型分类有春菊（花期4月下旬至5月下旬）、夏菊（花期5月下旬至7月）、秋菊（花期10月中旬至11月下旬）、寒菊（花期12月上旬至翌年1月）。此外，还有六九菊、四季菊等一些过渡类型。

依瓣形、花型分类：第一类平瓣类（宽带型、荷花型、芍药型、平盘型、翻卷型、叠球型）、第二类匙瓣类（匙荷型、雀舌型、蜂窝型、莲座型、卷散型、匙球型）、第三类管瓣类（单管型、翎管型、管盘型、松针型、疏管型、管球型、钩环型、飞舞型、钩环型、璎珞型、贯珠型）、第四类桂瓣类（平桂瓣、匙桂瓣、管桂瓣、金桂瓣型）、第五类畸瓣类（龙爪型、毛刺型、剪绒型）。

依花径（实为花序径）大小分类。大菊：直径在18cm以上者。

大菊系又可分为圆盘型、荷花型、牡丹型、绣球型、纽丝型等。中菊：直径在 8—18cm 者。中菊系又可分为桂花型、梅花型、茉莉型、荔枝型、万铃型等。小菊：直径在 8cm 以下者。小菊多为满天星。

依整枝方式或应用不同分类。独本菊（标本菊）：一株一花。立菊：一株数花。大立菊：一株有花数百朵乃至数千朵。悬崖菊：小菊经整枝而成悬垂状。嫁接菊：一株上嫁接多种花色的菊花。案头菊：株高通常 20 厘米，花朵硕大，能表现出品种特征。菊艺盆景：由菊花制作的桩景或菊石相配的盆景。

结　尾

在源远流长的养菊、赏菊、咏菊、画菊、品菊的传统中，培养了人们的高尚情操、品德素养和民族气节，使菊花具有深厚的文化内涵。魏代钟会《菊花赋》，赞颂菊花具有五美："金英高悬，准节令，物候不差；纯黄色是国家社稷的象征；早植晚发，是君子之高尚情操的象征；冒霜吐艳，是刚正不屈能洁之士的象征；道家服用行气，可使身态轻盈。"宋代陆游赞曰："菊花如端人，独立凌冰霜。名纪先秦书，功标列仙方。"

如果说，冬梅不畏严寒，是一种烈士不屈不挠的精神；春兰空谷自适，是一种高士遗世独立的情怀，那么，秋菊则兼有烈士与高士的两种品格。"灿灿黄金裙，亭亭白玉肤。""暗暗淡淡紫，融融冶冶黄。"晚秋时节，斜阳下，矮篱畔，一丛丛黄菊傲然开放，蓬蓬勃勃，意趣盎然，不畏严霜，不辞寂寞，无拘无束，无边无际，如诗似画。"直待索秋霜色裹，自甘孤处作孤芳。"以菊为邻，以菊为友，以菊养性，其乐陶陶。"淡泊以明志，宁静以致远。"人淡如菊便成为一种信念、一种处世哲学、一种淡泊的境界。"秋菊能傲霜，风霜重重恶。本性能耐寒，风霜其奈何。"淡雅的菊香始终浸润着华夏民族的精神，浸润着赏菊者的心。"耐寒唯有东篱菊，金粟初开晓更清。"那种和谐恬淡的疏散气质，与人相处，少些霸气，多些朴实，少些傲气，多些真诚；对待物欲，坦荡无邪，洁身自好，超越自我，静来洁去，心若铁石，气若风云。人生如菊，人淡如菊。"其苗可蔬，叶可啜，花可饵，囊之可枕，酿之可饮。"像菊花那样无私无畏、自得自乐吧。

早　逝

　　如果昨夜的风不曾吹过，也许窗前的丁香花儿永不会开放……

　　当大地不再有一丝寒意，心目中满可以拥有一个如意的春季时，小路两旁的绿树已成荫，桃花已谢尽，浅草已没膝；回首时，春意阑珊，赤日炎炎。再寻觅昔日的绿茵地，已是牛羊满山坡……

　　记忆的青草地呵，不知有多少被遗忘了的碧草野花。如今，那天空的云像失去了以往的色彩，小河的水已不再那般清澈。翠鸟像是飞走了，而它箭一般落进水里，用长喙叼起一条小鱼飞上柳枝的一瞬，依旧记忆犹新。

　　生命里有多少美好的记忆？最难忘的却是少年时代的那段时光。少年时的天空是那么开阔，少年时的梦想是那么多彩，少年时的光阴又是那么短暂。少年时可以把柳枝折来，编成一个大花环挂在胸前，可以把风筝放得老远老远，可以把秋千荡得好高好高，可以光着屁股下河摸鱼虾，可以拉着邻家小妹的手追赶蝴蝶，也可以躲进茂密的高粱地里，让奶奶找一整天，还可以把花盆里的君子兰连根拔掉，栽上我们新采撷的芳芳草……

　　可是，河岸的柳枯了，放飞的风筝断了线，看着我长大的奶奶死了，邻家的小妹也出嫁了……

　　这世界，好像只有我一个人了，慢悠悠走向那片野田，采一朵小花，放在唇边，希望能从中寻求到一些温存。花的香，似乎还有，只是比不过昔日的浓郁。寻不到昔日的温馨便也罢了，可楸树上的那只蝉呀，却一声声叫出我许许多多的烦恼……烦恼多了，人自然就变了，欢乐像是不再光临于我，忧郁的云却时常笼罩着我的心田……

于是躲开了拥挤的街头，于是躲开了熟悉的人流，于是远离了自己的小天地，把少年时浪漫的梦，扯成七色的蒲公英，让它自由地飘，飘……

打开珍藏在枕下的几本日记，常常有一股温热的潮流涌上心头，辛酸的泪水便冲开眼睑的堤岸，将纸上的字迹涂得一片模糊……呵，这过去了的日子，却是我一去不复返的青春！

究竟是不长大的好，不长大可以永远是一个孩子；究竟是长大了的好，长大了可以不再是一个孩子！虽然不长大有不长大时的欢乐，虽然长大了有长大时的烦恼！可是，长大了才会知道，人生有多少酸、甜、苦、辣、咸，长大了才会把脚下的路铺得更宽更高！

别再将瘦月望成圆满，别再将叹息轻易吐出口来，别再把时间消磨在梳妆台前，别再为一件新衣裳把全城跑遍……只把时间当作一本词典，查出所有的空虚、烦恼与缺点；只把人生当作一本日记，记下不再缥缈的梦幻。有一天，当人生的行程即将走完，检查自己满载的行舟，才会幸福地离开人间。

……

如果不是昨夜的风吹过，也许窗前的丁香花儿永不会凋谢。

大爱·母亲

人世间有一种情感,永远无法替代,她的爱如千山万水,她就是给了我们生命的人——母亲。

在你的记忆中,有比母亲更熟悉的人吗?没有。在你的生命中,有比母亲更亲近的人吗?没有。有比母亲更伟大的人吗?没有。母亲之所以伟大,不仅仅对孩子无微不至的关心与爱护,不仅仅给予生命,乳其身,养其性,母亲还担负着繁衍人类的重任,让生命生生不息!

母亲是勤劳的。

这母亲的手,曾经是光泽而柔软的,因你而变得粗糙。

母亲用勤劳的双手,做出了孩子们最可口的饭菜,裁剪出新颖的衣裳,涤洗出孩子们的脏衣,将居室收拾得井井有条,将院落打扫得干干净净;这窗前的花,那园子里的菜,和这房前的树,哪一株不是经母亲的手浇灌?

母亲是无私的。

这母亲的双乳,曾经是丰满而美丽的,因为你而变得干瘪。

当你哭喊着来到这个世界,你知道母亲因你而怀胎十个月吗?又因你她在生产的床上痛苦猛烈地挣扎着、抽搐着吗?

当你躺在母亲的怀里,睁着黑黑的小眼睛看着周围陌生的一切,母亲也正高兴地端详着你。

当你饿了,使劲地哭嚎的时候,母亲把她饱满而温热的乳头放进了你的嘴里，让你吮吸。

　　当你困了，母亲用手轻轻地拍着你的背，哼着那首熟悉的歌谣。

　　你咿呀学语，第一次开口喊出"妈妈"两个字，母亲会兴奋地抱着你，用她饱满的嘴唇亲你的脸，一遍又一遍。

　　你人生的第一步，是在母亲的搀扶下迈出的，你的每一个细微变化，都在一双慈爱的眼睛的关注下发生。你哭，你笑，你跑，你跳，你静静地睡着，你好奇地看着，这眼前的花草树木，这天空的云雨风霜，这跑着的兔，这飞着的鸟，这叫着的狗，这游动的鱼……这一切的一切，乃至这个世界，不正是母亲帮你认识的吗？

　　你能数得清世界上有多少英雄的母亲吗？

　　你能数得清有多少赞美母亲的诗篇吗？

　　你能唱得出所有歌唱母亲的赞歌吗？

　　不！不能！永远不能！

　　母亲是伟大的。

　　这母亲的形象，像水一样静静地流淌在大地之上，像山一样矗立在世界的每一个地方。

　　当你远在他乡，不要忘了母亲在家中日日夜夜地期盼你回家。

　　在你的生活中，不要忘了母亲时时刻刻为你祈祷平安。

　　出门时母亲的叮嘱，回家后母亲的问候；下雪天有母亲问寒问暖，雨季里有母亲为你备好雨伞；伤心时母亲为你开导，成功时母亲为你高兴；小时候母亲的谆谆教诲，长大后母亲的望子成龙；这出嫁时的新衣，这结婚时的新房……哪一件不是用母亲的心血浇灌？那一件不凝结着母亲期盼的目光与辛酸的泪水？

　　你还记得母亲的呼唤吗？呼唤着你的乳名，在村口，在田间，在里弄，在小巷，在窗前，在房后，在流水的河边，在高高的深山，在密密的丛林，在绿色的草原，在夜幕降临的傍晚，在花开花落的公园……

　　这母亲的呼唤是多么熟悉，萦绕耳畔，仿佛又回到童年。长大之后，母亲的呼唤远了、少了、淡了，而母亲的目光里又多了一份忧愁，多了一份期盼，多了一分牵挂。

不管你生活在母亲身边，还是已远离母亲多年……

不管你在学业上努力着，还是功成名就……

不管你的人生之路沉沦了，还是堕落了……

不管你在繁华的闹市里快乐地活着，还是在无人的荒漠中痛苦地生存……

不管你在做什么，不要忘了，永远不要忘了，人世间你最亲近的人——母亲！

不管你的人生走了多少弯路，为了母亲，错了的及时改正，对了的继续努力。

也许因为工作的繁忙，而淡忘了母亲；也许因为生活的困苦，而疏远了母亲；也许因为快乐，而冷落了母亲。也许，也许在你成长的岁月里，有许多比母亲更重要的事情，但母亲只有一个。你却有更多的机会选择，去努力争取，去获得成功，而母亲只有一个……

母亲因为孩子，累弯了腰。

母亲因为孩子，熬白了头。

母亲因为孩子，脸上刻满了皱纹。

母亲因为孩子，眼睛失去了光华……

母亲默默无语地为孩子奉献着爱，耗尽了青春，甚至生命！母亲把所有的希望寄托于你呀，可爱的孩子！

总有一天，母亲将离你远去，你是母亲最好的孩子，你不会让母亲失望，这是你的愿望，也是母亲的愿望。

有了母亲的爱，我们都是幸福的孩子，无论在什么时候，只要有母亲的爱，什么事都难不倒我们，我们对生活信心百倍，对未来充满希望，对生命无限热爱。

母亲如海，大爱无限，母亲如天，大爱无疆！

忆菊花

上小学的时候,自家的院子里有一个小花坛,母亲在花坛里种了几种花,有芍药,有月季,另外也种几种时令花。那算不上真正意义上的花坛,只是在窗前的压水井旁边,用砖头简单地围了一个椭圆,半人多高,两米多长,一米多宽。主要是怕鸡、鸭、鹅、兔子这样的家禽把花糟蹋了。

有一天,母亲赶集回来,从姥姥家挖来几棵菊花,栽进了花坛的地上。我并不知道那是菊花,以为是端午节从河边折来插到房檐下的艾草,只见粗壮的主干和碧绿的叶子,并不见花,也没有艾草那种怪怪的气味,就不再注意它。春天只关注芍药,夏天只关注月季,菊花在一边默默地生长着,主干始终挺拔,叶子始终碧绿。我时常给花浇水,芍药长得很旺盛,开花时花头很大,有艳红和纯白两种,常引来蜜蜂和蝴蝶。我知道蜜蜂是来采蜜的,它钻进花蕊中央,让毛茸茸的爪子和身子都沾满了花粉,回到蜂巢,酿造蜂蜜。对于色彩斑斓的蝴蝶的到来,却不知为何,也许蝴蝶天生就爱花吧。看它翩翩起舞的样子,真想把它捉来看个究竟,可就在一伸手之际,蝴蝶已飞过院墙,飘飘然飞入了邻家小妹的家中。

芍药花期很短,刚刚完全开放就开始败了。幸好还有月季花又接着开,花朵是红艳艳的,花香浓郁,一开就是一树,十七八朵,四五个月的花期,从不间断。如果遇上刮风下雨,花坛里会落满凋谢的花瓣，虽然有些惋惜，但并不觉得心痛，因为月季的枝头还长着很多花蕾，这些花蕾很快就会开放。到了秋天，花坛里的花该开的都开过了，只剩下菊花刚搭起几个花苞。放学回家后常到花坛前观看菊花，发现菊花的花苞随着时间的推移，一天天变大，渐渐地露出了黄色的花丝，等到它完全盛开，竟大如手掌，有六七朵大花，金灿灿的，如同黄绸缎，我和母亲都特别喜欢。

到了深秋，一场霜露一场寒，所有树的叶子已经落尽，花坛里的月季花开始凋零，叶子也被霜打蔫了，缩卷着，仿佛风一吹就会掉下来。其他花均已经枯萎，只有菊花傲然挺立，独自怒放寒秋，我惊喜不已。从此，我喜欢上了菊花。

重阳节后的那天早晨，我被寒风冻醒，起床后推开房门，发现院子里一片银白。原来是昨天夜里下了一场不小的雪。雪覆盖了房前屋后、房顶墙头，连树枝上都落满了雪。我踩着雪急忙走到花坛跟前，花坛里已经找不到绿色，全被厚厚的积雪盖住，我心痛地抖落了菊花上面的雪，花朵依旧鲜艳，花瓣依旧金黄，只是因为上面结了一层雪融化后的冰水，变得晶莹剔透。我非常伤心，认为菊花已经被冻死，就喊来母亲，抱怨她没有把菊花挪到屋里来。显然，我的抱怨过于草率，那菊花是种在地上的，并不在花盆里，根本就无法移动。母亲不怪我，用她粗糙的手温柔地抚摸着我的头，安慰我说，菊花是不会冻死的，它本性耐寒，春天到来的时候，还会从地里重新发芽，到明年秋天还会开出美丽的花来。我听后才放心地点点头。

之后，菊花开始枯萎了，但菊花的干依旧立着，叶子缩卷着附在上面，花瓣干瘪了，依然挂在枝头。在冬季的几场雪中，我依旧能看到它埋在雪里的身影。直到来年春天，解冻了，母亲收拾花坛的时候，才拔掉菊花的残枝。"菊残犹有傲霜枝"，许多年之后，每当读到苏东坡这首赞美菊花的诗句，就会想起童年时园子里那些挺立在雪中的残菊。

后来我才发现，在清除掉没有完全腐烂的落叶下面，露出了八九个淡绿色的嫩芽。母亲说,这就去年那棵菊花。

菊花就这样,年复一年,发芽开花,宝寒凝香,笑傲秋霜,并且分出了更多棵,几乎把花坛都占满了。一到秋天,金灿灿的花朵开满了花坛,招来了赏花人的赞美与羡慕,也成了我和母亲的骄傲。邻居家有喜欢菊花的,就在春天或者夏天待菊花长高的时候,来花坛里挖走几棵,移栽到自家的院子或是花盆里。

长大后,我到外地求学的第二年秋天,母亲因病重住院,特别挂念我,家里人不得不打电报告诉我,我匆匆忙忙从北京赶到老家的医院看望母亲。见到母亲,我禁不住泪流满面,跪在床前号啕大哭。母亲的头发比以前更白了,脸色也不好看。她看到我的时候痛苦的脸上流露出笑容,拉着我的手,不住地安慰我,亲切地问我在外边的生活。也许是见到了儿子的原因,过了两天她病情就转好,并要求出院。我陪着母亲回到家,当父亲推开院门的时候,一股清香扑面而来,迎接我们的是院子里的那些金黄色怒放着的菊花。由于院子里不再养家禽,花坛早已经拆掉,院子里的花便无拘无束,比以前开得更精神。

由于工作原因,我不得不离开母亲,回到北京。临走时,母亲送我出大门口,我特意往院子里瞥了几眼,那院子里的菊花正在秋风中摇曳,像是对我告别。

第二年冬天,大年三十的晚上,母亲因病去世。令我不解的是,院子里母亲曾经亲手种下的菊花,竟然离奇地死了!父亲说不知道什么原因,以为这年冬天更加寒冷,春天比往年来得也晚,但直到夏天,菊花都没有从地里长出来。

十年后的一个秋天,我回到故乡,前往村前那座丘陵,去给母亲上坟。通往墓地的乡间小路两旁,开满了淡黄色的野菊花,花朵有硬币般大小,花瓣均匀地围着花盘,每棵上有那么五六朵,像小小的纸做的风车,散发着清香。越到丘陵的松林深处,越能见到更多的野菊,越能闻到浓郁的花香。林间草丛,坡上坡下,一簇一簇,密密匝匝,重重叠叠,漫山遍野,在秋风里,在阳光下,肆无忌惮地自由自在地竞放。这些大地的小精灵，盛开着的小生命，如铺展开的菊花毯子，一直铺展到母亲的坟前。在突起的坟头之上，竟然也长着几株野菊花，淡黄色的小花在风中舞动，花香飘向四方。

最美好的记忆

　　看惯了半岛上的风景,不用相机,就保存在记忆里,什么时候记起,什么时候就会呈现出那幅多彩的画卷。
　　那里的丘陵起伏不大,连绵不绝,土褐色的岩石与青黑色的山石不同,少了些刚毅,多了些柔情,不成片的岭地横七竖八,不成规则,但层次鲜明,排列有序。每到秋天,这里便呈现出油画所具备的色彩,美得让人感叹。这种美是平原上所没有的,是高原上所没有的,是荒原上所没有的,只有半岛之上才有。
　　那里的风来自海上,来自海上的风只用个把小时,就可以吹遍整个半岛。经常被海风吹拂着长大的植物和庄稼,比其他地方的更有韧性、更加坚毅。那些一块连着一块长条形或不成形的地里长满了高粱和玉米。高粱地是年少时最容易记住的,也是最难忘却的:柔韧,坚挺,直立向上!一片连着一片,细长的叶片组成一道道密不透风的墙,多大的风吹过,总是直直地弯一下腰,不会轻易倒下去,风一过,又直直地挺立着,不温不火,不卑不亢,像这里长大的孩子。
　　收获后的高粱秆子被捆成一团,三五捆搭在一起,在地里堆成人字形,中间空出一人多高的空间,可以容下五六个小伙伴。这里是我们儿时的战场,也是秋天里孩子们快乐的精神家园。多年之后,它们逐渐从这些土地上消失了,却完整地保存在我的记忆里。
　　"起!"

两个强健的小伙伴，伸长胳膊，相互抓住对方的手腕，形成一个十字结，干瘦如柴的丫丫轻巧地坐上去，两只手搂着两个人的脖子，小伙伴们健步如飞，从这个秫秸堆，到另一个秫秸堆，中间不能停顿，人也不能从胳膊上掉下来，一直把"新媳妇"送到"洞房里"。几个小伙伴紧跟在后边欢呼！

> 地当新房，
> 秫秸当床，
> 小两口儿，
> 进了洞房！

　　这是儿时模仿大人们"将媳子"的游戏。因此，很小很小的时候，我就娶了丫丫做"媳妇"，我们在那个秋天的高粱秸搭成的人字形的"屋里""过日子"，还可以躲在里面藏猫猫，一直玩到天黑才想起回家。天真无邪，快乐的时光充斥着整个童年。

　　"黑子——黑子——，丫丫——丫丫——"呼唤声在起伏的丘陵间回荡。

　　一群小伙伴漫山遍野地寻找我俩，但是找不到，我和丫丫躲在一个山坡后的秫秸堆里不出来，躲在里面悄悄地吃奶奶炒的豌豆粒。丫丫的小花布口袋里，总是装着从家里带来的炒豌豆。

　　"咯嘣，咯嘣"，豌豆在牙齿的咀嚼下发出清脆的声音。小伙伴们的声音渐渐远了，我们还在暗自庆幸。吃到最后一粒豌豆的时候，丫丫忽然问我："黑子哥，长大了你会娶我吗？"

　　我不假思索，把最后一粒豌豆弹到嘴里，一边嚼一边说："会，一定会！"

　　太阳落下山去，月亮早已经升上天空，掀开堵住出口的秫秸，一地银色的月光撒满了整个原野。我们都很冷，地上的叶子、田野里的枯草，表面上结了一层银白的霜，杂草上的露水很快就湿了我们的单鞋。凄冷的月光下，我们看见远远的村庄笼罩在轻纱般的雾里，数盏灯火透过窗子为我们指明了回家的方向。

我们握在一起的小手被大人们的手拉开，各自回到了家中。

从什么时候起，我们长大了。丫丫不再是那个在田野上疯野的丑小鸭，她出落成了一只美丽的白天鹅，苹果一样圆润的脸蛋，娇羞的双眸，高挑的身材，浑身散发着青春的活力。从此，我们再也不能像小时候那样无拘无束地玩耍、牵手、亲嘴儿了！

长大后，我选择了离开，带着我对丫丫的爱恋，带着我对半岛的眷恋离开了，去了一个遥远的地方。多年后，当我再一次踏上这片土地，一切都物是人非。仿佛一切都有了距离感，人和事，还有我曾经热恋的乡土，只有零星的童年的影子似乎还在。

穿过大街，走进小巷，路过曾经的邻居家的门前，我放慢了脚步，看着高大的门楼，黑漆的大门半掩着，从里面探出一个小女孩的头来。她乖巧好奇地望着我，我也停下来望着她，她的眉目像极了儿时的丫丫，莫非她是……

正在迟疑，小女孩回过身向院子里喊："姥姥，姥姥，有生人来了！"

"哪里有生人？这么没大没小！"

从天井里走出来一位老人，半白的头发，慈祥的脸，她是丫丫的妈。老人见到我的时候，喜出望外："怎么会是你？俺没想到是你，大老远从北京回来看家？快进屋里坐！"

小女孩拉着姥姥的手，目不转睛地望着我。

"妞妞，快叫舅！这是隔壁家的舅！"

妞妞不再胆怯，挣大一双凤眼儿瞪着我，两排整齐洁白的小牙齿里蹦出一个字："舅！"然后她眉开眼笑。

我答应着，从包里拿出北京酥糖给她吃，她看了一眼姥姥，然后伸出两只小嫩手接过去。

老人拉着我的手，坐在装饰着松鹤图的影壁前的葡萄架下的凳子上，随后从屋里抱出来一个大西瓜，又端来一盘槲叶粽子，放在桌子上，用刀切开朱砂般沙瓤的西瓜，挑了一块大的给我。她不吃，只看着我和妞妞吃，甘甜的西瓜汁正好解了我一路上的口渴，妞妞的小嘴唇儿则被染得更加鲜红。

"过端午，丫和你妹夫都回来了，还带了一盆粽子，是丫自己包的。"

"哦？"我停住嘴，看了一眼桌子上的粽子，问，"他们的生活还好吧？"

老人笑着说："好！好！去年刚为儿子盖了新房，农闲时一起做生意，胡同口的车是他们前几年买的。"

我进来的时候，看到巷口停着一辆拉货的汽车。

"妞妞是谁的孩子？"

"丫的，前几年批的二胎，现在一个小子，一个姑娘。"

"我说嘛，太像了，特别是那双眼睛，第一眼看到就感觉像她！"

我知道丫丫回来了。我坐不住，既想见到她，又怕见到她。

"他们串门子去了，你要是不急着走，我去喊他们，这么多年不见，也好聊聊。"

她刚要起身走，就被我拉住了。

"我回来还没有着家，时间还长着呢……"

临走时，我送给老人一些北京的特产，老人送给我两对粽子，说什么都要让我带回去尝，我留下了一对。那对散发着槲叶特有的香味的粽子，像一对小巧的枕头，提在手上沉甸甸的。真想剥开尝尝，丫丫亲手包的粽子，口味一定不同，但我还是不敢打开……

我背着沉重的行囊，迈着沉重的脚步，怀着同样沉重的心情，走在这条悠长又熟悉的的小巷里，我不敢回头，也不敢抬头。我生怕看见当年的恋人站在那里，在小巷的那头。如花似玉，美得令人窒息，走也不是，留也不是，欲言又止，欲说还休！

我匆匆走过这条小巷，我希望遇着她，又怕见着她。年少时的爱慕，初恋时的情怀，总希望每次都能在小巷里遇见她！哪怕不说话，也不打招呼，只是低着头，轻轻擦肩而过，便会热血沸腾，怦然心动。如今，物是人非，如果再次相遇，又会生出多少尴尬？又能说些什么？谁还会保留着当年的情书？谁还会保留着毕业时的照片？谁还会保留着当年的日记？那些初恋时的情诗，只保存在我记忆的最深处！

……

半岛的初夏，雨水还是那么吝啬，急急地，像是谁在半空中撒了水似的，刚刚湿过地皮就停了。通向远方的小路两旁，长满了高大的梧桐树，梧桐花被打落了一地，零乱地铺满了路面及道路两旁的沟渠，那些凋零的花朵，让人不忍去踩。我站在高岗上，望着伸向远方的小路，望着更远处的青山横卧在天的尽头，仿佛骏马奔驰在低矮的云层下。小路的这头，忽然传来孩子的嬉笑，我回头望去，发现是妞妞和另一个男孩。他们提着布袋，弯着腰，她用细长的胳膊及娇小的手，捡起地上被风雨打落的梧桐花，他们像是在比赛，看谁捡的花更多，看谁捡的花更美。多么羡慕，仿佛是我们的童年，仿佛是和邻家的小妹，提着篮子，一起到田埂上挖荠菜，比赛看谁挖得更多，谁的荠菜更大……

丘陵上的田地里，长满了金黄色的麦子，但看不到高粱或玉米，布谷鸟躲在麦地里叫着，深一声，远一声，长一声，短一声，只能听，但找不到它们的影子。一声声像在催促人们，快快收割。等到麦收之后，这些田地里，还会长出郁郁葱葱的玉米或高粱来，它们是人们的希望，也是我的希望。事实上，长满高粱的情况已经很少见到，这里已经很少有人再去种植高粱。因此，到秋天，遍布在田地里的一座座人字形秫秸堆就再也见不到了。即使有，也不会再有成群的小孩子在那里游戏，藏猫猫、将媳子、玩老鹞子抓小鸡……

青梅竹马，两小无猜。回忆过去，总是充满欢乐与忧伤。但没有谁永远不长大，岁月总是让童年越来越远，时光总会留下一些美好的记忆。美丽的丫丫，她嫁给了谁？她会比我想象得更幸福？她依然梳着齐刘海，扎着马尾辫？她依然美丽，像她少女时的模样？她依然善良，像她母亲或奶奶？也许，她还会想起年少的我吧，像我不能忘记她一样。

我不见她，并不因为我去了大城市，也不因为我徒有虚名的诗人或作家的帽子，我不想破坏丫丫在我心目中的形象，曾经美丽善良的邻家女孩，我那初恋时的情人，永远保留在我的记忆里！

　　二十年的风风雨雨，一个育有两个孩子的母亲，会变成什么样子？二十年，对于人生来说是漫长的，二十年可以改变很多，很多……

　　一生最美好的记忆只保留在内心深处，从来不需要想起，永远也不会忘记……

辣丝子

诸城特产——辣丝子。

辣丝子是一道地地道道的诸城特色凉菜,春节前后最常见到,几乎每家每户都会做。每年腊八节过后,特别是在农村,很多人家开始切辣菜丝,正好赶在春节前后食用。制作方法说简单也简单,说复杂也复杂。首先将准备好的坛子刷干净,消毒,晾干;再将大小适中的辣菜疙瘩,洗净,晾干,去皮,切片,切丝。切丝要均匀,薄厚在两毫米左右,以手工切为佳。将配料备齐,有萝卜、花生米、姜、醋、八角、花椒、精盐、凉开水。萝卜切成圆片。姜切成姜丝,和辣丝一般粗细,辣丝中放入精盐,拌匀。八角、花椒用开水泡开,凉透,放入盆中。倒入1:1的醋和水。把萝卜片均匀铺在坛子周围,将辣丝装入坛子,压实,将醋水倒入,直至淹没辣丝,上面放入十几粒花生米,用萝卜片盖严,用薄塑料袋密封,7天左右即可开坛食用。现吃再取,坛子依旧用萝卜片盖好密封,不然白色的辣丝会变成灰黑色。

大年初二,诸城人开始走亲戚、出门子。家中来了客人,主人从天井的墙根底下,扫去坛子上的积雪,打开坛子盖,用筷子夹出一盘像雪一样白的辣丝子,滴几滴香油,或放几勺味极鲜,或放入白糖,端到七个碟子、八个碗的菜肴中间,客人们立刻来了精神,七八双筷子一起伸过来尝尝鲜,放到嘴里嚼一嚼,清脆可口,辣香浓郁,酸、辣、香、甜,味味俱全,提神通气,开胃增食,再嘬上一口地道的"密州春",那感觉,一个字,爽!大人们常用辣丝子里的花生米戏弄小孩子，把花生米放入小孩子嘴里，小孩子不知是诈，咬上一口，一股辣味直通七窍，瞬间被呛得眼泪直流，吐舌头，皱眉头，揉眼睛。那猢狲样，直把大家逗得哈哈大笑。原本不辣的花生米，因吸收了辣菜的辣味，竟变成了一粒奇辣无比的"火辣豆"，那滋味，嘻嘻，只有吃过的人才体会得到！不管在家庭聚会，还是酒席婚宴，辣丝子这道菜总是与众不同，大受欢迎。

后来，诸城当地出现了很多专门生产辣丝的工厂，生产出来的辣丝子，或瓶装，或塑料袋装，经过冷藏，可以延长销售时间。经特殊包装后的辣丝，销售到了外地，有的卖到了北京、天津这样的大城市，甚至出现在了外国人的餐桌上。我经常到北京的稻香村去买辣丝，还把它作为礼品，送给北京的朋友们品尝，他们吃后都赞不绝口。

诸城人在吃这方面，的确有独到的研究和发明，把一棵辣菜，做成了两种不同口味、不同样式的美食，菜叶馇小豆腐，辣菜疙瘩做辣丝子，一点也不浪费。每年秋天，大青萝卜和辣菜丰收的季节，农家门前、天井里、院墙上，都挂满等待晒干的菜缨子，场景很是壮观。但辣丝一般到四五月份也就不再生产了，原因是它的主要原料辣菜缺货。辣菜只在秋季有收获，一年只种一茬，储藏起来也很麻烦。没有了辣菜，就谈不上制作辣丝子了。

诸城烧肉

诸城素有"中国烧烤之乡"的称号。

诸城烧烤历史悠久,最远可追溯到汉代。汉代就已经形成独特的烧烤工艺,并形成一定的规模,以后历代皆有发展。诸城烧烤源于民间,几乎家家户户都会做,现在诸城城区从事烧烤的行业近千户。

诸城烧肉是诸城烧烤的精华所在,可以说是一绝!吃过一次,一辈子都忘不了。每次回老家,都会吃到烧肉,百吃不腻,肉香浓郁,肥而不腻,口感极好。也有人叫它"六味全",这是因为在煮肉的时候要放入八角、茴香、陈皮、桂皮、大葱和姜六样调料,先煮后烤,在热锅里外加小米和红糖。北京吃不到,北京只有猪头肉。吃猪头肉的时候总让我想起诸城的烧肉,虽然都是猪肉,但做法不同,口味就大不相同,甚至天壤之别。可以说,只有在诸城才能吃到正宗的诸城烧肉。

诸城烧肉包括猪头、猪耳朵、猪口条、猪蹄、猪肚、猪大肠、猪心、猪肝、猪肺,也可以用猪尾巴,每一种都有不同的口感。记忆中,每到过年,村子里就有人家烤烧肉。在院子里支一口大锅,将清洗收拾干净的猪头、猪下水(诸城方言:也称猪下货,指猪的大肠、心、肝、肺等猪的内脏),用细盐轻搓几遍,放到大锅里,再加大料、葱、姜等佐料,灶下劈柴旺火,直至煮到肉脱骨,皮酥肉烂。煮熟后,捞出来空水、凉透,再放到铁箅子上,架在干锅上,柴火把锅底烧热,再在锅底放上红糖(也有放小米的),红糖遇热化成一股股轻烟，把熟肉熏成了酱红色，再细火慢烤，熏至最佳颜色为止。这便是诸城烧肉制作的关键之处——"烤"。烤烧肉的方法要得当，烤出来的烧肉才会好吃，这也是其他地区的猪头肉所不能相比的地方。烤肉的同时，香味弥漫，半个村子都能闻到。

把烤好的烧肉放在案板上，切片放盘，再配上砸好的蒜泥，吃一口，那叫一个香，绝不是用言语可以表达出来的。烧肉可以拼盘，一个大盘子里，有肥而不腻的猪头肉，有晶莹透亮的猪耳，有圆润温色的猪套肠……可下酒，可卷饼，既好看，又好吃。客人看到这道菜端上桌来，眉也开了，眼也笑了，嘴里的口水都快馋出来了，比吃什么菜都满意。

用这种方法，还可以烧制牛肉、驴肉、鸡肉、兔肉、香肠等，烤出来的诸城鸡背让很多外地人吃后都念念不忘。2006年10月，诸城烧烤申报为潍坊市非物质文化遗产，并成立中国（诸城）国际烧烤节。之后的每年六七月份，在刘墉栗园举行的国际烧烤节上，人来人往，高朋满座，酒肉飘香，热闹非凡，让来自世界各地的食客们过了一把瘾！

诸城是特色烧烤文化的重要发源地之一，以其规模之大，品种之多，风味之美，堪称"中国烧烤之乡"。诸城烧肉是勤劳的诸城人智慧的结晶，是诸城人献给世界的一道独特的美食！

食在诸城

没有比中华民族更会吃的民族了。"食在中国"一点都不夸张。且不说各民族、各地方的特色名吃,仅菜系就让人眼花缭乱。著名的要数鲁、川、苏、粤"四大菜系",再加上后来的浙、闽、湘、徽等地方菜,逐渐形成了"八大菜系"。

北京是历史古都,又是全国的政治、经济、文化的中心,文化交流自不必说,就连全国各地的美食也都汇聚在此,同台竞技,让居住在北京的人们有了个好口福。我在北京生活了二十年,天长日久,耳濡目染,各地的名菜名吃也品尝过不少,我以前单一的口味也有了很大的改变。印象最深的要数山东菜,改变我口味的是四川菜。山东菜简称鲁菜,是公认的八大菜系之首。我是山东人,自然对鲁菜的口味有偏爱,在名菜荟萃的北京,很多南方的菜到了北京就改变了原味,主要是为了适应北京大多数人的口味,比如川菜和湘菜的辣就变淡了,不然会让很多北方人不敢动筷子。鲁菜清淡,属大众口味,原汁原味搬到北京,南北方的人都能接受。事实上,越往后,吃菜的概念就变淡了,除了到专营地方特色风味的餐馆之外,我在吃菜的时候也不会在意哪是鲁菜,哪是粤菜,只是一味地去吃罢了。

偶尔回到诸城老家,总能吃到与众不同的诸城口味。诸城口味之所以与众不同,是因为我在外地吃过了众多各地名吃之后,嘴巴变得越来越"尖馋"!每次回诸城,都有一种回老家"解馋"的感觉。诸城烧肉、辣丝子、小豆腐、诸城炒菜……连诸城的大饼、火烧,我想起来都会流口水。在老家吃完了不算，临走的时候还要带上一大提包。有老家的人来北京，总也忘不了让他们带些诸城的特色名吃来解馋。要是赶上过年回家，烧肉自不必说，还能吃到地道的辣丝子和香肉，那味道——啧！回味无穷！

诸城人好吃，诸城人善吃，诸城人会吃。

诸城历史悠久，物产丰富，人杰地灵，名人辈出，被称之为"礼仪之邦"；诸城人豪爽、好客，注重礼尚往来，早在清乾隆年间就有记载："喜华丽，好宾客，不斤斤为衣食蓄积之计，故每有所入不敌所出而称贷以益之者。"在人与人交往的过程中，节日聚会、朋友请客、结婚生子等重大事情，喝酒吃饭是必不可少的，因此，吃也成了诸城人"礼仪"中重要的组成部分。

很难想象，一不靠湖，二不临海的一个内陆城市，却有着"旱地码头"的美誉！这里有国内最大的综合水产品批发交易市场，来自全国各大渔港及国外的水产品汇聚在此，这里成为远近闻名的水产品基地。在自由市场，当地人随时可以买到新鲜而且价廉的海鲜品，在许多餐厅、酒楼、饭馆，都能吃到地道的海鲜美食。

诸城还有"中国烧烤之乡"的称号。诸城烧肉，堪称一绝。每年六七月份，刘墉栗园里都会飘出诱人的烧烤的香味，诸城国际烧烤节如期而至，热热闹闹的烧烤节为客人们准备了丰富的饕餮大餐。得益于诸城烧烤文化的影响，诸城特产得利斯低温肉制品系列产品，以其独特的口味，产品遍布全国，受到广大消费者青睐。

诸城的槲叶粽子，称得上粽子中的巨无霸，这种由两盖长方形的粽子合二为一，很像两个捆绑在一起的小枕头，宽大、厚实、沉稳，透着诸城人实在、憨厚、淳朴的性格。槲叶粽子，有一股槲叶散发出来的特有香味，与苇叶、竹叶包的粽子截然不同，口味也不同。要是赶上端午节期间到诸城，一定要尝尝这种特大号的槲叶粽子。

诸城大饼的口味和制作也很独特。在经营大饼的店里，炉鏊般大小的大饼，每张四五公分厚，整齐地摞在一起，半人多高，让初到诸城的外地客人见了瞠目结舌，不知此为何物。刚出炉的大饼，上面印有方块花纹，香喷喷，热乎乎，闻着香，嚼着甜，这种口感，在诸城的火烧和馒头里同样能够尝到。我想除了制作独特之外，还因为这里是小麦的主产地，面粉的质量也是关键。此外，诸城的单饼、蒸饼、油饼、葱花饼等面食，口味都很地道。面点花样小吃更是数不胜数，从乡村到城市，都有堪称"面点大师"的民间高手。

在北京我不爱吃馒头，原因是吃不出小麦特有的面味来，很多馒头商贩为了追求利益，已经改变了馒头特有的色与味，看起来很白，据说是加了增白的成分；华而不实，多用机械和面，蒸出来的馒头里面全是蜂窝眼，嚼在嘴里像吃着块死棉花。唉，着实没有了食欲，但又不得不吃！

诸城特色小吃——蝉蛹，算得上稀罕物。诸城人把蝉蛹称作"节溜归"，蝉叫"节溜"。把深藏在地下多年的蝉蛹挖出来，经过腌制、油炸，焦黄清脆的小东西，一个个缩卷着身子放在盘子里，成了男人下酒的菜肴。除此之外，蚕蛹、蚂蚱、蝎子、蜂虫、大豆虫等昆虫，经过诸城人的手，就变成了一道道口味独特、营养丰富的特色小吃。

诸城的美食，远不止这些，搜罗全了，足够一桌"满汉全席"。说"食在诸城"有点夸大其词，但诸城的吃的确有它独特的地方。再用那句老话结尾，"要吃好饭，诸安二县"，先到诸城，再到安丘，领略这里与众不同的人文环境与令人叫绝的诸城美食吧！

山的影子

我梦见了山的影子，在天的那一边，瑶池仙境般，旷世绝美。

一次一次，出现在梦的边缘，挥之不去，忘也无法忘掉。从什么时候开始，就这样融入了我的生命？成为我生命中不可缺少的惦记？童年？少年？还是与生俱来！

猗旎，挺拔，秀美，雄伟！越去淡忘，越是清晰。猗旎，如山腰的云；挺拔，如苍翠的松；秀美，如雾中的山；雄伟，如耸峙的峰。时间，越是久远，历史，越是凝重，2500年来，齐长城自你的马背经过，直到坍塌，也不肯离开。那高耸云端的双峰，宛若从天而降的千里马，驰骋在齐鲁大地之上。

峰峦叠嶂，青翠欲滴。山顶的幽兰，滴血的杜鹃；春有春的美，夏有夏的美。怪石与奇松，天生一对，多少年来都无法分开。石头居然也会开花！地衣与万年青，在石头上扎根，在石头上安家。不畏天寒地冷，不畏烈日暴晒，不屈不挠，永不褪色，仿佛是山的子民。

守望。山对人的守望，人对山的守望。从春到夏，从秋到冬，给我力量，给我信念，让我走出迷茫，走出困惑，走向一个远大的梦想……

我梦想有一天回到你的身边，双脚浸透了晨露，双眼看醉了翠绿；呼吸你的清新，回味你的传说，探寻你的清幽，迷恋你的钟灵毓秀，仰慕你的高山流水。站在山巅之上，我诗的语言抒发对你的热恋，高吟："我欲乘风归去，又恐琼楼玉宇，高处不胜寒。

千里之外，我知道你的方向。我听见黄海的波涛声穿过山林，传到耳边，回荡在心间。我感受到清爽的风自山中吹来，带着些花草的芳香。皑皑山后，影影绰绰，这山腰的积雪，直至清明都不肯消融。山巅云雾翻腾，飘飘然随风而来，飘飘然随风而去。神秘的雾影，笼罩着山顶，像待嫁新娘的婚纱，圣洁而吉祥。

马耳山，我年少时的恋人，青年时的情人，或许是我暮年时的伴侣。

我站在这里遥望，虽然看不到你的影子，但能听得到你的呼唤，声音渐近渐远，忽大忽小……

故乡的山

一

我的故乡有两座山，一座叫常山，另一座叫马耳山。

常山，又名卧虎山，因山形如卧虎而得名。在诸城市区正南10公里处，呈西南东北走向，虎头朝西南，虎尾在东北，和马耳山遥相呼应。顺着虎头的方向，极目远眺，在视线的尽头，一座山犹如一道天然屏障，横立在天际之处，这便是著名的马耳山。马耳山如一匹往西奔驰的骏马，双峰并举，直插云霄，仿佛立一对挺拔的马耳，山因形而得名。

常山不甚高大，海拔只有297米，却是一座历史文化名山。苏轼在密州做太守时，常登之，其名篇《雩泉记》云："常山……不甚高大，而下临城中，如在山下，雉堞楼观，仿佛可数。自城中望之，如在城上，起居寝室，无往而不见山者。其神食于斯民，固宜也。东武滨海多风，而沟渎不留，故率常苦旱。祷于兹山，未尝不应。民以其可信而恃，盖有常德者，故谓之常山。"清乾隆《诸城县志》载："父老神求，无不获，克有常德，以兹名山"。

常山南面山势险峻，北面山坡低缓，三峰相连，形象地构成了虎头、虎腰、虎腚三个部分，山顶宽阔平坦，除虎的脖子处只容一人通行外，其他地方都可以行车走马。第三峰峰顶更是宽阔如场，以前上面盖有一座寺庙，毁坏的时间不得而知，现在的碧霞宫是近几年重新修建的。

常山的神奇之处在于它独立成山。四周有丘陵数座，起伏不大，只有常山从平地突兀而起，独立成山，方圆几十里都能看到她的身影。清代日照籍诗人成永健赞曰：

> 东武有主镇，卧虎踞南原。
> 姿态欲咆哮，形势何威严！
> 但闻多灵验，祝祷雨涟涟。
> 气概慑龙宫？至今解难尽。

山不在高，有仙则名。每次望见它，我都兴奋不已，自然也少不了为它写下赞美或思念的诗篇。

常山上名胜古迹颇多，大多分布在山顶和山的北麓。史书记载的就有常山神祠、雩泉亭、远览亭、广丽亭、望海楼、碧霞宫、东岳宫、苏公祠、观庙等。位于常山北麓的常山神祠，是人们祈雨祭神的场所，常山因古人祈雨灵验而得名。苏轼在密州期间，曾先后六次前往祈雨，作祭文五篇，祝文一篇。登上远览亭往北望去，可见古老的密州城。

最著名的要数雩泉与雩泉亭，亭因泉而得名。泉乃苏轼率吏民琢石为井，砌石而成，取名"雩泉"（古代祈雨曰"雩"），为吁嗟求雨之意。"此泉之水，清凉滑甘，冬夏若一。"苏轼为保护此泉，"乃斫石为井"，并于熙宁八年（1075年）在常山北麓建"雩泉亭"。此亭坐落在雩泉之上，亭有四门，各悬篆额，南曰"雩泉"，东曰"衍沃"，北曰"龙窟"，西曰"作霖"，泽民之心，尽显无遗。苏轼为此写下名篇《雩泉记》，乃作《吁嗟》之诗，旨在"以遗东武之民，使歌以祀神而勉吏"，并刻石碑置于泉旁。苏轼深爱此泉，每次登山，必临此泉。熙宁九年冬，苏轼奉命赴河中府，即将离开密州之时，专程登常山，向雩泉道别，并赋《留别雩泉》诗一首。元丰八年（1085），苏轼奉调赴登州途中，路经密州，再次登临常山观览雩泉。面对故人和周围的众乡亲夹道相迎，苏轼内心感慨万千，遂作《再过常山和昔年留别诗》以铭记，另作五言《常山赠刘锱》诗。由此可见，这样一座山，这样一座亭，这样一座泉，魅力是如此之大！然而，此亭和常山上的众多古迹早已圮毁，虽经屡次修缮，均被毁。仅此泉犹在，泉水长流不涸，从古流淌至今。可喜的是，如今大部分古迹已经恢复重建，雩泉亭尚不见身影（在写此文之后的第二年，闻雩泉亭已经建成，甚喜，遗憾并不曾见）。泉北不远处，新添一座古色古香的民俗博物馆，另一处是金碧辉煌的万佛苑，为常山文化又增添了浓重的一笔。

雩泉西侧，有山路直达常山主峰，峰顶广丽亭居高临下，西南两面为悬崖，北面为茂密的松林，风过时，松涛阵阵，气势磅礴，如临大海。环望四周，风光旖旎，气象万千，美不胜收。观日落，眺城堞，俯瞰碧绿农田与红瓦村庄，景色绝美至极。苏轼在此写下《登常山绝顶广丽亭》，诗云：

> 西望穆陵关，东望琅邪台。
> 南望九仙山，北望空飞埃。
> 相将叫虞舜，遂欲归蓬莱。
> 嗟我二三子，狂饮亦荒哉。
> 红裙欲先去，长笛有余哀。
> 清歌入云霄，妙舞纤腰回。
> 自从有此山，白石封苍苔。
> 何尝有此乐，将去复徘徊。
> 人生如朝露，白发日夜催。
> 弃置当何言，万劫终飞灰。

自西峰东北行，山脊越来越狭窄，山石林立，怪石嶙峋，山道崎岖蜿蜒，两边悬崖峭壁，令人不寒而栗，传说为仙人之道。扶石慎行200米，致中峰安华塔下，怦然之心方可平静。安华塔共13级，用白色花岗岩石砌成，实塔，不可攀登，想必这里曾经是望海楼的位置，而望海楼已不复存在。这里离黄海不远，如果是晴天，很可能望见海。过关公三石及东坡醉卧处，顺山势而下，行百米，即到常山的主体建筑碧霞宫。

碧霞宫坐落在第三峰的峰顶之上，是常山的最高处。峰顶中部呈圆形，平整而开阔，多柏树，层层叠叠，簇拥着气势雄伟的碧霞宫。碧霞宫雕梁画栋，雕栏玉砌。洁白的汉白玉围栏，深红色的立柱，暗红色的门窗，走兽飞檐琉璃瓦，整个建筑显得金碧辉煌。

凭栏远眺，美景如斯，遥想当年，世事沧桑。东南山下，扶河岸边，地形平缓，灌木丛生，野生动物繁衍生息的岗峦，不正是当年苏轼狩猎的黄茅岗吗？1075年深秋，苏轼率随从"千骑"在黄茅岗射猎，归来后写下《祭常山回小猎》，诗云：

> 青盖前头点皂旗，黄茅岗下出长围。
> 弄风骄马跑空立，趁兔苍鹰掠地飞。
> 回望白云生翠巘，归来红叶满征衣。
> 圣明若用西凉簿，白羽犹能效一挥。

苏轼仍觉意犹未尽，遂又作《江城子·密州出猎》，尽情抒发"老夫聊发少年狂"的豪气，挥洒"会挽雕弓如满月，西北望，射天狼"的豪情。诗词依旧，山水依旧，风声依旧，只是不见当年豪情满怀、壮志凌云的苏东坡。

苏轼在密州时，在短短的两年多内竟创作了209篇诗文，其中诗歌127首，词18首，文64篇。平均三天即有一篇作品问世，不少都是千古名篇，由此可见，故乡山水之灵秀，最能激发苏轼的创作激情与灵感。

山上还有诸多碑碣与摩崖题记，为常山的人文之气增色不少。著名的有常山祠大观碑、常山祷雨谢雨碑、常山感应碑、常山神感应碑、重修常山雩泉碑、重修常山苏公祠碑等。东北面山脚下，有石屋子数间，是当地人采石而形成的，每间十多平方米，一人高，四周墙壁都是弹头留下的痕迹，整齐有序。

常山南面为百丈峭壁，自南面山脚下的石阶道上山，如攀登天梯，直上直下，相信会给登山者带来另一番景致、另一种乐趣。

山前东南两公里处，在黄茅岗与常山之间，塌山河东岸，便是著名的皇华镇呈子遗址。据考证，呈子遗址距今已有5400余年，是一处国内外知名的大汶口文化中期的氏族部落遗存，为山东沿海地带较早的定居村落，也是诸城最早的古文化遗址。遗址东西长200米，南北宽100米，面积两万多平方米，分上、中、下三个文化层，层厚1—3米，上层为岳石文化和商周遗存，中层为龙山文化，下层为大汶口文化。经过考古人员的两次挖掘，发现的龙山文化墓葬多达88座。这些墓葬分为北、东、西三区，东区穷人的墓葬最多，墓小而无随葬品，西区为平民葬区，而北区墓宽大并有随葬品，随葬品主要是黑陶。从这些墓葬可以看出悬殊很大的贫富差别，证明了黑陶象征着尊贵和富有，而拥有最贵重的高柄蛋壳杯则更是一种权力的象征。

1976年在此出土的蛋壳黑陶高柄杯，共12件，4种造型。其中一式高柄杯，高12.5厘米，口径10.8厘米，底径4.7厘米。杯口作大浅盘状，杯底部外鼓作圜底状，下部外撇，杯底垂入中间粗柄内。柄上作鼓形，上作束腰状，外观无明显分界，矮圈足，腹部饰细弦纹，柄上部饰条形纹，两个楔形镂孔，造型独特，灵巧美观，黑亮如漆，薄如蝉翼，异常精美，为制陶工艺中的精品，属珍贵文物，被誉为"四千年地球文明最精致的代表"。呈子遗址出土陶器、石器、骨器和角、牙、蚌等器物700余件，其中，蛋壳黑陶杯、鸟喙足盆形鼎、灰陶（南瓦）等，被国家文物局鉴定组确认为国家一级文物。这些文物具有重要的研究价值，被称为新中国成立以来文物考古重要收获之一。

在文化墓葬中，我们发现了原始社会新石器时代母系氏族社会流行的合葬墓，这说明当时生活在这一地区的先民们正处于母系制向父系制过渡时期。

70年代，在王家柏戈庄村东北方的河边台地上，又发现一处龙山文化遗址——王家柏戈庄遗址。遗址南北长140米，东西宽130米，面积18200平方米。南北紧临古河道，两河在遗址东北角处相汇后，向东北方流去，数里后汇入淇河。遗址表层为农田，属沙质黄土，散布有少量的残陶片，西部为断崖，可观察到的文化层厚约1.5米，土质疏松，呈灰黑色，内有大量陶片，并发现一处圆型窑址，周围散布大块的红烧土。遗址东部，曾出土过新石器时代龙山文化的蛋壳黑陶杯、陶罐、石纺轮、石网坠、石斧、石镞等遗物，由此可以推断，该遗址是一处新石器时代晚期龙山文化的遗存。

近几年，皇华镇黄龙沟内，发现大规模恐龙足迹群。足迹群已探明面积2600平方米，恐龙脚印3000多个，它们大约形成于白垩纪时期，距今已有1亿年的时间。恐龙脚印化石群数量和种类之多、分布之集中、层位之丰富、保存之完美，实为罕见，被专家初步认定为世界罕见的地质奇观。从脚印化石辨认，这里至少有鸟脚类、兽脚类、蜥脚类等6个以上恐龙属种的足迹，已确认的有肉食类的霸王龙、虚骨龙，植食类的鸭嘴龙、甲龙，通过脚印还可以判断，黄龙沟这片几近干涸的河床，就是众多恐龙的聚居地。成百上千的各种恐龙从松软河床上走过，留下了形态各异的足迹，随着雨季的到来，洪水带来的新的沉积物将这些脚印覆盖，最终形成了足迹化石。我们无法回到1亿年之前，也无法看到活灵活现的成群结队的恐龙在此生活的情景，却能想象当时的场面是何等壮观。它的发现，再次为"恐龙之乡"——诸城，增添了绚丽的一笔。

常山区域面积不大，却先后有如此重大的考古发现，使其形成了独特的、远古的常山文化。这一地区，古代处在齐鲁两国之间，由于特殊的地理位置，两国文化在此交融贯通，诸城一度成为南北文化交流的中心。先秦、两汉之际，诸城文化达到了辉煌的时期，通变至道，经师辈出。谈古论今，如此"人杰地灵"就不足为奇了。

龙山文化遗物蛋壳黑陶，黑如漆、明如镜、薄如纸、硬如瓷，被誉为"土与火的艺术，力与美的结晶"，形成了后来的黑陶文化。黑陶文化是龙山文化的一个重要标志，黑陶艺术品，大多造型别致优雅、古朴凝重，观之令人惊讶，惊讶于它的艺术构造与历史沉淀。它不像青花瓷那样光彩照人，它的魅力在于震撼人的心灵，它熠熠生辉的背后，是历史赋予它的最古老的黑色，黑色与白色及其他颜色形成巨大的反差，这种反差恰恰是最完美的体现。

自古至今，文人墨客，登临拜谒常山者络绎不绝，不计其数。古时的每年三月三日，达官贵人与城里的仕女结伴同游，云集山麓，祀苏文忠祠，拜神庙，游览美景，日暮方归，俗尚沿袭，其来久矣。

常山，一个人类文明的发祥之地，人杰地灵，充满神秘。

二

马耳山与常山截然不同。因主峰双石并举，状如马耳而得名。海拔717.8米，是鲁东南第一高山，面积40平方公里。山势为东西走向，自古为诸城南部屏障，有春秋战国时期齐长城遗址。黄草关位于山西面，为南北通道的重要关隘。

马耳山属温带半湿润海洋性气候，境内气候温和，年平均气温12.3℃，冬暖夏凉，气候宜人，雨量充沛，物产丰富，动植物有1000多个品种，名胜古迹20多处。

马耳山的森林覆盖率达97%，是一座名副其实的绿色森林公园。五老峰、凌云峰、松朵峰、鸽崖峰、马耳峰等奇峰高峙，山石嶙峋，山势陡峭，奇峰怪石随处可见。山间岚气霭霭，泉水淙淙。山中森林茂密、山花烂漫。山坡林木覆盖，荆榛遍生。山川纵横，山清水秀，常有曲径通幽之处。金水河、丽水河、涓水河，如玉带缠绕山间。山上幽兰飘香，山中古树参天，山下丘陵起伏，梯田层层叠叠，错落有致，湖如明镜，星罗棋布，路如线条，纵横交错，田如绿毯，状如棋盘。亭阁庙宇，或隐或现。山水相依，山水相连，山高水远，山重水复，江山如画，令人流连忘返。

"山川之秀甲青齐"。马耳山的风景，归纳起来更像一首排列有序的数字诗：1座马耳山，两只马耳峰，3条旅游线，4大山相拥，5口清冽泉，6个神奇洞，7面明镜湖，8座山中亭，还有那28峰峰峰竞秀，128景景景不同，组合成奇、秀、美、险、怪、旷6大特色的人间美景，是一幅四季不同、百看不厌的自然山水画卷！自然与人文景观数不胜数，著名的有一线天、鬼见愁、望岳龟、流云峡、铁锁桥、菩萨顶、马耳峰、仙人洞、龙王泉、九倾山、龙凤山等名胜，另有太公祠、钓鱼台、北平府、望海楼、齐长城遗址等古迹。她以其挺拔俊秀的身姿，展现出独特的魅力和神韵，世人为之倾倒。

马耳山景区主要旅游线路有三条，分别是中线、东线、西线。三条线路的风景各有不同，每条线路到达顶峰时，都可以沿山脊继续寻奇探幽。

中线以永隆寺、钓鱼台、齐长城遗址、太公祠、仙人洞等景点为主。永隆寺古刹，历史悠久，文化灿烂，始建于汉时，距今已有2300多年的历史。据唐代文人名士萧颖士《马耳山记》记载，仙人洞为东晋人葛洪隐居炼丹之地。隐龙寺、石龙寺为北魏正光时所建，至清末仍完好，今已废圮，只存遗址。山脊处有横亘绵延的齐长城。现在看到的永隆寺，是近年来旅游开发后的产物。寺前有人工修建的放生湖，岸上建有仿古建筑钓鱼台，中有姜太公垂钓像。

齐长城遗址在东面山腰的密林中，不细心寻找，很难发现它的存在。很多地方已经看不到以前雄伟的墙体了，耸立了两千多年的齐长城，经过岁月的变迁，早已经坍塌尽，远看如带，近看似乱石堆砌，仍旧颇为壮观。当年（前351年），齐国为防楚国入侵，在国境南部边陲群山之巅筑造长城，后称"齐国长城"。它是春秋战国时期齐国争霸御敌的产物，它的在夸一石凝成了一部硝烟滚滚、旌旗猎猎的古代战争史。齐长城全长618.9公里，它西起黄河东岸的长清区孝里镇，向东蜿蜒，最东端伸进青岛市黄岛区海滨，史称"千里齐长城"。它蜿蜒于齐鲁大地的1518座山峰之上,自西向东,在长清、肥城、泰山区、泰安市郊区、历城、章丘、莱城、博山、淄川、沂源、临朐、沂水、安丘、莒县、五莲、诸城、胶南、黄岛等18个县市区留下了历史的印痕。位于诸城境内的齐长城全长有60余里,蜿蜒于市境南部群山之巅,西南自马耳山入境,沿马耳山、石人山、七泉山、茁山、拔地盘、黑溜顶、摘星楼、马山、磊石山至台家沟南岭入胶南市境。乾隆《诸城县志·总图》记载,马耳山与喜鹊岭之间为黄草关,这是齐长城一道险峻的关隘。

据郦道元《水经注》记载:"山上有长城,西接岱山,东连琅琊巨海,千有余里,盖田氏之所造也。"《竹书纪年》记载齐长城为周显王十八年(前351年)筑建,至今已有2349年的历史。今有些地段,残址凸出地面1米左右,宽10米左右,基础多以块石垒砌。其上以沙土夯筑。每遇沟壑以巨石填筑。曲折蜿蜒,高低绵亘,十分壮观。

沿山道而上,在太公祠北面,道边有一清泉流出,成小溪流入放生湖。过太公祠不远就是狼仙洞,然后是陡峭的石阶,近百级,如同天梯。抬头望去,峰顶凹凸不平,似一只刺猬,这便是马耳山有名的景观——"猬仙赏月"。最让人称绝的是崖下的一处滴水洞,一年四季滴水不断。一尊滴水观音雕像立在水池中央,神态祥和,亭亭玉立,脚踩莲花宝座,宛若水中而生。它的绝妙之处,在于如此之高的山之顶峰,会有这样一处水源,可谓一绝。池中之水甘甜、纯净、清凉。游人经过长时间的艰苦攀登之后,面对此泉,欣喜若狂,捧一口水喝下,顿感五脏六腑痛快淋漓,心旷神怡。

东线有东坡亭、试剑石、鳄鱼石、观景台、鹰居崖、鹰神洞、望月龟、采云亭、菩萨顶、望海楼、马耳峰、仙人洞等景观。沿山脊的登山道而上,过山腰的观景台,前面就是鹰居崖,攀援而上,由望岳龟到菩萨顶,山脊如刀背,人如同在刀剑缝隙中爬行,惊险之处无不令人提心吊胆。望海楼是诸城境内最高的建筑,海拔高达733.8米,站在楼上,可以远眺大海。若想省时省力,可乘索道通往东南的风磨口,但是体会不到这一路上的惊心动魄。再往前,就是颇有壮志凌云之气的凌云峰。凌云峰直插云端,风光秀美,依山造势,形成了一线天、鬼见愁等景观。过了凌云峰,那两只高耸入云霄的马耳朵就突然出现在眼,这便是闻名遐迩的马耳峰。

西线有马耳山的"龙脊"之称,游客会由此下山,过五环亭、光武亭、情侣松、天外来客、砲子石、聚仙亭、仙人台等景,最后又回到山下的永隆寺。

如果想亲临两座巨峰,还有很长一段路要走,沿羊肠小道继续西行,峰回路转,险象环生,令人却步。越到两峰前,路越绝,但见双峰耸峙,直插云天,一高一矮,相依相偎,顶如塔尘,高不可攀。有道是"无限风光在险峰",从遥不可及到亲临跟前,历尽艰难险阻,只为一瞩她的风采,这就是山的魅力!看过梦寐以求的马耳峰,已经无力再返回走过的路,因为这里离凌云峰已经很远,多处是下得来上不去的地方,只能硬着头皮自北边的山梁下山。山梁两侧多是绝壁,根本找不到下山的路,惊险之处只有自己亲身体会了才会知道。从双峰处下到安全地带,回头望望远在身后的两座山峰,敬畏之意油然而生,又感到庆幸与自豪。此时,你已经来到五莲县境内的李古庄村,距永隆寺直线也有十里之遥。

山顶两峰间有仙人洞,天若降雨,洞即生云,云绕双峰,袅袅娜娜,堪称胜景,称作"马耳腰云"。故乡谚语:"云雾绕山腰,大雨要来到""马耳山戴帽,大雨就到"。每遇天旱,故乡的人们就频频翘首,远望马耳山,盼望"马耳戴帽"。每当山上白云缭绕,这里的人们就会惊喜万分,第二天也不必早起上坡干活,可以在家里睡懒觉。每到麦收或秋收时节,粮食晒在场上,只要马耳山上没有云雾,到了傍晚,这里的人们就不用将粮食收仓,可放心地睡。这一景观,成了人们预测天气阴晴的"晴雨表"。当你在山下欣赏到此景的时候,就意味着这里的天气将发生变化,天就要下雨了。

说到马耳腰云,我想起了才华横溢的清初名儒李澄中。李澄中(1629~1700),字渭清,号渔村,清初诸城著名文人,学问渊博,著作等身，尤工于诗赋，佳作甚多。《东武吟》是他的代表作之一，他视之为一生的得意之作，将其放在《滇南集》卷前代序，同榜博学鸿儒的施闰章题《东武吟》云"渺然有临碣石、观沧海之顿宕雄蔚，超然独胜也"。李澄中生而颖异，才华出众，10岁时能背诵六百多首古诗词，出口成章，下笔成文，19岁为诸城秀才，深得诸城名流的称赞。尽管诗赋得到文化名流的赏识，但他40多岁仍只是个秀才。

《东武吟》这首诗中就有"南睇双尖见马耳，石罅生云白如水。老农测候识阴晴，昨日云生朝不起。"这样的诗句，生动地描写了马耳腰云，读完《东武吟》，我便被诗人的豪情所感染，亦被诗人的才气所折服。

东武吟

我家东武城，因为东武吟。
东武飞作怪山去，东武之名留至今。
超然有古台，坡公迹灭生蒿莱。
先人敝庐在其下，巷口乔木柴门开。
南睇双尖见马耳，石罅生云白如水。
老农测候识阴晴，昨日云生朝不起。
琅琊辇道盘山阿，秦皇碑字今销磨。
斋堂斜连沐官渡，鼋鼍出没何其多！
长潍喧呼恶浪瘗，韩信坝头鬼夜哭。
卢山本以卢敖名，寂寞岩灯照幽独。
九仙摩云列岫攒，五莲捧出青琅玕。
惊涛倒峡双湫裂，中有千尺苍龙蟠。
福地新开号卧象，野客携杖时来往。
璧月高悬珑塔光，玉虹下注元潭响。
季氏曾城石屋根，雨霖葛冢汉臣魂。
天地洪荒虞帝出，千年人说诸冯村。
其余琐细不足数，唐宋传来名独古。

山川灵秀相荡回，尽收远势归东武。
　《东武吟》成声转悲，风俗曾经鲁所治。
　　十万人家读书处，淳朴尚有先民遗。
　　几遭战火饱丧乱，城郭楼榭飘风吹。
　　残黎鹁结力已尽，梁伏遗教空尔为！
　　我今客游羁京华，梦魂不到天之涯。
　　感今思昔意惆怅，旷野茫茫遥相望。

　　诗歌成文的时代，诸城市的疆域达4000余平方公里，是当今的两倍。诗中浓墨重彩描绘的马耳、卧象、九仙、五莲、琅琊等胜景，其时都在诸城市域内，现已都是五莲、胶南等县市的旅游胜地了。

　　诗人出仕前，曾与同邑文人徐栩野、张石民、赵壶石等人亲登卧象山，谈古论今，纵情山水，遍游五莲山、琅琊台，寻胜访古。诗人寄情山水长达十余年，对家乡的一山一水都十分熟悉，一草一木备感亲切。50岁时，诗人应鸿博试，一举成名，骤然离乡，入翰林院，纂修明史，居京十余年，无异于"自由鸟入了金丝笼"，能不对自己生活了大半辈子的家乡和亲友产生怀念吗？《东武吟》正是这时期的思乡之作。诗中对家乡的山川胜迹、名人轶事、百姓生活如数家珍，清词丽句奔赴笔下，字里行间洋溢着浓浓的乡土情和自豪感，是难得的颂扬家乡诸城的诗歌力作，是诸城文学史上的一颗璀璨明珠。

　　康熙三十九年（1700）六月，李澄中选同邑王钟仙、丁野鹤、邱海石、刘子羽四先生诗成集。六月二十二日未时，李澄因痰疾而逝，终年71岁，葬城西华村西北原。遗稿经后人编定刊刻有《卧象山文集》4卷、《诗集》7卷、《赋集》1卷、《艮斋文集》8卷、《白云村集》等。

　　诸城琅琊西社八友之一的陈烨曾作过一首诗，题名为《望马耳山顶出云》，对马耳腰云做了另一番形象的描绘：

　　雨溢龙湾曲，云蒸马耳巅；

>如棉腾岂雾,似谷扬非烟。
>生出根安着,合来势若牵;
>望肠农意初,莫用更漫天。

唐开元年间,官秘书正字、史馆待制的"萧夫子"萧颖士,"慕名托疾",不远万里,来诸城马耳山游览,写下了《游马耳山》这一著名长诗。诗云:

>兹山表东服,远近瞻其名。
>合冥尽溟涨,浑浑连太清。
>我来疑初伏,幽路无炎精。
>流水出溪尽,覆萝摇风轻。
>高深度气候,俯仰暮天晴。
>入谷烟雨涧,登崖云口明。
>乾坤正含养,种植总滋荣。

明朝诗人刘敬只是路过时远远地看到了马耳山,便立即被它的豪迈气势所吸引,用充满浪漫色彩的笔触写下了:"地蟠万斛雾泉涌,云驾双尖马耳来。"

苏轼除了为常山写下了众多诗文外,诗文中也多处写到马耳山,《雪后书北台壁二首》诗中写道:

>黄昏犹作雨纤纤,夜静无风势转严。
>但觉衾裯如泼水,不知庭院已堆盐。
>五更晓色来书幌,半夜寒声落画檐。
>试扫北台看马耳,未随埋没有双尖。

苏轼离开密州后,于元丰八年(1085年)十月,再次来到密州,再上超然台,并写诗赠太守霍翔,《再过超然台赠太守霍翔》诗中又提到了常山与马耳山：

昔饮雩泉别常山，天寒岁在龙蛇间。
山中儿童拍手笑，问我西去何时还。
十年不赴竹马约，扁舟独与渔蓑闲。
重来父老喜我在，扶挈老幼相遮攀。
当时襁褓皆七尺，而我安得留朱颜。
问今太守为谁欤，护羌充国鬓未斑。
弓持牛酒劳行役，无复杞菊嘲寒悭。
超然置酒寻旧迹，尚有诗赋镌坚顽。
孤云落日在马耳，照耀金壁开烟鬟。
扶淇自古北流水，跳波下濑鸣玦环。
愿公谈笑作石埭，坐使城郭生溪湾。

在《江城子》中，苏轼又写道：

前瞻马耳九仙山，碧连天，晚云间。城上高台，真个是超然。莫使匆匆云雨散，今夜里，月婵娟。
小溪鸥鹭静联拳，去翩翩，点轻烟。人事凄凉，回首便他年。莫忘使君歌笑处，垂柳下，矮槐前。

苏轼当年到马耳山探幽览胜时，认为此山乃君子隐居之佳处。他特别喜爱龙王泉瀑布，并留有题刻，文中曾有"南望马耳、常山，出没隐见，若近若远，庶几有隐君子乎"的感叹，但一直未见留下记载，不知何故。

另外，历朝历代，许多文人墨客为马耳山留下了众多诗词佳名。元朝诗人王致道在《超然台》中写道：

高台肇造属前贤，乘兴登临眼界鲜。

> 马耳南瞻云带雨，沧溟东望水连天。
> 相君篆字今何在，刺史书声亦寂然。
> 惟有凄凉千古月，夜深依旧照台前。

明朝当地诗人丁惟宁在《张州倅左川招饮超然台同陈宪副后崖即席赋》诗中说：

> 初冬冲雨步崇台，台上芳樽平子开。
> 天畔峰峦随雾失，城中烟村似春回。
> 登高尽是烹莼侣，作赋还推惊座才。
> 向晚西风呈霁色，双尖马耳送青来。

另外这十位清代诗人对马耳山也是情有独钟。
王沛恂说："肝目指浮云，马耳双峰剪。"
王咸写道："遥知马耳双尖峻，谁共超然扫北召。"
岳元音说："长啸中林眺峨嵋，马耳双尖吐寒碧。"
徐田在《桃花调歌》中写道：

> 葛陂杖化神龙起，常入桃花洞尘水。
> 一片石荒太古烟，桃花满路红成市。
> 东海之缀何时已，马耳之云息生耳。
> 我来寻杖古洞前，但见桃花不见天。
> 青溪两岸春风转，桃花乱打钓鱼船。
> 忽有飞梁生石壁，南山对石不盈尺。
> 花村沽酒斗十千，劝君莫辞故人席。
> 老纳青精饭游人，折角巾草木不知。
> 　　　普鸡犬，终避秦。
> 世人若问桃园事，我是桃花洞口人。

台立言的《怀乡》更绝：

> 燕去春将老，莺啼梦使分。
> 愁中时得句，病里废论文。
> 衣冷燕台月，心遥马耳云。
> 悬知思子意，倚杖望斜曛。

赵清则说："马耳双尖林树合，穆陵千古夜鸟愁。"

徐天祥诗曰："峨嵋片影月初上，马耳双尖云半屯。"

刘正鉴在《依韵答丁野鹤》中写道："多君肯借奚囊色，马耳双峰翠未枯。"

张衍在诗中写道："马耳浮空入望齐，万山隔断暮云低。霜潭去此无多路，只是西峰一丈西。"

近代国际知名作家王希坚 1989 年秋在《怀念故乡》一诗中写道："超然台上昔曾游，马耳常山一望收。"

现代诗人臧克家也对家门口的马耳山如醉如痴，在《看山》诗中写下了"五岳看山归来后，还是对门马耳亲"这样的诗句，并在多篇诗文中，写到过马耳山。马耳山成了诗人心中挥之不去的挂念，他去世后，骨灰从北京运回故乡，撒到老哥哥和六机匠的坟边，也撒在了马耳山下，圆了诗人最后的遗愿。

马耳山成了诗人诗中的"诗眼"，诗人见到马耳山后，都会被她的雄伟所震撼，都会被她的美景所倾倒、所陶醉。当然，还有许多文人墨客，或经过，或目睹，或亲临，虽然没有留下传世诗文，但是马耳双峰的雄姿一定会留在他们的内心深处。

马耳山东北角的山脚下，有一个村庄叫尚庄，尚庄北边有一处原始社会新石器时代晚期的龙山文化遗址，被称为尚庄遗址，距今 4000 余年，东西宽 180 米，南北长 250 米，总面积 45000 平方米，涓河水环绕东南，依山傍水，土地肥沃，既可射猎采集，又能耕稼陶渔。遗址文化层厚约 1.5 米，最底层为龙山文化遗存，发现大量的黑陶片，可辨认的器形有鬶［guī］、甗［yǎn］、匜［yí］、鼎、环足盘、碗、罐等。由此可见，马耳山地区曾经是远古人类活动的重要场所之一，原始社会的祖先选中了这里，把这里视为理想的生活之地，并在这里繁衍生息。古往今来，马耳山都被看作一块圣地。

三

当你来到这里，路过情侣松的时候，你会被它们的贞洁的爱情故事所感染！见到龙王泉的时候，就请喝一口清洌的龙泉水吧！站在她的脚下，你会被她那挺拔向上的双峰所吸引，她会给你以不被湮灭的气势与启发！爬上山腰，伸手摸一摸身边飘浮的云雾吧，变幻莫测的云雾，会让你忘记一切烦忧！快来吧！登上山顶！去体会"一览众山小"的感觉吧，那时候你才会知道"山高人为峰"的豪迈！

春天的时候你来吧！春天正是踏青的季节。

山下的万亩桃林，铺天盖地，漫山遍野，桃花灿灿，红装素裹，分外妖娆。穿行在桃树之间，淋一场风花雪月的桃花雨，你会铭记一生。还有果园里的苹果树、梨树，每一株都是淡粉的，都是雪白的……不错！当你感觉误进了陶渊明的桃花源时，那你就是这片桃园里的主人了，摆一个 pose，照一张相，让灿烂的自己留在春天里。

小道两旁，一枝枝，一簇簇，迎春花从岩石缝隙间垂下来，金色的小花开满细长的枝条，黄得灿烂，黄得新鲜；嫩绿的草丛中，杜鹃花最夺人眼目，一团团，一片片，开得像火焰，像朝霞，像红旗，像啼血染成……春天，整座马耳山就是一个大花园，美得让人心生爱慕！

农历三月初三至初九，你来的时候正在开马耳山的传统古庙会，本地和外地的人们，从四面八方赶来，赶到山上的永隆寺，庆祝这一传统的民间文化节日。寺院内香烟缭绕，僧人主持佛事，经声佛号，钟磬铿锵，祈求一年风调雨顺，五谷丰登。人们踏青春游，开展商贸交易，欣赏各种民俗活动和大型文艺演出，观看各种民间工艺、民间风俗，品尝各色各样的地方特产、小吃，让你尽饱眼福和口福。山下人山人海，到处欢歌笑语，场面热闹非凡……

如果春天你不来，那就到夏天来吧！夏天正是避暑的季节。

山中森林茂密，飞鸟鸣叫，叽叽喳喳，像进了百鸟园。很多叫不上名字，也有从未见过的，羽毛光滑漂亮，动作灵巧敏捷，刚在山下这棵杨树的枝头，转眼间就到了对面山头的松树上了。蝉更是不知疲倦，从早晨一直叫到太阳下山。站在柳树下，晃一晃树干，几十只蝉四散飞开。到路边的小店里坐一坐吧，门口挂着一串大红的灯笼，店前的酒幌子上写着小店的名字，"快活林""十里香""宾至如归"，随你走进哪一家，找个靠窗的地方坐下，面对着大山，边饮酒边赏山，岂不是人生一大乐事？哦，别忘了要一盘油炸蝉蛹，此乃下酒的好肴，相信你在其他地方没有品尝过。

山顶幽兰飘香，当你登顶之后，在水草丰茂的地方，你会惊讶地发现，兰占据了整个山涧，山坡，山头，连山顶的草甸子上都随处可见，阵风吹来，兰叶舞动，兰花摇曳，黄得扎眼，幽然奇香，在北方的高山上，这种漫山遍野生长的野兰，实属罕见！

夏天，是躺在山丘之上看云起的最好季节。向那高天之处，静静观看飘浮的白云，由山这边飘到山那边，那高天的云，一会儿像狮，一会儿像狗，一会儿像人脸，一会儿像女儿的头发，一会儿像母亲抱着婴儿，一会儿又像两位携手飞天的仙子，在碧蓝的天空中飞翔，一会是鹰，一会是雁，一会儿是一只大蝴蝶，一会儿变成星星……变幻莫测，气象万千，"去留无意，望天空云卷云舒"。一定是一件奢侈的事。

如果夏天你不来，那就到秋天来吧！秋天正是收获的季节。

山下的田地里，茂密无边的高粱、玉米、谷子，红了脸，黄了牙，弯了腰，到处是丰收的笑脸，到处是丰收的喜悦；果园里，又大又圆的国光、金帅、红星、红玉、红香蕉、红富士，令人眼花缭乱。亲手摘下枝头的红苹果。苹果色泽鲜艳，咬一口，清脆香甜，口感独特，与你从水果摊上买回来的苹果会有所不同。

山上的密林里，野山枣、野山楂、海棠、狗奶子、红梅，随处可寻。山梁上，栗子树上的栗子都炸开了口，柿子树上挂满了黄色的小灯笼。山楂树上，结满了殷红的果实，饱满、厚实、酸甜。被霜染红的枫叶，挂在悬崖峭壁之上，红艳艳的，像火。秋风里，落叶飘，一片两片，飞舞在山涧，像一两只断魂的金蝴蝶。

大雁排成人字形，发出悠扬鸣叫声，划过天空。如果你住在山中，早晨一定会被清爽的风唤醒你到开满野菊花的山梁上去，牛在山腰间静静地吃草，羊群像白云一样飘过山梁，有村姑在山谷的小溪里洗衣裳，鹅卵石的岸上晒满了五颜六色。"秋风起兮白云飞，草木黄落兮雁南归。"马耳山的秋天更加明媚，澄蓝的天更加空旷，一尘不染，晶莹透明。你——赏秋，山——秋韵；山——诗意，你——沉醉。

如果秋天你不来，那就到冬天来吧！冬天，正是飘雪的季节。

冬天的马耳山更真实、更坦荡，毫无保留地展现在你眼前。草木枯萎，万物休眠，而松柏常绿，生机依然。山少了些喧嚣，多了份宁静。飘雪的日子，山被隐藏起来，一夜之间，除西边的马耳双峰和少数磐石之外，整座山便被笼罩在大雪之中。若遇雾天，你会看到马耳山上的雾凇奇观，万树凝霜挂雪，柳树低垂，宛若条条玉枝，马尾松上银菊怒放，灌木草丛，披银戴玉，晶莹剔透，仿佛一座天然的冰雕园林！要是幸运的话，在山谷绝壁之上，你还会欣赏到巨大的冰瀑。在阳光的照射下，到下午时分，树挂开始纷纷脱落，一片一片，一串一串，滑落下来，掉在雪地上，发出沉吟之声。北风吹来，银片当空飞舞，在阳光下五颜六色，像从空中散落的碎屑，朦胧迷人，让人忘却寒冷。这样的景象，因为你的到来，会变得更有情趣。这是其他人不能欣赏到的。

雪国的世界，灵魂得以净化，生命得到洗礼，因此，你便成了这里唯一的圣人。只有圣人才会超越时空，超越地域，超越他人，做别人不能做之事。银色的世界，是纯洁的世界，没有污浊与尘埃，只有冰清玉洁。

"试扫北台看马耳,未随埋没有双尖。"站在超然台上,苏轼曾经这样描写风雪中的马耳山。不错,在天之尽头,那不被湮灭的双尖多么富有诗意,令人坚强,叫人向上,永不言败。望着她,远远地注视着她,她是静止的,但她是有生命的,或者比生命更永恒。欣赏她,深情得像看着你挚爱的恋人,她所给予你的正是她的挺拔,正是她的坚定。有这些就足够了!足够你享用一生。

如果你今年不能来,那就等明年吧!明年你不能来,随便你什么时候来吧!她会一直等着你,即使等到你白头,她依然如故!

刘秀来了,萧夫子来了,苏轼来了,乾隆来了,郑板桥来了,刘墉来了……姜太公在此隐居垂钓,等待周文王的到来;刘伯温痴迷四孔鲤鱼的美味,常住在山下不肯离去。而你还在等什么?

四

故乡的山融入了我的生命、我的血液、我的思维。如果不能身临其境,我会坐在故乡的山冈之上,前望马耳,左观常山,这里是观赏她们的最佳位置,这也许就是我被她们所迷惑的原因吧。

如果把常山比作一位母亲,那么马耳山就是我热恋的情人。无论是夏季还是冬季,她们都会给你一幅决然不同的画面。夏季云雾缥缈,冬季白雪皑皑。我知道她们的每一座山峰有多么峻峭,每一道山梁有多么优美。她们给了我诗的灵感,我为她们写下不尽的诗篇,即使从青年一直写到老年,赞美她们的诗句依然不会枯竭。

我与山结下了不解之缘,山成了我最真挚的朋友。每次从远方归来,首先迎接我的是常山,然后拥抱我的是马耳。当我拜望过她们之后,才会恋恋不舍地转过头。如果时间充足,我一定会再次登临,敬慕她们,亲近她们,投入她们的怀抱。

山给了我刚毅的性格与不败的信念,无论遇到什么样的困难,只要想到她们，一切都会迎刃而解。

　　每次远离故乡，总是要默默向她们告别，都会挥手向她们说再见！如果可以，在我垂暮之年，我会回到故乡，守着这山，看着这山，望着这山，恋着这山。

　　常山，一座充满灵气的山。

　　马耳山，一座万众瞩目的山。

　　常山，一石一树皆灵秀。

　　马耳山，一丘一壑尽风流。

　　故乡的山让我魂牵梦绕。

　　我因故乡有这样两座山而感到自豪。

梦想与未来

我少年时对地理的热爱超过了诗歌，崇拜徐霞客超过了十个李白！我希望有一天能像大旅行家徐霞客那样，走遍中国的名山大川，写一本与之相关的游记。因少年时的贫困，我只好放弃这个伟大的梦想，心中难免失落。但我也知道，有些梦想需要一辈子去实现，有些梦想必须放弃。即使不放弃，到最后也只会以失败告终。有些梦想注定要变成美好的回忆。

17岁那年，我开始疯狂地写作，疯狂地阅读文学作品。学校的课堂变成了写作与阅读课，以至于数学、英语每次考试都不及格。开始以小说题材写作为主，民间故事也写了不少，甚至把家乡的民间传说故事写成了一本书，取名《家乡民间故事精选》。后来这本书到了济南的某一家出版社，下落可想而知。我19岁离开家乡的时候把民间传说故事的初稿带在了身边，从济南到北京一直带着，后来在北京开始创业，忙乱中把这部书稿弄丢了。几年过后，我试图重写这部民间故事集，却无从下笔。我想不起那些童年时的故事情节，即使记起来，细节也无法吻合。19岁那一年初恋，我写了大量诗歌作品，这些作品以爱情诗为主。那年春节过后，我带着我的诗稿、日记、小说和那部民间故事的初稿逃离了家乡，开始了我的游学生涯。后来，我把那些诗歌编辑到我的第一本诗集里，自费出版，取名《东方少年》。

从开始对文学痴迷，到今天创办经营人人文学网，时间推移了近

30年。我出版了几本作品集，也只是完成了人生中最初的文学梦想，积累的大量小说题材并没有开始动笔，也一直没有找到一个理想的创作环境。

再来说说诗歌吧。我发现，写诗最不值钱，写诗最贫穷。后来我又发现，诗人最"富有"，"富"到可以敌国，"富"到世界如已掌握。

有人给我出了道选择题：

总统——伟大诗人，我毫不犹豫选择诗人。

总理——著名诗人，我毫不犹豫选择诗人。

总裁——知名诗人，我毫不犹豫选择诗人。

总编——饿不死的诗人……我还是选择了后者……

这人对我的选择很失望，让我重新选择，为了不让他太失望，我全部选择了前者……

梦想并不遥远，人生也不漫长，关键不在结果，而在于过程……走吧，去远方……为梦想！

运河九章

运河之水不涸，运河之水不息。

——题记

一、大运河

在中国大地上，有两项伟大的古代人工工程，一项是万里长城，另一项是京杭大运河。

京杭大运河是世界上里程最长、工程最大、开凿持续时间最久的运河，也是最古老的运河之一。它全长约1794公里，至今已有2500多年的历史。它北起北京，南至杭州，经过北京、天津、河北、山东、江苏、浙江六省市，沟通了海河、黄河、淮河、长江、钱塘江五大水系。京杭大运河的开凿始于春秋时期，完成于隋朝，繁荣于唐宋，取直于元代，疏通于明清。从公元前486年始凿，至公元1293年全线通航，前后共持续了1779年。它的长度是苏伊士运河的16倍，是巴拿马运河的33倍。它纵贯南北，是我国重要的一条南北水上干线。

有人很形象地说我们的祖先在中华大地上，用智慧和血汗写下了一个顶天立地的"人"字，一撇是长城，一捺是运河！是啊！这是多么阳刚的一撇,又是多么阴柔的一捺!长城于群山之巅高高耸立,运河在平原洼地缓缓流淌,长城是静止的、凝固了的城墙,运河是流动的活着的河流。一动一静,一阴一阳,一筑一挖,正符合中国人的阴阳哲学与太极思想,这种哲学思想的体现未免太大手笔,纵横几万里,上下数千年!她改写了人类的历史,让全世界为之震惊,在我们的地球上留下了永不被磨灭的印记,写下一个大大的中国的汉字标记——"人"!它是我国古代人民智慧的结晶,是中华民族的象征!

可是,长城是堵塞的、封闭的、防御的,而运河则是疏通的、融合的、开放的。运河对中国南北地区之间的经济交流起到了巨大的作用,对文化交流做出了巨大的贡献,为当时的政府凝聚了巨大的力量,为我们留下了丰富的历史文化遗存。

大运河是一条沟通南北的大动脉。

大运河是一条人类文明辉煌的河。

大运河是一部用水书写历史的书。

大运河,一头连着通州,一头系着杭州。

1794公里流动着的,不仅仅是水,还有无穷的智慧与劳动者的血汗。

她是一部民族的史诗。运河两岸,一座又一座的名城古镇,都因大运河的开通而兴起。在很长的一段时间里,大半个中国的繁荣也是由运河造就的。一条大运河,富城兴邦,振兴一个民族,强盛一个国家,它所存在的意义甚至要超过万里长城!和长城相比,它不是军事防御工程,但可以运送军需物资,保障后方供应。大运河除了在政治、经济、文化方面发挥了巨大作用外,还在交通、造船、灌溉、防洪等方面起到了巨大作用,有些技术发明在当时领先世界,至今还被一些水利工程所应用。

如今,大运河失去了以往的辉煌,黄河以北的南运河、北运河及通惠河,除少部分河段能季节性通航外,其他河段已完全失去通航的能力。黄河以南的鲁运河、中运河到江南运河,均可以通航40—1000吨级船舶,有些河段船只繁忙拥挤,其中里运河可常年通航千吨级船舶，年运货量在 1500 万吨左右。京杭大运河是中国仅次于长江的第二条"黄金水道"。

如果要为运河写点什么，光有笔墨与历史的记载是不够的，还需要激情、沉思、发现、追问……2500 年的沉淀，不光是淤泥，不光是沉船，不光是陶瓷，不光是漕运，不光是文物与古迹，还有船夫，还有舵手，还有纤夫，还有大运河上的号子……

大运河留给我们的是过去的辉煌，现在我们回报它什么呢？站在堤岸上，望着缓缓流动的运河水，它沉默不语，我沉默不语……宁静淡泊把它变得更美丽，一株堤岸上的柳树或杨树，一片河里的水草，都可以组成一幅运河上的风景画。

大运河不能变成垃圾坑，大运河不能变成排污沟，我们不能看着它慢慢消失，我们不忍心看着它被破坏，它曾经是这样美丽，它曾经是那样辉煌，它曾经为我们的民族做出过不可磨灭的贡献！它像一位母亲，伟大而无私，母亲的孩子在茁壮成长，母亲已白发苍苍。它需要我们的保护！那干涸的北运河上再也看不到当年千帆竞过的景象了，只能遥想，只能叹息，只能追忆，用挽回不了局面的笔写些遗憾的诗章。你爱它吗？你爱它就请给母亲一渠清水，为它梳理蓬乱的头发，让它再焕发出新的精神，焕发出我们这个民族的精神，这精神是如此可贵，这精神还会存在下去，我们的子子孙孙会看到，会继承，会发扬！怎么不爱呢？它是我们的母亲，孩子哪有不爱自己的母亲的？因为它的伟大与无私，它躺下是一条奔腾不息的文明之河、智慧之河、生命之河，它站起来就是那个惊天动地的大写的"人"字！它是不朽的，它永远不死。它和世界同在！和地球同在！和人类同在！

运河！运河！大运河！我们的大运河！中国的大运河！世界的大运河！

二、运河源

通州地处北京东部，京杭大运河的北起点就在这里。通州因

"漕运通济"而得名,因大运河的开通而兴盛,又因漕运而鼎盛一时。通州自古就有"一京二卫三通州"之称,久负"小燕京"美誉,历为京畿重镇,是北京的东大门,如今为北京的通州区。公元前195年,汉高祖刘邦设路县,此地开始建立县制,至今已有2200多年历史。通州城内,曾经官署林立有仓场总督衙门、州署衙门、通永道衙门、户部坐粮厅署、贡院行辕、大运西仓监督署、大运中仓监督署、东路厅署、州同署、理事厅署、州判署、学正署、训导署、吏目署、通协副总衙门、左营都司署、右营守备署及县衙等大小衙门。通州漕署之多,堪称全国之最!明代在通州设置的漕署达16个,清代虽然对明漕运官署进行了改进、简化,通州漕运官署数目之多仍处于全国之最。在一州之地,集中设置同类官署,历朝历代,绝无仅有,可见朝廷对漕运和通州的重视程度。

通州境内,汇集了丰富的水资源,是潮白河、温榆河、通惠河、萧太后河等大小九条河流相汇之地,素有"多河富水"之称。

这座古老的城区有很多名胜古迹都与运河有关。三教庙、燃灯塔、八里桥、大光楼、清真寺、皇木厂、山东会馆、山西会馆、漕运码头、潞河书院、张家湾古镇、运河广场等等,无不与大运河有关。明杨士奇有咏通州诗:

城倚红云下,门临绿水滨。
宝鞍驰骏马,多是帝京人。

当年,乾隆皇帝下江南时,路过通州,见街道宽敞,人来人往,车水马龙,一派繁华,随口说道:"南通州,北通州,南北通州通南北。"乾隆无意中出了个上联,巧妙地使了两个地名,一个是江苏的通州,称为南通州,一个是北京的通州,称为北通州,重复使用"南北"二字,使得上联妙趣横生,有深度,也有难度。随行的有纪晓岚、袁枚、和珅等文人雅士,纪晓岚向来以能言善辩、思维敏捷著称,外号"铁齿铜牙",他知道乾隆出了一副绝妙的上联,便以街道两边的当铺为题材，巧妙地对出下联："东当铺，西当铺，东西当铺当东西。"重复使用"东西"二字，对联对仗工整，立意深刻，令人拍手叫绝。上联的"通南北"的"通"，则指京杭大运河。一条大运河，连通南北。通州自古就以"通"著名，无论是之前的大运河，还是现在四通八达的公路铁路交通网，都说明通州的交通便利。通州，怎一个"通"字了得！

三教庙是南北文化交融汇通的产物，这座成"品"字形布列的古建筑，竟然让儒、佛、道三教融为一体。文庙信奉儒教，佑胜教寺信奉佛教，而紫清宫则信奉道教。三教庙中各供其教的祖师爷，文庙祀孔子，佛寺奉释迦牟尼老师燃灯佛，道观供老子。文庙最大，突出了封建社会统治者的指导思想——儒家学说，道、佛教庙宇很小，且置于文庙之左右，封建统治者将道、佛两家思想放在辅助位置上，三教思想既对立又统一，这在全国各省、府、州、县是独有的人文景观，反映了大运河文化的开放与包容。文庙创建于元大德二年（1298年），比现在的北京孔庙尚早建4年，历经元、明、清三代22次重修扩建，至光绪九年（1883年）已经形成除北京孔庙之外北京地区最大的文庙。通州的运河文化，像北京古老的历史文化一样，融合了来自全国各地的文化，也有世界上不少国家的文化，不仅有国内的燕赵文化、齐鲁文化、吴越文化、巴蜀文化等，还有来自海外的朝鲜、日本、欧洲等地的文化。这使得通州运河文化得到了蓬勃发展。同时还保留着本地的乡土文化与京味文化。

从永通桥的"长桥映月"，到燃灯塔的"古塔凌云"，再到"柳荫龙舟""波分凤沼""高台丛树""平野孤峰""二水会流""万舟骈集"，通州八景几乎都与大运河有关。呵，"万舟骈集"！原本何等壮哉，如今已经盛景不再！当年，40里河道蜿蜒曲折，官船客舫、漕艘商舟，或穿梭交错，或并驾齐驱，帆影处处，桅樯林立，万艘云集，蔚为壮观！然而，历史最大的特点就是毁灭，毁灭后的一切再变成历史，有些得以保存延续下来，有些永远地消失在历史的长河里。大运河也在历史的长河中不断变迁，除留下长达1794公里的宏大躯体外，很多东西都只保留在历史资料与人们的记忆中。

　　再来看一下被历史毁灭后的古镇张家湾吧！自通州城区东南行5公里，便是著名的千年古镇张家湾。张家湾镇因漕运的兴起而兴，又因漕运的废弃而衰，虽然仍是交通要道，但昔日繁华盛景已经荡然无存。从那些残留下来的遗址看，我们依然能感受到古运河畔悠久的历史文明与深厚的文化内涵。千年漕运史为张家湾留下了众多文物古迹与传奇典故。600年的古槐树、辽代开始修建的古城墙、明代修建的通运桥、运河古道遗址、千斤石杈、漕运巨石等遗物，让人联想到古镇昔日的繁忙与繁荣。当年，那些沿运河往来的达官显贵、商贾行旅，都要途经张家湾，漕运的船队、载货的商舟都在这里停泊上岸，又在这里下马上船。看看桥面的石板上留下的累累车痕，就知道这里曾经车水马龙。在城门外，运河堤岸的码头上，门庭若市，川流不息，有迎来送往的宾客，有依依惜别的恋人，有搬运货物的船工，有远渡重洋的外国使节，或举杯饯行，或挥手致意，或流泪挽留，或叮嘱送别，古镇码头，曾上演过一幕幕人间聚散的悲喜剧，活生生一幅大运河上的"清明上河图"。

　　根据各种文史资料反映，张家湾在明代中前期的繁荣程度，比起通州城内有过之而无不及。修建整个北京城、十三陵等场地时，所用的建筑材料几乎都是从南方各省水运而来，在张家湾起卸转运，这更印证了"漂来的北京城"这一说法。

　　张家湾码头，曾经为京城上至皇帝百官、下到士兵百姓的日常生活转运或存储。那些供奉皇家的白粮、食盐、皇木等等，也都是从这里卸下，再肩挑车载进京。据1985年北京大学编写的《北京史》记载，明"万历时，神宗又把崇文门和张家湾的商店赐给他的兄弟潞王和皇三子福王，他们在那里既征店租，又征商税，既招歇商客，又批卖商货……"当年，城内有会商30余家，当铺3家，其中就有《红楼梦》的作者曹雪芹家所开设的当铺。乾隆年间，曹雪芹的挚友敦诚在乘舟去香河之后，写了一篇《游雀林庄记》，途径张家湾时他写道："耳听船夫吴歌软语，眼观岸边货物堆积如山。"

1968年，在张家湾"大扇地"里，出土了曹雪芹墓葬刻石。历史记载，曹雪芹家族600亩典地，就在这个范围。这些事引发了红学界及学术界极大的关注，大家对曹雪芹墓地和墓碑真伪进行过激烈辩论。这块条石长1米，宽0.4米，厚0.11米，石面多钎痕，正面中间刻有"曹公讳沾墓"字样，右下角刻有"壬午"两个小字，现存于通州区博物馆内。墓石出土的地方发现一具男性尸骨，可惜当时没有进行尸骨鉴定，就被草草埋在河边。此石真假还有待进一步论证，但张家湾所存的典故及地名，有多处与《红楼梦》中的场景描写一致，这里的民俗风情，应该是曹雪芹著书的生活源泉之一，而书中人物林黛玉从张家湾客船码头登船回家，就显得顺理成章。

张家湾不但和曹雪芹及《红楼梦》有着多方面的联系，它与明朝晚期冯梦龙和凌蒙初的《三言二拍》也有关系。这两位非常著名的古代作家，在著作中，多次对通州张家湾进行描写，有的篇章则完全是以张家湾为背景。可见当年张家湾，人文荟萃，驰名中外。另外，还有许多历史事件为其增添色彩。

通州城里原有两个湖，一个叫东海子，另一个叫西海子。东海子早已被填平，现只剩下西海子，湖水面积很小，不到5公顷，不能称之为海，之所以称之为海，可能和元朝时期蒙古人的习俗有关，像什刹海、中南海等。西海子后被改建成公园，园内西北角有李卓吾墓。李卓吾（1527~1602），名李贽，号卓吾，明代著名思想家，博览群书，熟读诸子百家，著有《藏书》《焚书》等巨著。李卓吾敢于揭露道学伪善，抨击孔孟之道，以独到见解评价800多名从战国到明末的历史人物，1602年被迫入狱，以死抗争。他去世后，墓地由通州北马场迁到公园内，为后人凭吊观瞻。西海子东北角另有一片狭长水域，称之葫芦湖，形状如一个倒下去的亚腰葫芦，盛夏时节，四周长满荷花及水草，南岸边即是著名的通州塔及石坝遗址。

除了这些文化名胜古迹外，通州地区的民间特种工艺青铜器、景泰蓝、花丝镶嵌、料器、玉器，都可以称之为艺术珍品。面塑艺术大师"面人汤"的面人，堪称一绝，第二代"面人汤"汤夙国被联合国教科文组织授予"民间工艺美术大师"称号。还有宋庄画家村、台湖国画城、北京国际图书城、梨园韩美林艺术馆等文化艺术场所，以及正在规划建设的艺术场馆，把通州变成一块文化艺术的圣地。如果你来通州，一定要尝尝通州远近闻名的通州三宝——大顺斋糖火烧、小楼烧鲇鱼、万通酱豆腐。这些著名小吃，有故事，有来头，一百多年的历史足以让你回味无穷。

以运河为轴心的通州，西边是老城区，东边是新城区，老城区在改造，新城区在崛起，一座崭新的北京新城已经初见端倪。这座新兴的城区的特色不是有多少幢高楼、多少条马路，而是有一条贯通城区中心的大运河！什么样的环境是21世纪人类宜居的地方？当然是滨水而建的城市。通州新城具备了这一点。

三、通州塔

塔，在中国是一种很常见的东方传统建筑。塔，有着特定的形式和风格，是专以供奉或收藏佛舍利、佛像、佛经、僧人遗体的地方，塔的最大特点就是高耸挺拔，直插青云，也称"佛塔""宝塔"。

通州有座通州塔。到了通州，一定要去看看通州塔。塔的全称名叫"燃灯佛舍利塔"，它是通州的象征，也是大运河北端的标志。据说此塔有七绝：一是风钟多；二是神像多；三是铜镜大；四是诗碑位置高；五是塔心柱长；六是塔顶生榆树；七是塔影垂映运河。通州塔与临清舍利宝塔、杭州六和塔、扬州文峰塔并称"运河四大名塔"，同为运河岸边标志性建筑。

云光水色潞河秋，满径槐花感旧游。
无恙蒲帆新雨后，一枝塔影认通州。

这首《古塔凌云》，铭刻在燃灯塔下石碑上，是清人王维珍乘船至通州时有感而发所作，形象地勾勒出一幅当年通州城内水光塔影的美景。

当年，航行在运河的船只，特别是漕运时期由杭州方向驶来的船队，一路北上，经过长时间航行，船夫放眼北眺，在五十里外终于看到运河岸边的燃灯塔时，一定兴奋不已，终于可以松一口气了，因为北京即在眼前，长途跋涉终于可以画上一个句号了。

这座创建于北周的古塔，饱经沧桑，在唐贞观、辽重熙、元大德、明成化、清康熙九年间曾予以重修，康熙十八年震圮塔身，三十五年在原须弥座上按原样重建。据称，1900年，八国联军侵占通州时，洋炮击断塔刹，洋枪射掉铜铃。1976年唐山地震波及通州，塔刹莲花砌座半圮而落，1987年按原样重修塔刹。这座八角形13层砖木结构实心塔，雄伟、壮观、挺拔、秀丽，由须弥座、塔身、塔刹三大部分构成，全高56米，基围38.4米，对面直径11.4米，塔身砖雕斗拱、佛像，纹饰甚为精美。角梁下各角放置砖雕神像，神态各异，共104尊之多。塔身首层设神台，上奉燃灯古佛，另三面各有假门。木制飞檐，每根椽端、仔角梁皆悬挂铜铃，小的重一斤有余，大的重两斤多，共计2248枚，塔悬铜铃之多为世界之最。每枚风铃外壁镌刻捐献者姓名、籍贯，还有祈语、年号、诗谣等，用楷、隶、行书写成。在第13层正南面，正中灶门间，有砖制碑记一块，首刻"万古流芳"四字、七言古诗一首：

巍巍宝塔镇潞陵，层层高耸接青云。
明明光景河中现，朗朗铎音空中鸣。
时赖周唐人建立，大清复整又重新。
永保封疆千载古，万姓沾恩享太平。

由此表明，此塔为镇河塔，由北周创建，唐代重修。另据《通州县志》记载，塔底有一井，可通东海，有蛟龙。这当然是传说，有没有井谁也不知道，因为现在已经看不到。古人有不少诗歌描述此塔，也有不少传说流传至今，据说塔影可垂映在 300 米外的大运河中，这不能不说是一种奇观。

更令人称奇的是，塔身第 13 层西北面上，原寄生一株榆树。为保护此塔安全，1987 年修缮塔时，已将此榆移植于塔下公园，用汉白玉做围栏加以保护。榆树如今已是枝繁叶茂，树高 4 米余，其干略显扭曲，树冠分作两层，上端如莲蓬状，枝叶密匝，昂然向上，下层圆如巨盘，枝丫交错，恣肆横生。根基上方分出一个小树杈，使主杆弯曲。此树被通州人喜称为"塔榆"，象征着通州人顽强拼搏的性格。

旁碑《榆记》铭记："清康熙三十七年即一六九七年，修建通州燃灯塔第十三层时，榆钱随泥带至瓦垄间，遂生出幼树。塔身与垂脊均以江米汤和石灰膏所砌，根不能下长旁去，只靠西北一坡顶面瓦底薄土生存，斗干旱、鏖风寒、抗贫瘠，顽强拼搏，屹立于塔顶二百九十载。一九八七年修缮塔刹时将其精心移植于地上。而现在枝繁叶茂，含绿滴翠，颇受珍爱。通州人喜称之为'塔榆'。未移之前其高三点七米，冠径四点二米，胸径十七厘米，根系密匝成扇面形，无主根，最长者二点五米。近三百年树龄，若长在平地必具三人合抱之状，然其无怨无愧精神可嘉，位于古建之相对高度堪称世界之最，亦应骄傲自豪。故为其叹作一联云——塔顶上，曾把三百年严寒酷暑尝尽，枝枯叶淡终不死，为纵谈潞县囊日兴亡，多少桑田变沧海；湖滨旁，又将十余载细雨和风沐足，干状冠荣毕其生，要长阅通州今天进退，几何旷野生乐园。"

后有人把此联添字删字，改写成："身在塔顶，曾把三百年严寒酷暑尝尽，枝枯叶淡终不死；根植湖滨，又将十余载细雨和风沐足，干壮冠荣毕其生。"这副对联，把塔榆的前生和现状描写得淋漓尽致，不得不叫人暗自赞叹！

许多人把塔榆看作一棵神树，常有人到树前跪拜祈祷，许愿求缘，据说很灵验。人们在塔榆的枝上系上红布条，求神树保佑，祈求健康长寿，幸福美满，一生平安。然而，塔榆只是一棵树，并不是神,并不能保佑众生,它所给予我们的是坚忍不拔的精神,就像人的一生,要面临许多困难,而我们不退缩,顽强拼搏,直到成功!

塔榆和塔一定有前世修来的缘分,要不怎么会在塔顶存活300年?因为有了塔,后来有了树。那些三百年前长在荒野上的榆树,开花结果,长出了一串串榆钱儿,被馋嘴的鸟吃了。鸟飞到了燃灯塔顶栖息,然后把没有消化的榆钱子儿拉到了瓦缝里,发芽生根,与塔身不能分离。也许是风吧,在榆钱成熟的日子里,风把榆钱带到四面八方。"杨花榆荚无才思,惟解满天作雪飞。"那一枚被吹落在燃灯塔顶的榆钱儿就这样存活了下来,历经风雨,又从塔顶移植于地面,终于能恣意生长,并且成为一段被人们传颂的典故。

据称,通州燃灯塔是北京地区最高的密檐式塔。我国著名的密檐式塔还有北京天宁寺塔、河北昌黎源影塔、西安小雁塔、云南大理千寻塔等等。密檐式塔的特征,一是塔檐紧密相连,层层重叠,几乎看不出楼层;二是层檐之间无窗柱,其采光通气孔也与楼层不合;三是不能登楼眺览,且常为实心。密檐式塔,来源于楼阁变化,早期装饰简洁,采用叠涩结构出檐;到了晚期,其塔变得非常繁芜,大量吸收楼阁式成分,华丽精巧。

既然不能攀登,也就谈不上塔顶上燃灯,也就不能在夜里为运河航行的船只导航,因此,燃灯塔的作用只是在白天有助于确认通州的方位。

事实上我的孤陋寡闻让守塔老人感到好笑,他指着塔顶处说燃灯塔并非大运河上的灯塔,它是供奉燃灯佛的舍利塔。为什么叫燃灯佛呢?据说,燃灯生时,身边一切光明如灯,故称为燃灯佛。燃灯佛又名"定光佛""锭光佛"。由于燃灯佛在辈分上是释迦的老师,所以燃灯佛当属"过去佛"。许多供奉"竖三世"佛的庙宇,往往在正殿大雄宝殿中供奉燃灯佛(左侧)、释迦牟尼佛(正中)、弥勒佛(右侧),代表过去、现在、未来三世。无论是过去、现在、未来,都有无量诸佛出世,在世间示现成佛,教化众生。其中,燃灯佛就是过去的一尊佛,是过去为释迦菩萨授记的佛陀。这样的解释让我茅塞顿开。

有一首赞颂通州的民谣:"通州城,好大的船,燃灯宝塔做桅杆。钟鼓楼的舱,玉带河的缆,铁锚落在张家湾。"

有人把通州城比作一艘大船,燃灯塔比喻成桅杆,没有了这根桅杆,通州这艘大船就不平稳了,水妖也会出来兴风作浪,所以,燃灯塔与通州的关系是如此紧密相连。

站在塔下,看古塔凌云,听2248枚风铃在风中齐鸣,蔚为壮观,心身都为之净化、升华,仿佛在聆听一支来自远古的乐曲,这乐曲沿着大运河飘来,伴着五大水系汇集来的水声、众人齐心协力划船的桨声、赤脚光背拖着沉重纤绳的纤夫们大声吆喝的号子声、江南运河的雨与北方运河的风吹打帆布的声……一齐奏响,如万马奔腾,如百舸争流,如千帆竞过,如波涛汹涌,如风吹浪打,如大运河的河水发出了怒吼!

通州塔就这样耸立在大运河畔,一千年、一万年都不愿分开。

四、运河节

在世界各地,人们几乎每天都可以找到一个与之相关的节日,这些节日是世界人民为适应生产和生活需要而创造的一种民俗文化,像中国的春节、元旦节、清明节、端午节、中秋节、国庆节,国外的圣诞节、母亲节、父亲节、复活节、愚人节、万圣节、感恩节,国际性的节日像国际妇女节、国际劳动节、国际儿童节、国际护士节、世界地球日等等,节日表达出人民对民族、对国家、对生活,对一切值得纪念的事物的纪念。节日里,他们或载歌载舞,或敲锣打鼓,或鞭炮齐鸣,或放声歌唱,或追思怀念,或盛装游行,让这一天与往日有着明显的区别。大运河也有它自己的节日——京杭大运河文化节。在此之前,历史上的开漕节是北京通州地区独有的为运河漕运设立的节日。给一条河建立节日,绝无仅有,独一无二。因为大运河特殊成因以及好的人文历史蕴含深厚的关系，大运河与其他江河有着本质上的区别。

说到开漕节，就不能不说运河漕运，说到运河漕运，就不能不说通惠河，说到通惠河，就不能不说郭守敬和吴仲两位历史名人。

漕运的历史和大运河的历史一样悠久，从春秋时期吴王夫差挖掘的邗沟开始，这条最古老的运河就用来运兵运粮，以后随着大运河的不断延伸，历朝历代，几乎都通过大运河进行漕运。

13世纪时，蒙古太祖攻破了京都，建都元大都，即今天北京城偏北的位置，现存北京元大都城垣遗址公园。当时所需粮食、丝绸等物品大部分依赖东南、一带供给，一部分通过海运，一部分通过运河运往元大都。通过运河运输只能到达通州，从通州到元大都，还有近百里路程，需要用骡马车辆经陆路运输，既费时，又费财力。为解决这个问题，元代又将大运河继续往北延伸，直到今天的积水潭。主持修建的是元代著名的水利专家郭守敬。郭守敬（1231—1316），字苦思，河北邢台人，精通数学、天文、地理、水利等，现积水潭建有郭守敬纪念馆。大运河延伸工程至元二十九年（1292年）开工，至元三十年（1293年）完工，元世祖将此河命名为通惠河。最早开挖的通惠河起于昌平区白浮村神山泉，经今天的昆明湖至积水潭、中南海，再由今天崇文门外向东，到杨闸村向东南折，至通州张家湾村入潞河（今北运河故道），全长82公里。元末明初，由于战乱和山洪等原因，通惠河上段从白浮村神山泉至昆明湖一段废弃了，现在的通惠河，一般指从东便门大通桥至通州这段河道，全长20公里。由于通惠河西高东低，水源少，水浅，行船困难，为了节制水流，以便行船，人们在通惠河的主要干线上修建了24座水闸，至今还有些地名带"闸"字。明代前期，通惠河时通时塞，大部分时候没法通行。水运不通，给运输带来了很多不便，很多漕粮只能存放在通州，于是，通州的天仓（皇家的仓库）就产生了，现在通州城内依旧保留着当时留下的大运中仓遗址。从正统到嘉靖年间，通惠河几次疏通，几次淤塞，因各种原因，疏通均告失败。从明代一直到清代，逐渐生成了治理河道的河政、运输食盐的盐政、运输粮食的漕运，被历史上合称为"河漕盐三弊"。这三块专制权非同小可，关系到朝廷和百姓的存亡，朝廷每年都要投入大量经费进行维护，主持这些工程的官员有机可乘，这也是通惠河一直没有修通的原因之一。

到了嘉靖七年，因大量皇家坛庙修建及漕运等方面的需要，巡仓御史吴仲向朝廷上书重修通惠河，说明利弊。在他的主持下，按照郭守敬的引水路线对通惠河加以疏通，自嘉靖七年春天开始，到六月份完工，只花了几个月，又一次疏通通惠河。据《通惠河志》载："寻元人故迹，以凿以疏，导神仙、马眼二泉，决榆、沙二河之脉，汇一亩众泉而为七里泊（瓮山泊），东贯都城。由大通桥下直至通州高丽庄与白河通。凡一百六十里，为闸二十有四。"吴仲，字亚甫，江苏武进人，曾官至南太仆寺少卿，嘉靖六年著有《鸿爪集》，另编写《通惠河志》一部。通惠河修通后，嘉靖皇帝嘉奖吴仲，赏赐金银。吴仲官至知府。吴仲还把漕运码头从张家湾移到通州城北，把原旧土坝改为石坝，把北端码头迁至通州城东，在石坝处建了一个大光楼。明清两朝，户部坐粮厅官员，在此验收漕粮，因此也叫验粮楼。验收过的漕粮，再通过通惠河进入京师。以前漕粮走陆路费用高达十万两白银，当年走通惠河只花费七千两，可见运河的作用是如此之大。通州民众为纪念他的治河功绩，在嘉靖四十五年，为他建立了生祠，即在他还在世的时候，就为他建了祠堂。

黄河以北的大运河段，受到北方冬季气候影响，在整个寒冷而漫长的冬季里，河面冻结，无法通航，漕运只能等到来年三月。温馨的春风与温暖的阳光使冰面慢慢融化，期待已久的漕运即将开始，北运河又开始忙碌起来。我们无法还原当年开漕节的盛况，仅靠一些文字记载，未免显得苍白，但通州的开漕节，一定比我们想象的还要宏大，还要壮观，还要热闹。

根据《通州文化志》记载：祭坝有春祭、秋祭之分，春祭又有公祭、民祭之别。公祭由官方主持，各方头面人参加，是正式的祭祀活动，仪式隆重而简约。民祭由商民组织。每年农历三月初一（清明节前），开河后第一帮粮船到达通州，即择日举行春祭。这就是开漕节。是日，仓场总督率坐粮厅官员及其所属军、白粮经纪，掌管石坝的州判，掌管土坝的州同，各按身份着官服或礼服齐集石坝东，按等级列队，每人都高举三炷香，向事前设于石坝几案上的吴仲等四人木神主鞠躬礼拜。祭拜时奏弦、管、笙、云锣等乐器。石坝两端有由人装扮的狮子蹲踞，雄狮在左（北），雌狮在右（南），各有耍绣球的小狮陪伴。

祭祀活动在通惠河东端葫芦头东岸石坝举行，即今西海子公园的葫芦湖东边。先公祭，后民祭，公祭庄严，民祭热闹。在鞭炮声中，鼓乐齐鸣，那些来自不同地域的表演者，个个身怀绝技，有舞狮表演，有举石耍石表演，有背粮负重表演，有情景故事表演，等等。高潮时，那些身穿明代服饰的戏子们，模仿吴仲，表演巡坝，官员们也随之登场在石坝巡视，讲话。

巡完石坝再去土坝，巡坝队伍前有锣和长号开道，随之有伞、扇、回避、肃静、官衔牌，官员乘肩舆居中，后有数排官兵，气势威严，煞有介事。自里河石坝到外河沿，南到坝口，挤满了男女老幼，观看表演的人群如墙如堵。祭坝后，官员们集于石英钟坝衙门公宴，经纪人等去城内各饭馆、酒楼吃喝，好野味的人则去运河边饭棚子吃刚出水的烧鲇鱼，也有人去里河沿饭摊就着刚出炉的烧饼喝鲜鲫汤，图方便便宜的人则在北门口吃小吃。——漕运开始。

开漕节过后，大运河上一派繁忙景象。漕船、商舟、客船，南来的，北往的，日夜不息，穿梭于京杭大运河上。运河码头上下，装货卸货，粮市、木市、盐市与船市，进货出货，到处忙忙碌碌，通惠河上，"万舟骈集"，成为通州八景之一。直到清代末年，由于朝廷将漕粮折算成银，加之鸦片战争、太平天国运动、黄河改道、海路漕运、路运兴起等一系列原因，清政府废除漕运，祭坝及开漕节随之消失，京杭大运河以及沿线城市的地位一落千丈，一部由盛到衰的运河史也就此画上了句号。

近年来，通州区文化部门为发展当地旅游业，恢复了开漕节，并于2006年10月15日成立了中国（北京·通州）京杭大运河文化节，以后每年定期举办一次，观众可以在文化节上目睹当年开漕节的盛况。在活动期间，举行文艺晚会，举办文化论坛，举办运河文化展、书画展、摄影展等一系列与运河有关的活动，活动把通州的文化事业推上了一个高潮。因为京杭大运河"申遗"工作的展开，大运河再一次成为世界人民关注的焦点。运河文化节是一场国际性的文化盛会，弘扬了运河文化，提高了城市知名度，让更多人了解了大运河的过去和现在。如何保护大运河，如何不让大运河干涸荒废，如何使之变成一条千里风景历史大画廊，像万里长城一样，成为展现在世界面前的一张新名片，这是现在我们所需要重视的问题。沿岸的其他城市也设立了京杭大运河文化节，但大运河的文化节缺乏统一性与协调性。但愿大运河的文化节能像大运河一样，永久地办下去，而非昙花一现。

五、运河魂

大运河的魂在哪里？当然是大运河的水！

一条天然形成的河流，是先有了水，后有了河，然后有了船，然后有了桥，然后有了寺庙与城镇。但大运河不同，在它开始挖掘之前，首先确定的是两座城市，或是两条大河，它所流经的大地上，原本是没有水的，沟通其他江河湖泊之后，按照地理落差，把高处的水引到低处来，它才有了水。各地的地理、水源、排蓄条件不同，大运河流向也不同。大运河可以划分为四个流段，两个流向：海河以北的通惠河、北运河向南流；南运河、鲁北运河向北流；鲁南运河、中河、里运河向南流，长江以南到丹阳之间的河段向北流；丹阳以南到钱塘江河段向南流。由此可见，大运河的水不是按统一流向流动，而是根据地理因素，按照人的意志形成相对的流向，因此，大运河的水可以是海河的水，也可以是黄河的水，也可以是淮河的水，也可以是长江和钱塘江的水，大运河还可能是沿途众多湖泊里的水。这些水，保证大运河上船只的通行，而南方多水，北方少水，又形成了南北不同的天然景象。大运河不能没有水，没有水的大运河将变成一条干涸的河，死亡的河！

大运河的水是浅的，是深的，是缓慢的，是急速的，是平和的，是阴险的，是狭窄的，是宽阔的，是被层层闸起来的，是被片片围起来的，是被楼群包裹着的，是被江南金黄色的油菜花装扮着的，是被北方白杨树茂密的枝叶遮隐着的，是被垂杨柳的千万根柳丝轻拂着的，是被长满蒲草和芦苇的河堤保护着的……

这大运河的水是古老的千年"黄金水道"，什么样的船都载得起，什么样的船都能行得下。它可能是朝廷漕运的运粮船，也可能是来自江南的运盐船，也可能是装满丝绸、陶瓷、茶叶的商船，也可能是装满金砖、城砖、琉璃瓦、汉白玉石（用作修建皇宫大殿）的朝廷船队，也可能是来自云贵高原的千年皇木，也可能是乾隆皇帝六下江南的浩大龙船，也可能是常年漂泊在水上以打渔为生的民船，还可能是载着烟花女子漂流在运河上的青楼花船……

这大运河的水是淘米的水，是洗菜的水，是浣衣的水，是运河边男子游泳的水，是运河边女子洗发的水，是用来洗澡的水，是用来泡茶的水，是用来养鱼的水，是用来放鹅、放鸭的水，是用来冲洗马桶的水……这水是2500年来养育运河两岸人们的生命之水！

站在大运河畔，我久久凝望，运河的水出奇的静，静得让你听不到水在流动，静得让你看不到水的波浪。它波澜不惊，静若处子，仿佛是躺在大地温床上熟睡了的少女，那静谧安睡的姿态让你不忍打搅。宽阔的河面上见不到一只游船，哪怕是一叶打渔的小舟，因此，我也无法买到一张由通州开往杭州的船票。我只能呆呆地站在这里。我看着青绿的长满水草的河床上缓缓流动的河水，河水映出我忧郁的脸庞。我知道这样的等待是徒劳的，我不可能在这里见到一条当年漕运的粮船，也不可能搭载上乾隆爷下江南的浩大船队到江南一游，更不能坐在渔船上到江南水乡看渔舟唱晚的动人画面……我只能静静地、默默地、呆呆地站在大运河的岸边，任时光飞逝。太阳自运河的这边升起，又在运河的那边落下，那不远处的运河人家躲在暮色里，被淡淡的轻雾笼罩着，屋顶上升腾起袅袅的炊烟，三两只鸭子和四五只鹅正沿着河畔的柳林里的草坡慢慢移动，一只黑狗狂叫着沿着那条村庄小路跑去，有牧羊的老人赶着羊群在夕阳的余晖下走在回家的路上，那驱赶羊群的鞭子甩出清脆的"啪啪"声来，惊飞了七八只栖息在杨树枝上的麻雀儿。运河的岸上，垂柳长在堤坡，白杨长在路边，一排排像演兵场上的士兵，绝没有哪一株是例外的。乌鸦聒叫，而喜鹊无声，倦鸟都已归林，大运河的一天就这样在平淡无奇中结束，迎接它的将是下一个黎明、下一个日出、下一个清晨。

每一个喝运河水长大的人，一定不会忘记运河的好。每一个见到过大运河的人，都会记住这运河的水。水是大运河的灵魂，水是大运河的骄傲，水是大运河的魅力所在，水是大运河不死的河的精髓。

一条河的干枯意味着什么？意味着这条河的死亡！

大运河曾经是我们的母亲河！她养育了运河两岸的人们，为他们带来了无限生机，带来了物质的繁荣与文化的交流。但是，当你站在北方运河干枯的河床上，你会做何感想？我们不能让运河毁在我们这一代人手里，不能让我们的后代站在干枯了的河床上，想象它昔日的碧波与辉煌！我们不能面对远去的桨声与消失的渔船而无动于衷！我们不能流着眼泪祭奠与追思即将死亡的大运河……我们本应该在大运河的河边上钓鱼，在大运河里游泳，在大运河里划船！我们本应该漫步在运河堤岸，欣赏一路迷人的风光，坐在运河岸边的老槐树下，和我们所爱的人谈情说爱，在淡淡的月光下，听渔舟唱晚，看灯火阑珊，欣赏千年大运河这幅流动着的风情画！

尽管大运河已经变得不那么重要，但一条活着的流动着的大运河，总比一条干涸了的、死了的大运河要好得多！

这大运河的水是不会干涸的，这大运河的水是大运河的魂，也是中华民族生生不息的象征！终有一天，我会买到一张从通州直达杭州的船票，我要坐在布满亭台楼阁的游船上，欣赏两岸的湖光山色，激滟水波，桃红柳绿，鸟语花香，让北方的风和南方的雨伴我一路同行……

六、运河桥

　　有河的地方大都会有桥。大运河上究竟有多少座桥？谁也没有统计过，2500年来，古桥有多少，新桥又有多少？我们无法得知，仅有名的古桥就不下几百座。唐朝诗人白居易用"绿浪东西南北水，红栏三百九十桥"来描写苏州的桥，可想而知大运河上的桥有多少了，如果算上现在修建的公路、铁路及普通过路桥，更是数不胜数。大运河源头的北京地区的古桥有什刹海的银锭桥，东便门的大通桥，通州的永通桥、运通桥等，新改建的景观大桥有五河汇合处的闸桥、东关大桥、玉带路桥，而杭州地区著名的古桥，更是耳熟能详，像拱宸桥、广济桥、大关桥、卖鱼桥、涨江桥等。扬州的万福桥，常州的西仓桥，无锡的清明桥，苏州的宝带桥、枫桥，湖州的通津桥，嘉兴的长虹桥，绍兴的太平桥等，都是大运河上的古代名桥。

　　永通桥算得上北方运河上的一座名桥。永通桥即八里桥，因距通州城西八里而俗称八里桥。八里桥始建于明正统十一年（1446年），是京津水路咽喉，与丰台卢沟桥、昌平朝宗桥，共为拱卫京师的三大桥。此桥为石砌三孔联拱桥，南北长50米，宽16米，桥两侧有石栏，各有望柱33根，每根柱顶雕有石狮，神态各异，大小相望相依，可与卢沟桥上的石狮相媲美。桥头的戗石兽长发飘然，发梢上蹲一石狮，雕刻精美，桥两侧四只汉白玉制镇水兽，扭颈倾头，二目圆睁，凝视河面，形象生动，栩栩如生。

　　每当夜幕降临的时候，月挂中天，水中月对空中月，令人心旷神怡。"坐听桥头水逝去，渐看皓月初银河。"清人戴璇的诗句描绘出"长桥映月"的良辰美景。你还可从李焕文《长桥映月》诗中，看到当年永通桥是多么美轮美奂：

湖溯昆明引玉泉，虹桥八里卧晴川。
石栏拥似天衢入，画舫摇从月窟穿。
万斛舟停芦荡雪，百商车碾桂轮烟。
渔灯蟹火鸣征铎，惊起蛟龙夜不眠。

  站在永通桥上，抬头看看栏杆上的石狮子是如何千姿百态，栩栩如生，低下头看看通惠河的河水，是如何自西向东流到北运河的。举目四望，四周已经是高楼林立，再也见不到当年空旷无垠的古战场了。那场清兵与英法联军的八里桥之战，实力的悬殊不在于人数的多少的，而在于清军的大刀长矛敌不过英法联军的火炮的，结果清军惨败！三万多清兵伤亡过半，而六千人的英法联军只有十二人阵亡！尽管八里桥边车辆行驶时发出的噪声掩盖了当年战场上的厮杀声，却无法掩盖历史留下的伤痕。

  拱宸桥是大运河南端点杭州的标志，是杭州古桥中最高、最长的石拱桥，被称之为京杭大运河第一桥。"拱"即拱手，"宸"是指帝王住的地方，帝王南巡，拱桥两手相合，向北而拱，对帝王表示敬意，拱宸桥之名由此而来。这座横跨大运河之上的著名桥梁，始建于明崇祯四年（1631年），清光绪十一年（1885年）重建，中间几经兴废，至今已有300多年的历史。该桥为三孔薄墩联拱驼峰桥，全长138米，高16米，边孔净跨11.9米，中孔15.8米，拱券石厚30厘米，桥面呈柔和弧形。桥身用条石错缝砌筑，逐层收分，桥面两侧贯穿长锁石。桥形巍峨高大，朴实无华，气势雄伟。清朝顺治八年（1651年），桥坍塌，康熙五十年（1711年），由浙江布政使段志倡议，僧慧辂募款，历时四年，重修此桥。现拱宸桥边有扇、刀、伞博物馆与运河博物馆。

  中国多处地方都有名为"广济桥"的桥梁建筑，但杭州的广济桥则是非常独特的一座。广济桥一名碧天桥，又名通济桥，俗称长桥。位于余杭区塘栖镇西北，南北向架于京杭大运河上，全长78.7米，宽6.12米，高7.75米。它造型优美，古朴实用，七孔石拱相连，如长虹卧波，为古运河上仅存的一座七孔石拱桥。

　　苏州的桥闻名天下，更有"桥乡"的美名。其中，最著名的还要数宝带桥，又名长桥，它与赵州桥、卢沟桥等合称为"中国十大名桥"，始建于唐元和十一年至十四年（816年—819年），已经有千年历史，由苏州刺史王仲舒主持建造，为募集资金，王仲舒献出身上宝带，宝带桥之名由此而来。桥长316.8米，宽4米，桥孔53孔，是我国现存的古代桥梁中最长的一座多孔石桥，曾经是历代纤夫们拉船的小道。

　　玉带桥的名字恰如其分，就像是漂浮在水面上的一条玉带，它横卧在澹台湖口的玳玳河上，把东面的大运河和西面的澹台湖连成一片，而澹台湖又与太湖相通。全桥各孔均可通航，北数第14、15、16三孔净空较高，可通过大型船舶。桥的两堍接筑石堤，北堍长23.2米，南堍长43.08米，桥堍为喇叭形，桥两端各宽6.1米，原来两端各有石狮一对，南端的一对已经沉入河底，只剩北端一对迎接来往客人。另有石塔、碑亭等遗物。

　　元代有诗这样描写玉带桥："借得它山有，还摒石作梁。直从堤上去，横跨水中央。白鹭下秋色，苍龙浮夕阳。涛声当夜起，并入榜歌长。"如诗如画的玉带桥不知让多少文人墨客为之倾倒。

　　"月落乌啼霜满天，江枫渔火对愁眠。姑苏城外寒山寺，夜半钟声到客船。"唐代诗人张继的一首《枫桥夜泊》，让苏州古城外的枫桥与寒山寺久负盛名。桥和寺被写进了诗里，诗被代代相传，自这首诗问世之后，枫桥与寒山寺便名扬天下，成为千古的游览胜地，甚至在日本都家喻户晓。

　　枫桥坐落在枫桥古镇上，过了桥往南不远处，便是千年古刹寒山寺，附近还有铁铃古关。这座横跨于古运河上的单孔石拱桥，造型在江南是很常见的，却因一首唐诗与独特的地理位置而独树一帜。落月、乌啼、满天霜、江枫、渔火、不眠客，站在枫桥上的诗人张继，看到了这样诗韵浓郁的情景，怎么能不诗情大发？但诗人的内心有着淡淡的忧愁与孤寂。姑苏城、寒山寺、夜半、钟声、客船，让回到船舶的诗人张继一夜未眠。一静一动，一明一暗，一远一近，一城一寺，一桥一船，外加一个一夜未眠的人，短短的28个字，描绘出一片深秋夜晚的幽美景色，这便是中国古诗词中所蕴含的深远意境与深刻内涵。

古寺、古桥、古关、古镇、古运河，这么一个悠远旷达的人间天堂。如果不是隔着千里之遥，我一定会到寒山寺旁的枫桥下的客船上住上一夜，看看那里的夜景是不是和以前一样美，听听那里的钟声是不是和以前一样悠。

常州也是多古桥之地，西仓桥、文亨桥、白家桥、惠济桥、德安桥等桥均有上千年历史，可惜都被拆毁，剩下的已经寥寥无几。

无锡的清明桥，原叫清宁桥，也有人称它为清名桥。始建于16世纪的明万历年间，为单孔石拱桥，桥长43.2米，宽5.5米，高8.5米，桥孔跨度13.1米，全系花岗岩堆砌而成。因两岸地势高低关系，东西石级不等，东有石阶46级，西有石阶43级。拱圈为江南常见的分节平列式，共11节，圈洞两面的圈石上，各有题刻。一块立于清咸丰年间，介绍桥梁和桥名更改经过；一块立于同治年间，介绍重建清名桥的始末。桥栏上没有雕饰，每侧立两个望柱，造型匀称，稳固雄伟，显得十分古朴。

嘉兴境内共有二十多座古桥，但大部分已被拆除或毁坏，幸存下来原貌原样的古桥仅有两座，即长虹桥和司马高桥。长虹桥位于秀洲区王江泾镇一里街东南，横跨大运河上，一桥飞架，气势宏伟，宛若长虹卧波，故名。长虹桥始建于明万历年间，清康熙五年（1666年）、嘉庆十七年（1812年）、光绪六年（1880年）重修。长虹桥全长72.8米，共三孔，中间孔净宽16.2米、高10.7米，两边孔跨各9.3米。平时水面至桥顶高18.8米，桥顶宽4.9米，两侧各有57级石阶。西坡桥孔内砌有石纤道。桥边孔两侧有两副对联：一面为"劝世入善，愿天作福"，另面为"千秋水庆，万古长龄"；中孔楹联一面为"淑气风光架岭送登彼岸，洞天云汉横梁稳步长堤"，另面为"福泽长流物阜民安国泰，慈航普渡江平海晏河清"。长虹桥是嘉兴市最大的石拱桥，也是大运河上罕见的巨型三孔实腹石拱大桥，为历代文人称颂。

　　大运河上的古桥名桥还有很多很多，要想认识它们，还需要你不远千里，用双脚去走一走，用双手去摸一摸，去感受它们的沧桑与壮美。那些建造于不同年代、不等规模、形式各异的古桥，是运河上最直接、最实用的完美体现，也是运河文化重要的组成部分。

七、运河号

　　运河号子与黄河号子、长江号子有很多不同，运河是一条人工开凿的河流，地势多平坦，水流多缓和平稳，不像黄河长江那样多急流险滩，因此，运河号子的特点是平缓、优美、抒情、如歌。黄河被誉为中国的"母亲河"，自古多洪水多泛滥，自青藏高原巴颜喀拉山上，一路咆哮而下，像脱缰的野马群一路奔腾，浩浩荡荡，东流入海。黄河号子像黄河一样，充满阳刚之美，其特点是紧张、高亢、雄浑、有力，以抢险号子、土硪号子、船工号子著名，船工号子又分为"拨船号子""行船号子""拉篷号子""爬山虎号子"和"推船号子"等等。长江是亚洲第一长河、世界第三长河，全长6397公里，发源于青藏高原，最终注入东海，流域面积广阔，支流众多，是中华民族的摇篮。长江上游多高山、峡谷、险滩、急流，在古代，航行非常困难。长江上的纤夫面对急流险滩，仿佛过鬼门关，逆流而上，步步艰难，顺流而下，提心吊胆，必须同舟共济，才能力挽狂澜。长江号子尤以峡江号子和川号子最为著名。另外嘉陵江号子、酉水号子、楚帮船夫号子、清江船工号子、天河口船工号子、堵江船工号子、荆江号子、汉江船工号子，也都出现在重庆到武汉这段水域。峡江号子现存126首，其中船工号子94首，搬运号子32首，船工号子包括拖扛、搬艄、推桡、拉纤、收纤、撑帆、摇橹、唤风、慢板等9种。长江号子的特点是高亢、浑厚、雄壮、有力。

不管是哪种号子，都是劳动人民在艰苦恶劣的环境中，日复一日，年复一年，经过长时间的积累总结流传下来的一首首劳动者之歌。"脚蹬石头手扒沙，风里雨里走天涯"，纤夫们用他们的身体作动力，为黄河，为长江，为运河，为嘉陵江，为乌苏里江，拉出一条平安的水上通道。他们赤裸着身体，行走在江岸陡峭的岩石上，天长日久，坚硬的石头竟被纤绳磨砺出一道道深深的纤痕！那一个个高低不平的石坑，竟然是纤夫们赤脚走过后留下的足迹！在一次次艰难的行进中，他们必须齐心合力，高亢、豪迈地呼喊出属于他们自己的声音，一首首充满悲怆、充满无奈、充满血泪的船工号子，在纤夫们经过的地方，久久回荡，永久地保留了下来，永久地流传了下来。"……哟嗬也，嗨哟嗨嗨……哟嗬嗨！嗨嗨嗨嗨嗨嗨嗨嗨……么哦么哦么哦……嗨！嗨！嗨！"

运河号子在运河沿岸多个地区广为流传，纤道上留下过他们的足迹，河面上留下过他们的声音。通州、沧州、临清、枣庄、淮安、常州、无锡、嘉兴、绍兴等地，都产生过运河号子。运河号子以船工号子为主，大致分为三种类型。一种是启程号：包括出船号、推船号、起锚号、拉篷号、撑篙号等。第二种是行驶号：包括摇橹号、拔棹号、拉纤号、扳桡号、扯帆号等。第三种是停船号：包括下锚号、拉绳号等。由于地理条件的不同，各地的船号也不同，内容也不一样。以通州运河船工号子为例，号子与漕运船工的劳作对象、工具紧密相连随，包括漕运船及船上桅杆、篷布、橹、篙、铁锚、纤绳、定船石等。

运河船工号子种类众多，现已搜集整理出10种22首，包括：起锚号、揽头冲船号、摇橹号、出仓号、立桅号、跑篷号、闯滩号、拉纤号、绞关号、闲号。其演唱形式除起锚号为齐唱外，均为一领众和。

通州运河号子独特的风格是"水稳号不急，词儿带通州味儿，北曲含南腔，闲号独一份儿"。

运河起锚号子："啦哎吼，哎嗨嗨哎哟哟……啦哎吼哟来呀，哎嗨啊哦哎嗨嗨……"

运河拉桅号子："（领）喔喔哟来（合）哎（领）呀喔喔（合）哎嗨哎（领）嗨喔来（合）嗨呀喔喔！"

运河起帆号子："（领）再使点劲儿（哈）喂咳（领）再往上拉呀（合）喂咳（领）再使点劲儿呀（合）喂咳！"

运河摇橹号子："哟哦嘿晃起来嘿嘿来哟哟嘿哟嘿嗨嗨嗨嗨！"

运河拉纤号子："喂呀号来依号来喂呀！"

运河出仓号子："仨来吧，一个的呀儿啰，哟来了来哎呀嘿呀，你扭扭捏捏吧你就爱死了人儿溜。苇子要开花（口也）你就报了完哎嘿嘿嘿！"

这里仅抄录部分运河号子的词意，《通州文化志》中保存有完整的曲谱，唱出来会更铿锵有力。

"高高山上一棵蒿，什么人打水什么人浇，浇来浇去成棵树，树棵底下搭阳桥，阳桥底下一溜沟，犄里拐弯到通州……"即使是歌谣、民间小调也可以运用到号子里。

"南来北往船如梭，处处唯闻船号歌。"据《通州文化志》记载：元明清三代，封建王朝定都北京，漕运进入了鼎盛时期。通州成了京畿转漕之襟喉，水陆之要会，通惠河舟艘直入积水潭，帆樯林立。每年运粮漕船 2 万余艘，岁入粮 4 百万石。官府的水师船和商船 1 万余艘。这些船队，浩浩荡荡，首尾衔接十几里，"万舟骈集"，成为有名的通州八景之一。

如此繁荣景象，古人有诗赞曰："广拓水驿万艘屯，漫卷舟帆桅樯存。东装西卸转输紧，南纳北收漕务纷。终日无休人语喧，彻夜不绝粮帮临。夕阳小艇能沽酒，三江风景到通门。"

昼夜不停，号子连天，此起彼伏，气势磅礴。有人把当年运河上漕运的船工号子声比作"十万八千嚎天鬼"，可谓盛况空前，不可再现。光绪末年，随着漕运的废除，运河上的号子声也渐行渐远，直到消失。

如今，通州唯一一位会唱运河船工号子的老人，年已 80 多岁高龄，此后再无后人继承。当大运河上最后一位纤夫离我们远去，他所带走的除了那些悲怆如歌的运河号子外，还有江河湖海边纤夫们的悲惨命运与血泪故事。运河号子作为那个时代的产物，正被大运河历史的波涛声逐渐淹没，留下来的只有很少的一点记录。与其说它是独特的文化艺术遗存，不如说是人类文明发展的一段黑影。我们只会坐在剧院里的沙发上，喝着可口可乐，吃着巧克力糖豆，欣赏现代艺术家经过艺术加工过的川江号子，有谁还会体会到，当年那些半裸着身子拉着沉重的纤绳走在风雨里的纤夫们的悲苦呢？

在长江三峡大宁河的"小三峡"上，作为旅游节目，"现代纤夫"为游人拖拉游船。你无法体会到他们的辛苦，因为你是一个坐在船舱里通过窗子观赏两岸风光的游人，只知道船还在水上前行，并不会太多关注是谁在为你拉船，就像坐在马车里的人，很难体会马的辛苦。

远去了，黄河岸上的纤夫，黄河号子！远去了，长江岸上的纤夫，长江号子！远去了，大运河上的纤夫，运河号子！看不到纤夫们举步维艰的影子，也听不到那高亢悲愤、充满哀怨的船工号子，并不是遗憾，应该感到庆幸，庆幸人类终于挣脱羁绊，从羊肠小道走到了高速公路上来。

为那些死去的纤夫们默哀吧，他们终于获得了自由！

八、杭州湖

我一直梦想，乘坐一叶扁舟，顺流而下，到达大运河的终点——杭州。这仅仅是一个梦想，因为北运河已经完全失去了通行的能力。站在大运河的码头上，我买不到一张通往杭州的船票，没有一艘可以从通州直达杭州的行船。

如果可以，就借我一叶扁舟吧！我将自通州古老的漕运码头扬帆启程，到我梦寐以求的江南水乡，那梦境里的江南是不曾到过的人间天堂。烟花三月，春暖花开，春风伴我下扬州，下苏州，下杭州，在灵隐寺中拜佛，在虎跑泉边品茶，在西子湖里荡舟，在苏堤上漫步，在曲苑里看荷，在平湖中赏月，看断桥残雪，听南屏晚钟，访三潭印月……想着这般逍遥的日子，神仙也不过如此吧！过天津，过沧州，过德州，过临清，过聊城，过济宁，过淮安，过扬州，过苏州，直到终点站，大运河的南端点——杭州。我将穿越海河、黄河、淮河、长江、钱塘江五大水系，欣赏海河的静、黄河的黄、淮河的清、长江的雄、钱塘江的潮。那北运河的大气、南运河的沧桑、鲁运河的漫长、中运河的水乡、淮扬运河的古老、江南运河的秀丽，仿佛一幅三千里连绵不断的大画卷，迤逦的风光，不同的风土人情，繁华的运河城市，滔滔不绝的运河水，让人领略它的壮丽与宏大，感受它的古老与历史，铭记它的变迁与永恒。

"江南好，风景旧曾谙。日出江花红胜火，春来江水绿如蓝。能不忆江南？"

江南多雨，江南多水，江南多梦，江南多忧愁，江南多思念。那里是鱼米之乡，江河纵横，湖泊密布，富甲天下。那里是丝绸的故乡，江南的女子身着华丽的旗袍，撑着油纸伞，或走在青石板铺成的小路上，或穿行在悠然狭长的胡同里，或端坐在轻巧便捷的小船上，悄然成了画家笔下的人物，蓦然定格在摄影家的镜头里，偶然又化入诗人诗词中，与千古绝唱一样不朽。江南女子，装饰着江南大地上别致的美，点缀着梦里水乡中流动的韵。那些流落的江南浪子，无论如何也抛不开这江南的情调，不经意间就被淡然无味的米酒所沉醉。小桥流水人家，烟雨画坊歌声，茶楼中传出琵琶声，一曲春江花月夜，不知醉了多少异乡客。那犹抱琵琶半遮面的江南美女，独倚画廊，含情脉脉，楚楚动人，轻启红唇，一段吴歌越曲，唱出人间多少悲欢，多少聚散，多少离愁！

"江南忆，最忆是杭州。山寺月中寻桂子，郡亭枕上看潮头。何日更重游？"

杭州，一座因运河而兴盛的江南名城。杭州之美，美在水。西湖的水，湘湖的水，大运河的水，钱塘江的水，富春江的水，新安江的水，千岛湖的水，杭州湾的水，每一处的水，都妩媚，每一处的水，都传情，仅一个西湖，不知道陶醉过多少前来欣赏的游客。大运河像一条项链，贯穿杭州市区，钱塘江被誉为"天下第一潮"，千岛湖碧波万顷，千岛竞秀，杭州湾则以海的辽阔显示它的伟大，那么西湖的美又在哪里？西湖的美不是一句话所能概括的，西湖的美在于它的自然之美，也在于人文之美，更在于它的山水之美。你把它比作诗，比作画，比作人间仙境，都不为过，因为人们很早就把它比作人间天堂。人间天堂，到底有多美？看看西湖就知道了。"欲把西湖比西子，淡妆浓抹总相宜。"西湖被大诗人苏轼比作西子，西子就是中国古代四大美女中的西施，西湖到底有多美？想想西施也就知道了。

到了杭州，水多，桥多，船更多。水是活的，草木青翠欲滴，连这里的山也比北方的山多了些灵气。到了杭州，一定要买一把西湖绸伞，随身携带，江南的雨绝不分季节与气候，想下的时候自然就下，想停的时候自然就停。到了杭州，一定要买一把扇子，这扇子让你显得有文采，又为你在燥热中添一缕风的快意。显然，这江南的扇子更多是用来欣赏的，那扇面上的花鸟鱼虫、诗词名句、西湖十景、运河风情，必是国画中的诗情画意，书法中的汉字情怀。到了杭州，不能不喝茶，那江南本来就是茶的故乡，多雨多雾的大山中，常常是出名茶的好地方，杭州更被誉为"中国茶都"。百茶之首的龙井，就产自西湖周围的群山中。西湖龙井源于唐，发于宋，闻于元，兴于明，盛于清，以色绿、香郁、味甘、形美闻名天下，历来是茶中极品、朝廷贡品、国家礼品。"院外风荷西子笑，明前龙井女儿红。"清明节前采制的龙井茶，简称"明前龙井"，美称"女儿红"。到了西湖，找一处湖畔茶楼，凭栏临风，闻袅袅茶香，品一品用虎跑泉水冲泡的明前龙井女儿红，也算是人生一大幸事。也许你可以到大运河里打一壶水来泡茶，这运河的水是便是海河的水，便是黄河的水，便是淮河的水，便是长江的水，便是太湖的水，便是西湖的水，便是千岛湖的水，便是钱塘江的水，这水一定比其他地方的水更有滋味。

西湖的成因还要感谢三位历史名人，一个是白居易，一个是苏东坡，一个是杨孟瑛。白居易任杭州刺史时，疏通六井，整治西湖，筑建白堤，留下诗词二百首。而另一个大文豪苏东坡在杭期间，筑堤一条，吟诗千首，他赈灾安民、治理河道，上书皇帝，为西湖请命，发动全城募捐，动用了20万民工，用淤泥葑草，筑就了今天的这道举世闻名的苏堤。南宋亡国后，元朝对西湖废而不治，直到明朝弘治十六年（1503年），杨孟瑛任杭州太守，几经周折，终将被占十之有九的西湖重新修复，加高加宽苏堤，两岸遍植桃柳，又用淤泥在西里湖筑起一道与苏堤平行的杨公堤，其功绩不亚于白居易与苏东坡，备受杭州人民爱戴。

　　西湖的爱情传说则为西湖增添了更多感情的色彩。一则为许仙和白娘子的爱情故事，他们在断桥相遇，一见钟情；另一则为梁山伯与祝英台爱情故事，两人在长桥上送别，依依不舍，来回送了十八次，原本50多米的桥，两人竟然走了一天。所以，杭州人说西湖的断桥不断，长桥不长。这两个地方也是恋人们最常去的地方，试想现在，那些在长桥上分手的恋人，谁还会在50米的长桥上送别一整天呢？岂不误了火车启动、飞机起航？但我也相信，在长桥送别一整天的恋人是不怕误点的。西湖就是这样一个见景生情、因情而爱的爱情港湾，你来到断桥，也许一场艳遇正在悄然发生……

　　对于杭州，对于西湖，描写它的诗词文章过于苍白，杭州有太多太多值得你浏览的地方，有太多太多值得你留恋的地方，有太多太多值得你回忆的地方。西湖便是其中之一。

九、运河情

　　我的故乡不在大运河畔，它在千里之外的半岛之上。命中注定要与大运河结缘，而且是不解之缘。我没有刻意去寻找它，但大运河仿佛一直在等，2500年来一直在等待那些与它结缘的人，我姗姗来迟。

1995年春天，我在北京西城区小铜井胡同1号，和朋友一起创办一所计算机培训学校，租用的是北京总政歌舞团排演场的房子，一长条门面房是多能公司的办公场地，三大间半地下室作为学校的机房和教室。门脸房前有一排高大的白杨树，七八棵的样子，枝繁叶茂，树龄已有四五十年，树干比对面二环路上的立交桥还高。旁边就是地铁积水潭站的东南和西北出口，路上的行人和乘坐地铁的乘客络绎不绝，因此这里也成了一块经商的风水宝地。如今，高大的白杨树和排演厂早已不复存在，取而代之的是一座现代化建筑楼——总政歌剧院。

　　总政歌剧院的东面是郭守敬纪念馆，纪念馆南面有一大片水域，这便是有名的什刹海。什刹海是京城内老北京风貌保存最完好的地方，周围有许多的王府、花园和名人故居，曾经是明清两代文人墨客喜爱的地方。诗人们在湖边结社吟诗，饮酒聚会，最著名的要算明代的袁宗道、袁宏道、袁中道三兄弟。清朝乾隆年间，文人法式善在什刹海边创建诗社，成员达799人之多。现在什刹海演变成了酒吧一条街，每当夜幕降临，灯红酒绿的酒吧间隐在湖边的柳影中，游船、琴声、啤酒、咖啡、劲歌热舞、人潮浮动，仿佛置身于秦淮河畔、西子湖旁，只是不知道还有没有诗人们在此聚会。

　　什刹海分为前海、后海、西海三个湖，元代时统一叫积水潭。积水潭是通惠河流入城市以后形成的一个巨大的湖泊，它是当时漕运的总码头，也曾是皇家的洗象池。这条因漕运而修筑的人工河一直连接到通州北运河的最北端。元代的积水潭湖面广阔，几乎覆盖了今天从市中心直到三环路的广阔地域。现在的积水潭仅指西海这片面积不大的水域。

　　郭守敬纪念馆在西海北沿汇通祠内，与总政歌剧院只隔着一道铁栅栏。汇通祠始建于元代，1986年复建，1988年10月建成开馆，最初名镇水观音庵，郭守敬曾长期在此主持全国水系的水利建设设计，乾隆年间重修，改名汇通祠。

　　闲暇的时候，我也会进入园子里游玩，看老年人坐在湖边钓鱼，看年轻人在假山石上玩自行车攀爬，看着让人提心吊胆，但有惊无险。这片建筑很小，纪念馆的建筑面积也不过100平方米，但园子整体造型别致，充分发挥有限的空间，可谓小而全。园中的小山、祠堂、山门、石券门、前殿、配房、假山、石螭、石雕、塑像、小溪、小桥、水关以及湖岸上的垂柳、湖水中的荷花、山石旁的菖蒲等等，一件也不少。环境幽雅，曲径通幽，假山叠石，错落有致，仿佛置身于草木苍翠、人见人爱的大盆景里。

我们很少从纪念馆正门进入，而是从园子西边铁护栏的缺口钻进钻出，这是当地居民的杰作，为了方便进入，把其中的一根钢筋撬开，正好能让一个人自由进出。当时进入园子要从北门买票，票价只要两毛钱，当地居民从缺口进入园子不是为了省钱，而是图个方便。外地来京旅游的人很少知道，只有附近的居民和熟悉这里的人才会从这里进出，在当地居民眼里，像是理所应当要有这么一个"旁门暗道"，对于八旗子弟的后裔来说，这里曾经是自家门前的一处花园。

在此之前，我只知道郭守敬是历史上有名的水利专家，并没有想到他会和大运河有关，甚至不知道积水潭曾经是漕运的总码头，更不知道通惠河这条人工河连接着北运河，是京杭大运河的一部分。我定居在通州之后，才逐渐认识了大运河，才发现，我每天从通州北苑乘车沿途经过的那条散发着臭味的通惠河就是曾经的大运河！我就住在通惠河的南岸，著名的八里桥近在咫尺！中央商务区——CBD建立之后，政府开始对通惠河两岸的污水进行治理，河水开始变得清澈，臭味也没了，甚至可以看到有人在河边钓鱼。

我从小对地理有着浓厚的兴趣，对祖国的大好河山有着无限的眷恋，特别是名胜古迹，早已经在书本中浏览过许多遍，中学时期甚至希望有一天能像明代大旅行家徐霞客一样，四处云游探险。所以我很早就知道通州的燃灯塔和大运河。第一次见到大运河和通州塔的时候，多少让我有些失落感。站在东关大桥上，看着这条古老的大运河，却见不到一条船的影子。河面很宽，水面却很窄，河水也不多，我以为是找错了地方，接连又问了几个过路的行人，他们都说这就是大运河。看过大运河,回首便见矗立在河畔的一枝塔影,我想这就是仰慕已久的通州塔了。我沿着河岸走了很长一段路之后,终于在西海子公园找到了我早就在地理书上见过的燃灯塔。让我意想不到的是,如此著名的一座古塔,竟然被低矮的民房团团围住,连一条通到塔前的路都没有,只有一条架在民房顶上的汉桥可以通到塔前,汉桥底下是大片的平房和一条平房里的胡同。后来我又去过两次,但每一次走到汉桥上的时候,便感到大煞风景,倍感失落……你无法想象,这样一处名胜古迹,这样一处被称为"古塔凌云"的"通州八景"的美妙去处,这样一处被视为通州人骄傲的古塔,竟然没有得到很好的保护!还好,新城区规划之后,这片居民区将被搬迁,到那时,"古塔凌云"胜景才会得到完美的体现。如今,东关大桥已经重新改建成一座造型优美的混凝土大桥,其他几座大桥也都得以重建,变成景观大桥,这段运河经过治理,变了模样,变成了一条延绵几十里的水上公园。

我决定在北京定居的时候,去过几个郊区县,包括石景山、门头沟、昌平、大兴,但我最终选择了通州。选择定居通州有两个原因,一个是通州有一条古老的大运河,另一个原因是通州地处平原,地势开阔,紫气东来,一览无余。往东过河北廊坊,便是另一个直辖市天津,和几个靠山的区县相比,天津有更大的发展,而且通州离市区较近,又挨着国贸商圈(后来成了CBD——中央商务区),交通也便利,地铁、快速路都在规划建设之中,只是后来的八通线比我预期的要晚了几年。事实也是如此,北京西部和北部都是群山,只有东部和南部是平原,而东部有多条大的河流,这其中也包括大运河。我虽然从小喜欢山,喜欢爬山,喜欢与山为伴,但站在商业角度来讲,我还是选择了地处平原的通州。我的预言在十年后得到了验证,北京已把通州作为新城区进行全方位规划发展,甚至把北京第一高楼选址在运河岸边。通州旧城区正在经历着翻天覆地的大拆大建,一座现代化国际新城正在以大运河为轴心拔地而起。相信在不久的将来,每一个到过通州的人都会惊叹不已,感慨时间与空间的变化,感慨通州这样一座神话一般的新城耸立在你的眼前。

我在北京生活了20年，在通州居住了13年。我可以自豪地称北京是我的第二故乡，而我家就在通州通惠河的南岸。不管走到哪里，我都可以亲切地对通州人喊一声"老乡"吧！

我在这里创业，也在这里创作。我结识了很多通州的文人雅士，他们大都性格豪爽，直言不讳，这和我的故乡诸城人的性格非常相似。这些生长在天子脚下的通州人，竟然也是"大碗喝酒，大块吃肉"的，一点也不会输给山东大汉、东北爷们、西北汉子！他们待人热情，对待朋友感情真挚，这些被高度二锅头熏大的北京通州人，从来不知道醉。这些喝运河水长大的北京通州人，个个才高八斗、身怀绝技！

我在很早以前，就知道北京通州的作家刘绍棠，也在《中国当代文学作品选》里阅读过他的《蒲柳人家》，但对通州及通州的文化没有更深入的了解。直到有一天，我怀揣着诗稿来到通州博物馆，结识了《运河》杂志的主编刘祥先生。之后，我开始认识了《运河》，也认识了运河，认识了通州，也认识了通州的作家群。这片被誉为"中国文学之乡"r文学土壤上，曾经出现过一代又一代作家，这其中包括30年代的刘白羽，50年代著名的"乡土文学"作家刘绍棠、浩然、李希凡、高占祥、房树民、王保春，70年代的王梓夫、张宝玺、周祥、刘祥、张同吾、钱立言、刘亦索、楚学晶、孟宪良、孙宝琦、刘康达、郑建山，90年代以来，通州涌现出一大批文学作家，这其中有红孩、张建、张凤军、刘正刚、刘福田、王昆、梦阳等青年作家，也有老当益壮的彭乐山、张春昱等老作家，也有被称之为"运河才女"的余莹、罗春梅、胡松岩、张果珍及"古之侠肠"的奇女子郝津俐。我与他们有些人从未谋面，有些只有一面之缘，更多是作为老师、朋友和文友经常聚在一起喝酒、聊天、谈文学。那些相聚的日子是快乐的，也是短暂的，虽然2009年春节前，我已经搬离通州，居住在西城，但我们毕竟还在同一个城市。距离并没有使我们分开，我依旧能听到大运河的水拍击岸石发出的声音，我依旧能听到通州塔上的风铃在风的吹拂下发出悦耳的声音。他们不管是为师还是为友，都是那么谦和，让我们之间没有隔阂与距离感，仿佛是一群运河边长大的铁哥们。除此之外，我与搞文物考古工作的周良、杨家毅，名列"通州八家"的画家彭士强、山建宁、贯会学、张国图，通州的书家张振生、刘姝平、刘丙申、黄添喜，摄影协会的任国斌、安纪连，等等，都有过或多或少的接触与交往，他们不但自身的专业颇有建树，而且都有很好的文学修养与文字功底。我也一直怀念多才多艺但不幸因车祸去世的好友任国斌！他们多是土生土长的通州人，受运河文化的影响很大，也创作了大量与运河有关的书画及文学艺术作品。我很庆幸与他们结识，与他们为邻，与他们为友。

大运河是包容开放的，运河文化是包容开放的，《运河》杂志也是包容开放的，这与刘祥先生的人格及参与编辑工作的"运河人"是分不开的。《运河》杂志本来是一本地域性文学刊物，但现在除通州本土的作者外，还吸纳了来自北京市其他区及至全国其他省市的作者，经常发表一些外地作者的作品。《运河》杂志的质量与影响力有了很大提高，以此为基础，发现和培养了许多文学青年。

我曾无数次路过大运河，有时候会停下来，去欣赏它的美，大运河的影子深深印在我的记忆中。就这样喜欢上了大运河，不需要任何别的理由。它不是一条普通的河，更像是中国大地上一条永远都在跳动着的血脉。它是永恒的，而我只是大运河边一名匆匆过客。我没有远离它，我与它的距离更近了。

阅读时光

"阅读时光"是一座书城。

名字富有诗意与创意。当读者走进这座书城，从书架上信手拿起一本书开始翻阅的时候，时光已经开始从你翻动纸张的手里，从你浏览着墨香文字的眼睛里，从你被文字所感染的喜怒哀乐里悄悄地溜走了。

阅读的，不仅仅是手里的书本，还有天文、地理、文学、历史、政治、生活等等，阅读知识就是在阅读人生，阅读人生就是在阅读时光，你的少年，她的青春，我的中年，还有白发苍苍的暮年时光……

不是吗？"阅读时光"既文雅又令人回味。

几年前，我搬家到西城区西南角的位置，一个三区交界的地方，一路之隔的南边是丰台，北边不远是海淀，后来宣武合并到西城，这里依然是三区的交界，我戏称它为"三不管"，有点天津"三不管"的味道，却是高楼林立的繁华之地。

按照北京城区地理上划分，这里属西南城。老北京一直就流传着"东富西贵南贫北贱"的说法，"东富西贵"有史可查，"南贫北贱"无处可寻。按地理解释是指北京的四个方位，以皇城为中心，中轴线为标识，按居住情况实指当时的人群分布，东边多商人，西边多贵人，南边多汉人，北边多住些太监与宫女。也有学者指出，"东富西贵"并非指当时的东西城，而是指外城中的东城和西城。内城居住的是八旗子弟，外城即是汉人居住的地方，居民划分是一样的，东城多商人，西城多官吏。我现在居住的地方，却和"南城"不沾边。或许在当时还是一片荒郊野地，就现在而言，宣武在经济、文化及教育方面都相对落后于东、西城，但文化的内涵及多样性却不比其他区域差，比较有代表性的两个地方是天桥和菜市口。天桥地处宣武区的前门与永定门之间，是当时汉人的主要娱乐场所，茶园、茶馆，剧场、酒楼，技艺表演的场子大多聚集在这里，三教九流的人也多聚集于此，直到现在，湖广会馆依旧顾客盈门，天桥剧院、金沙剧院天天都在上演新电影或新戏剧，德云社的出现，更是让众多观众重新走进了剧场看演出。越是平民集中的地方，市井生活就越生动、丰富、有趣。

菜市口的著名则是因为它是清代时的法场，法场是个专门杀人的地方！所有被"推出午门斩首"的人都死在那里，因此，一提起这个地方就让人不寒而栗，与这个地名极不相符，而"菜市口"的来历当然还是指清代京城最大的蔬菜市场。这一区域平房比较多，平房是由四合院组成，四合院多，胡同自然就多，但交通却不是很方便，大的街道少，弯的小道多，走进胡同里有点进了迷宫的感觉。宣武和西城区城合并后，有些道路开始整修，部分平房开始拆迁，居住在这片平房里的居民总算有指望了。

在高楼林立的楼群中发现"阅读时光"的时候，仿佛在黑压压人群中发现了一位美人儿，我暗自庆幸，内心有掩饰不住的喜悦，也为生活在这里的居民感到欣慰。即使文友来了，我也愿意带着他多走几步，到"阅读时光"对面的餐厅喝酒吃饭，找一个靠玻璃窗的位置坐下，边喝边聊，抬头便能看见马路对面的书城。我有足够的理由走近她，阅读她，欣赏她。"阅读时光"的规模完全可以和西单图书大厦及王府井书店相媲美，但和读者盈门的西单图书大厦相比，这里显得有些冷清，却是一个读书、购书的好地方。

对我来讲，家门口拥有一座庞大的书城，就如同自己拥有一座私人图书馆，不管你买不买书，只要走进去，便是另一番心情。最新出版的图书和那些最畅销的图书，永远都摆放在大门入口处最显眼的地方，走进去便是一排排书架，一层层书籍，分门别类，整齐而有序，令人赏心悦目，想看什么类型的书，信手拈来，任意翻阅。一楼，二楼，三楼，四楼，五楼。每一层都有你想读或不想读的图书，它们静静地放在书架上，等待着一双双搜寻的目光掠过，等待着一只只不同的手轻轻把它们从书架上取下来。舒缓的音乐，宽敞明净的环境。书店为方便购书者阅读而放置了长凳，那些爱书如命的人都静静地坐在那里，阅读自己喜欢的书籍，也有单独坐在某个角落里的。捧着一本书，聚精会神地读，仿佛置身于另一个世界，远离了仅有一墙之隔的都市的喧嚣。你不想打扰他们，就必须绕道而行。唐诗、宋词、元曲，四大名著，王国维、李清照、郭沫若、张爱玲、泰戈尔、惠特曼、纪伯伦、莫泊桑，《简·爱》《老人与海》《少年维特的烦恼》……那些伟大的作品，都静静待在书架上，等着读者和他们对话。

  女儿还很小，又没有入幼儿园，因此"阅读时光"书城就成了我经常带她去的地方。这里不光有书店，还有游戏厅、咖啡厅、音乐书吧、茶艺楼，文化用品及电子阅读商品也很多。她总是满心欢喜，娇小的身影在偌大书店的书架间穿行，翻翻这个，看看那个，所有她认识的图案和童话里的人物，都会成为她脱口而出的话语。只是她一不小心便不见了踪影，我又不能高声喊她的名字，只好一排书架一排书架地寻找。她仿佛是有意和我在捉迷藏。那种喜悦不光是女儿的，更是父亲的。

  冬天一来，外出活动的机会便少了，昨天是个好天，又逢周末，我就带女儿去书城看看。刚到书城的广场，我便有一种不祥的感觉，宽阔的广场找不到一辆车，而平时书城的门口总是停放着不少的自行车。这种不祥之感在我走近大门口的时候越发明显，走近一看，如我所料，大门紧锁，人去书空……一种苍凉的感觉袭上心头，我仿佛不是站在都市的街头，而是站在西北的戈壁大漠之中……

  女儿摇着我的手问："怎么关门了？"

  隔着玻璃大门的保安从门缝里说："停业了。"

  我无言以对。女儿满怀热情而来，却要满怀失望而归。

女儿焦急地问我:"爸爸,现在我们去哪里呀?"

我环望了一下四周,对女儿说:"宝贝,爸爸带你去游戏厅玩吧……"

网络,无疑是传统书店的终结者,大量阅读可以在网上、手机上、电子阅读器上完成,再加上网上书店的冲击,传统书店如雪上加霜,很多书店到了举步维艰的地步,不时传来有书店关门大吉的新闻,"阅读时光"也未能幸免!

若干年后,书店变成了我们记忆中一道远去的风景……

时光不会轮回,却在重复。阅读时光,恰似你的眼睛、我的心声。

城市里的暴风骤雨

天闷热得不行。老槐树的树荫下围坐着摇着蒲扇的老人们，四合院里的居民们大都围着电扇吹凉，所有的空调都在不停地运转。躲在树荫下的小贩，躺在平板三轮车上睡午觉，敞着上衣，拿报纸盖着脸，跷着二郎腿，脚丫上挂着泡沫底的拖鞋。

没有风，只是闷热，人像待在蒸笼里。路边，泡桐树上的大叶子缩卷着，与树底下人行道边的串红儿一样无精打采。路上的汽车很少，行人更少，偶尔有人穿过马路，也是急匆匆来去，柏油铺的路面像要熔化成沥青，有点儿变软了。女士们不分年龄，都打把雨伞遮挡太阳恶毒的紫外线，生怕晒黑了她们娇嫩的肌肤。

人们都在不停地抱怨这天。

许多人躲在有空调的超市里不出来，高楼里的每家每户，以及街道两旁的商场店铺外的空调机，都把热气排放在本来就非常闷热的街道上，整座城市就像一座火焰山。

这天正在闷一场大雨。

果然，下午4点多，天上多了些积云，太阳被雾气掩盖在九天之外，一丝丝凉风冲淡了闷热，阴霾的天空突然响起了几声闷雷，低沉、遥远，仿佛自天际的尽头传来。天空变得越来越灰暗，刹那间，就如白昼变成黑夜一般，路上行人少了，马路上的汽车因为天气的突变而变得缓慢。不久就开始堵车，司机在拥挤的路上不停地按喇叭，喇叭声此起彼伏，噪声不断向四周扩散。有的楼层里的人家开始亮起了灯，路灯也在幽暗中亮了。

　　阴暗的天空划过一道闪电，雷声自天边滚过，紧接着又是几个霹雷，楼道里的声控灯同时亮起。又是几道闪电，又是几声滚雷，紧接着豆大的雨点急急地从云层里砸下来，噼里啪啦，敲打在炙热的路面与建筑物上。风欲急，雨欲大。行人能躲的都躲起来了，只有个别的撑着伞的行人匆匆走在路上，没带雨具又不能躲开的行人很快就成了落汤鸡，直奔能躲雨的地方去。

　　这雨说来就来了。急得像是玉皇大帝派来的天兵天将，以排山倒海之势，将整座城市淹没在大雨之中，电神、雷神、风神、雨神，轮番出场，密密的急雨形成一道道雨幕，风刮过，将雨幕吹得左摇右摆。道路两旁的槐树花被雨打落了一地，美人蕉鲜艳的花和碧绿的叶子在雨中发抖，有花瓣掉下来，被打在泥土里。路灯静立在道路两旁，发出灰暗的灯光，照着纷乱的雨线，因此才能看清雨点的存在。铺着油毡的房顶，都积满了雨水，水中的水泡还来不及移动就被落下的雨点打破，雨点落进水里，又生成更多的水泡，沿着下水道排水口的方向流到了水泥地面上。有屋顶的房子，沿房檐流下的雨水像是人工修建的瀑布，形成一排整齐的水幕。雨水落在门窗上的遮阳布上，发出巨大的冲击声。胡同里的四合院里，那些废弃的脸盆扣在杂乱的耳房顶上的杂物上，雨点成了敲打着的小鼓槌，叮叮当当，不同的器皿发出不同的声音，不同的声音包含着不同的音符，一场暴雨便演变成一场盛大的交响乐。如此盛大的乐队却不用指挥，演奏出来的曲目极有规律，又因风吹过而富有变化，风变成了演奏家、指挥家……大街小巷，所有的路面都被雨水淹没，马路上形成了小溪，雨水四下寻找着继续流的通道，小汽车驶过，车轮溅起两排水花，车后形成一道扇形水道，从高楼上看去，车像行驶在水面上的小船。远处的高楼被雨水笼罩着，越远越朦胧，呈现出海市蜃楼一般的幻景。

　　暴雨为这座炙热的城市降温。人和树木都开始享受这场暴雨带来的清凉。正当人们期待着雨下得更久一些的时候,天空由暗变明,黑暗的城市瞬间变得豁亮。风停了,雨开始变小,云层里太阳露出半个脸,阴云仿佛都被太阳快速蒸发了,此时便有点"东边日出西边雨"的味道。

意犹未尽,这雨便停了,一切回归正常。

斑马线

斑马线是一条生命线，又是一条文明线。

在我们的城市，日常生活中，穿越它几乎成了我们每天需要做的事情。然而，许多人忽视它的存在。每当上下班高峰来临，繁华的十字路口，便开始了人车大战。此时的红绿灯形同虚设，再也起不到警示和约束行人的作用。绿灯未亮，人行道两侧的行人和骑车人开始越过起止线，向路中心靠拢，直到路口完全阻死。原本三四车道的宽阔马路，变成了大江截流，汽车只能从仅有的一条车道穿过，甚至趁司机放慢车速躲避行人的时候，就有勇敢者快速穿过通道，司机只好紧急刹车，众行人一哄而上，把长龙似的车流阻在了路口中央。交通秩序开始混乱，红绿灯傻了眼……

这样的情景，在中国大中城市，每一天、每一个繁华的路口都在重复上演，日复一日，年复一年，生命从此不再珍贵！一次次血淋淋的教训并不能唤醒麻木不仁的行人，生命线已荡然无存，文明线更难以寻觅。我为国人感到汗颜。

西方一些文明国家，一直把斑马线视为生命线、文明线。遵守交通规则是一件再普通不过的事，不仅保障了自身安全，更可以让汽车在街头畅通无阻，车来人往，各行其道。然而，为什么这样一件普通得不能再普通的事情，到中国会变了样？为制止这种不文明现象，城市的交通管理者费尽心机，想出了各种办法。路中央加隔离栏，防止行人横穿马路；路两边挂红幅，提示行人遵守交通规则；发宣传单做交通宣传，提高行人的交通意识；增加警力，维护秩序，加派交通协管人员，全天在各路口指挥交通；花费巨资修地下通道、架设一座座钢铁过街桥，让城市从此多了一道道永久的风景线。这一系列的做法，只有一个简单的目的，无非是让交通更有秩序，最少发生流血事件，希望我们的市民和司机，每天高高兴兴出门，平平安安回家！然而，无秩的交通并没有完全得到遏制，人车争流的现象依旧，我们的城市交通管理者恨不能把所有的十字路口都建成360度环形过街桥。

据说很多外国留学生和长期居住在这些城市里的外国人，最终也会加入到这个不文明的行列，生命线让他们对生命的概念在一段时间之后发生了改变。这种改变是因为周围的朋友，耳濡目染，最终同流合污。这是因为，中国同学说他们是呆子，其他人都在过马路，只有他一个人在等红绿灯；中国恋人骂他是傻子，他的女友挣开他的手快步穿过斑马线，他还一个人站在马路对面；所有的路人像开闸的洪水涌向对岸，而他却站在那里挡住别人的通行。我们的文明使者开始移动脚步，开始随大流，开始熟视无睹红绿灯的存在。终于，现代城市潮流淹没了一切，而我们并不认为这有什么，觉得不值一提。难道我们比其他人更忙碌？难道我们的城市节奏比伦敦，比东京，比纽约更快？难道我们比他们更珍惜时间，要争分夺秒？问题出在哪里？

中华民族历史悠久，中国文明之长，文人圣贤之多，礼仪规矩之繁，礼仪之邦名声之响，在世界上没有哪一个国家可以相比！而恰恰是这样一个礼仪之邦、文明之邦，现在经常上演与之不符的现象。我们的国人应该自责，我们的教育应该负责，我们的市民应该反省，我们自己应该扪心自问。

当跨栏而不受到指责，当勇闯红灯不受处罚，当处罚者拒不认错，当交通肇事者逃之夭夭，当放学的孩子们骑车逆行，当我们无视红绿灯的存在蜂拥而过，从众心理无须悔改。作为一个教育者，作为一个执法者，作为一个城市的管理者，没有把一件每天重复发生在我们眼前的事当事来处理，谴责行人素质显然在思想和观念上缺乏底气。

交通秩序要靠每一个人去维护,和谐社会是大家共同创造的,文明历程是一个民族自己谱写的。当我们迈出自己的一小步时,会体现出民族文明的一大步。

堵　车

堵车已经像北京这座城市的特产一样，变得异常闻名。如果你是外地来京的游客，一定要有心理准备，原本一刻钟的路程，你要耐心地走上一两个小时。光有耐心还不够，还要有恒心，坚持到站；要耐得住寂寞，公交车上多是陌生人，不能随便和陌生人说话；夏天要不怕流汗，冬天要不畏严寒；你还要饱经饥饿与不能上厕所的困扰；你要经得起拥挤与长时间站立的痛苦，女士出门最好不要穿高跟鞋，以免下车后双脚麻木，双腿抽筋。

公交车和小汽车在同一路面缓慢前行。成千上万辆汽车趴在同一条路面之上，前不能看到头，后也不能望见尾。可谓"路漫漫其修远兮，吾将上下而求索"。有时候比蜗牛的速度还要慢一点，有时候干脆趴在原地一动不动。有的司机会任意按喇叭，有人下车后躲在车门后小便，有人把头探出车窗开始骂人。有卫生纸、塑料瓶随手扔出窗外，有塑料袋被风吹起，在公路上空随风飞舞……乘坐出租车时，你必须为此多掏几块甚至几十块车费，车虽然停着，计价还在继续。很多人会告诉你，这不是堵车，分明是堵心。警车也被堵在其中，无能为力。堵车还在继续，我们所能做的唯一的事情就是等待，耐心地等待，等待奇迹出现。望着这漫长的车龙，神仙来了恐怕也无计可施。

在堵车的时候，你是否会感觉到，生命随时间一分一秒地流逝，生命在不知不觉之中无端地浪费！

如果你是上班族，一定要提前一段时间去上班，因为堵车迟到并不是应付老板的最好理由，最好的方法是，家与公司在十里地的范围之内，走着上班可能比坐车更快。如果你正在恋爱，和恋人约会，最好比约定的时间提前两小时或更多时间出发，这样才能保证不在你爱的人面前迟到，即使赶上道路畅通，提前到了，恋人也会夸你守时。如果你要去谈生意，在堵车的时候可以用电话或电脑和对方聊天，以免冷落了客户。如果你是学生，我劝你最好不要每天背着沉重的书包坐车，这样不利于身体健康发育，同时对你的学业也会造成影响。

在路上你永远不会呼吸到比乡村更新鲜的空气。几百万辆汽车排放的尾气，足够让你慢慢得上多种综合病症。出行最好选择乘坐地铁，虽然有些换乘车站要经过一段漫长的路程，脚和腿会很痛苦，但总比在路面上待着消磨时光要强。

骑自行车当然是一举两得的好事，一是锻炼身体，二是对环境没有污染。可惜已经没有正常的自行车道了，自行车道变成了停车场！骑着自行车在机动车道上行驶，车技要好，还要够胆。

为什么不能为公交车腾出一条畅通无堵的专用车道呢？小汽车会比公交车还重要？还是因为他们交了购车税和燃油税呢？

在北京出行坐车，时间长了会磨炼一个人的意志，会让你学会在车上吃早点、喝牛奶、看报纸、发短信，还有聊天和吵架。当然，时间长了，你会发现，下车时比上车时又多了几根白头发。

疱疹之痛

一场疱疹改变了我的生活习惯、写作规律，甚至思维方式。

因为经常上网或写作，所以经常熬夜。从晚上开始工作，常常一直到凌晨三四点，到第二天天亮也是常有的事。生物钟完全被打乱。一乱就是十几年。身体超负荷运转，健康提前透支。加上很少户外运动与体力劳动，亚健康随之而来。爬不动山，跑不动步，高血压，颈椎病，耳鸣，眼花，怕冷，怕热，爱感冒，爱吃药……一系列不健康的问题渐渐暴露出来，健康开始亮出红灯，病痛为我敲响警钟！

前一段时间，胸前身后莫名疼痛，瘙痒，灼热，像有千根针扎在肉里一般，阵阵作痛。持续一周之后，发现胸前和腋下竟长出几粒红红的水痘般大小的疙瘩，开始以为是肌肉拉伤，后来怀疑心脏有毛病，在不能确定的时候，只能去医院看医生。

医院不是很远，看病的人很多。挂号，排队，皮肤科门外等候。叫到我的时候，进入诊室，为我的诊断的是一位高大的中年医生，看了患处，又问了与之相关的问题，我如实相告。医生说："你得了疱疹，要多注意休息，减少外出和集会，不要喝酒，不吃辛辣食物。"他为我开药，他看了我填写的患者情况，对我说："你没有单位，又是自费医疗，就不输液了，给你开点药，回去按时服用即可。"我对医生心存感激，心想，都说医院的医生给病人多开药，这里的医生还是能体谅病人的。医生为我开了四种药，泛昔洛韦片、甲钴胺片、维生素 B1 和一瓶药膏。前两种主要针对疱疹与神经痛，维生素 B1 补充人体缺乏的微量元素，药膏则是外用，早、中、晚各服一次，每日三次。

深入了解之后，发现带状疱疹（herpes zoster）是由水痘带状疱疹病毒引起的急性炎症性皮肤病，引起带状疱疹的主要原因是长期缺乏运动和锻炼，老年人体质弱，比较容易生这个病，所以以老者居多。当人体的抵抗力下降时，免疫力被破坏，潜伏在体内的病毒被激活，病情随之发生，中医称为"缠腰火龙""缠腰火丹"。民间俗称"蛇丹""蜘蛛疮"。病程一般二至三周，老年人为三至四周。我回家后立即开始吃药，但晚上依旧不能安睡。

为了早日康复，不得不停下了所有应酬，包括上网、写作、外出、工作。偶尔会看看书。早睡早起。一周后病情有了好转，疼痛明显减轻，红疱开始消失。泛昔洛韦片很快吃完了，没有去医院开药，主要是嫌麻烦，因为去医院要挂号，还要排队，再等医生开单，去楼下交费，再排队等候取药。去了附近的药店，发现同一个厂家同一种药，只是包装不同，但价格差了一倍还多。我仿佛又相信了人们对医院的评价，当然，如果嫌贵可以只看病，不买药，医院就是医院。尽管医生不让外出，我还是在第二周的周六去了一趟千灵山，一是放下了所有的事，有时间外出，二是锻炼一下身体，也许能增强抵抗力。

从六里桥有到云冈的车，再由云岗换车可到景区。虽然还担心病情复发，但心情还是舒畅的。从车站到景区，大约还有3公里的路程，因为前几天刚下过雨，天气有些寒冷，草木还没有变绿，只有零星的桃花在某一处山坡上寂静地开着，无人欣赏。一路上不见一个游人，随后下车的还有几个当地的中老年妇女，从云岗菜市场买菜回来，提着大包小包，也有带孙子孙女的，一路上有说有笑，倒是赶走了我路上的无聊。听她们聊天，我知道了她们各家的一些情况。路过怪坡时，我停下来向她们询问有关怪坡的事。她们七嘴八舌纷纷告诉我与怪坡相关的怪事：汽车在坡底会自个儿溜到坡上；在地上泼了水，水顺着坡往上流。当问到是什么原因形成这种现象的时候，她们才开始变得安静下来。有说是地磁引起的，也有说和千灵山的灵气有关，也有说和千灵山的大铁矿有关。千灵山一直是烧制石灰的灰厂，现存有灰窑遗址，已经改建成旅游景点，据说，千灵山烧制石灰的历史可追溯至上千年，元、明建造北京城皆由此处供应石灰。千灵山产不产铁矿还不得而知。总之，这些说法都不科学。这段200米长的怪坡是由南坡和北坡组成的，当我站在坡底的时候，奇怪的事情再次发生，发现两个上坡基本上是平的。后来得知，怪坡的形成，和视觉误差有关，坡两边的参照物——像山坡、树木、建筑物——给人造成一种假象，使人把坡度看反了，就会出现"怪坡"的现象。

山上的游客依然稀少，直到下山的路上才遇到几个城里来的游客。景点不少，大多是后来恢复修建的。从山脚到山顶有一条北京地区最长的观光索道，缆车一组接着一组在半山中空转，不见一个游客乘缆车上来。一尊高大的金佛坐落在索道终点的上方，大佛正对着索道，俯瞰山下全景。山前和山后是两个完全不同的世界，山后面的积雪还没有融化，存积在一个个小树坑里，与山前面一树树的山桃花遥相呼应。从山上望去，一树树山桃花像是一朵朵浮在山腰上的云朵，让人感受到春天的到来。洞和塔隐在半山中，传说故事透着神秘与迷惑，699米的极乐峰一览众山小。回去的路上，我看见山脚下洞口前的老人在遛狗，听见某小区的院子里传出轻快的音乐，发现草坪上有一群老年人在随乐起舞……

山脚下的农民或因旅游开发或因修建高速路等商业活动被占去了大片土地，但得到了政府的补助，还有些村子办企业、办自由市场，每年都有不错的收益，村民每个人每月都可以按时领到近千元的补偿费和分红，因此，老年人除了做饭、买菜、看孩子，其余时候可以打牌逛街消遣，并不用操心挣钱的事，年轻人可以外出打工，也可以自由选择其他生活方式。他们精神饱满。他们其乐融融。他们的生活质量并不比住在城市的人差，他们是快乐的，也是幸福的。

我们的城市高度文明。高速公路四通八达，汽车像蝗虫一样，每天穿梭在城市的每一条街道，大型超市、高档酒店、现代化写字楼群随处可见，高级娱乐休闲场所无处不在，但我们很多人为什么不幸福？因为我们都很忙，忙着找工作，学习，换工作，挣钱，买车，买房，炒股，做生意。还要为"还贷"去努力工作，为公司多盈利拼命加班。为了体现自己在这座城市里存在的价值，我们不得不竭尽全力去实现自己的理想。

根据世界卫生组织的一项全球调查结果显示，全世界真正健康者仅占5%！身体的"亚健康"与心理的"亚健康"，让我们失去了真正意义的健康！我们冷漠、无望、溺爱、疲惫、机械，我们做房奴、车奴、孩奴、卡奴，我们结婚、离婚、再结婚，我们早恋、婚外情、包养情妇情夫，我们吸毒、赌博、卖淫、嫖娼，我们也不择手段地去赚钱，欺骗、贪污、升官，我们也被起诉、关押、枪毙！我一直在想，一个国家如果得了疱疹，应该怎么医治呢？谁才是它最好的医生？应该吃什么样的药才能治好？那也是一种由内而外的痛！

青年毛泽东在1917年《体育之研究》中写道："文明其精神，野蛮其体魄。""欲文明其精神，先自野蛮其体魄。苟野蛮其体魄矣，则文明之精神随之。夫知识之事，认识世间之事物而判断其理也。于此有须于体者焉。直观则赖乎耳目，思索则赖乎脑筋，耳目脑筋之谓体，体全而知识之事以全。故可谓间接从体育以得知识。今世百科之学，无论学校独修，总须力能胜任。力能胜任者，体之强者也。不能胜任者，其弱者也。强弱分，而所任之区域以殊矣。"

由此可见，没有了健康的体魄，还谈得上什么文明的精神？没有了健康的体魄，只能躺在病床上呻吟，除了痛苦我们还能收获些什么？

疱疹之痛，改变了我多年"开夜车"的不良习惯，我开始早睡早起，开始早晨写作，周六、周日坚持做户外活动，风雨无阻。一段时间的调整之后，体质明显改善，精神也好了很多。这一习惯的改变，也许会把我的生命延长30年！一个国家如果没有了疱疹之痛，那么这个国家的生命最少可以延长300年！

城市与狗屎

从什么时候开始，城市里养狗的人多了起来。走在大街上，你随处可以见到它们的影子，那些狗们有的形态可掬，有的小巧玲珑，有的高大威猛，有京巴、金毛、贵夫人、沙皮狗、德国黑贝、日本银狐、英国牧羊犬、美国可卡犬、西伯利亚雪橇犬等等，有很多是分不清种类的，也有些是见也不曾见过的。白的像雪一样，黑的像碳一样，黄的像染过了毛发，花的像是被美容师做过了美容，长毛狗的毛像女人的长发，短毛的像个毛绒玩具。在这个城市里，你仿佛置身于名犬博览会。遛狗就成了狗主人的头等大事，每天在马路上、小区里、公园里、草坪上，都能看到狗主人和狗一起散步的身影。

养名狗也是狗主人一种身份的象征。狗的价格从几千到几十万、上百万都有，让爱狗的人羡慕不已。当然，养一条狗的代价也不低，一只狗每天的开支要远远超出一个人一天的生活费用，很多名贵的狗并非普通老百姓能玩得起的。在超市里，狗粮等要占一个很大的专柜，狗粮店、宠物店、动物医院也应运而生。

每只狗都有自己的名字，那些名字千奇百怪，叫什么的都有。如果有人叫儿子或宝贝等过于亲昵的称呼，你不要以为是在叫他的孩子或家人，你转脸看过去的时候，会发现一只小狗正从不远处跑到狗主人跟前。

如果你光顾看狗，而忽略了自己脚下，说不定你的脚下已经踩到一摊黏糊糊、臭烘烘狗屎。狗主人遛狗的时候，并不能保证他们的狗宝贝在外边禁止大小便。那些草坪人行道活动广场，就成了狗们快乐的天堂。它们可以跑，可以跳，可以叫，当然也可以肆无忌惮地抬起腿撒尿，也可以随便蹲在哪里拉屎！有些狗主人会把狗们拉的屎用镊子挟到塑料袋里带走，但更多的是让狗们随地大小便，天长日久，你家门前的草坪上、人行道上、活动广场上，狗屎、狗尿渐渐多起来，多到你一出门就能闻到屎尿的味道，多到草坪上有一层狗屎横七竖八地待在那里，让人看了就恶心！恶心到你没有勇气站在草坪上照一张相，小孩子不能到草坪上玩耍，不能进入草坪散步、打球、聚会，也省得绿化部门在草坪上安放"请勿践踏草坪"的警示牌了，但他们也不愿意再去恢复被破坏的草地，只任草们疯狂自由地生长。

我们生活在一个狗屎遍地的城市里。狗和狗屎无处不在。我们的城市再也不会像以前那样安静，除了汽车的行使和喇叭的声音之外，我还要倾听各种狗们的叫声。出门的时候，你最好带根棍子或手杖，以免被恶狗咬伤，看好你家的小孩，他们喜欢狗，喜欢和狗玩，但这是很危险的事情。狗在给狗主人带来欢乐的同时，也给别人带来了无穷的烦恼。

狗是人类最忠实的朋友，但狗多了一定是一个灾难。如何文明养狗，不是狗的事，是人的事。

修行者说

  一个人为什么要出家？对这个问题我年少时就产生过疑问，它困扰了我许多年，至今没有一个明确的答案。

  后来，我知道，有人信佛，才去拜佛；有人信佛，才去出家。就如同有人信道，就去学道，有人信神，就去拜神一样。佛本来是没有的，是人为创造出来的，自印度传入我国之后，佛教才开始在我国盛行。因此，你说它有，它就有，你说它没有，它就不存在。但佛绝不是一尊泥塑，只供人参拜，佛是人心目中的一种精神寄托，因为佛一心向善，所以世上的恶就会少很多。

  许多年之后，我开始研究佛，也开始盲目信佛。无论走到那里，只要有寺庙的地方必去，只要有殿堂的地方必进，只要有佛像的地方必拜。我俨然成了一名佛教徒，甚至产生过出家当和尚的念头。后来，我接触过几位参禅信佛的人之后，更是到了不能自拔的地步，丢家撇业，抛妻舍子，六亲不认，来到一座大山深处，在寺庙中剃发修行，做起了不问世事的佛教徒。可见，佛会教弟子们一心向佛，六根清净，绝无杂念。难道佛是如此绝情？佛原本都是向善的。

  返璞归真不是目的，一心向佛会束缚住人的身心。修行，方式也不同，有人剃度修行，有人带发修行，有人在寺里修行，有人在家里修行。当一个人因为种种原因，决定离家出走、立地成佛、剃发修行的时候，并没有完全脱离苦海，摆脱尘世的纷争。由一种环境，进入到另一种环境，与原来的世界相隔离，不再去面对曾经的一切，佛门净地，似乎是他唯一的选择。与其说修行，不如说逃避。那么佛到底是什么？佛是不是有些人说的救世主？是传说中的西方极乐世界？还是欧美人心中的上帝呢？我认为，都不是。佛只是人虚构的信物。信则有，不信则无。既然如此，为什么还会有这么多人信呢？当一个人虔诚地来到佛面前，烧香、跪地、磕头，祈求佛祖保佑的时候，佛为你做了什么？为你解除了痛苦？忧愁？烦恼？还是消了灾、还了债、了却了孽缘呢？都不能。既然都不能，和街头算命看手相有何不同？我天生愚钝，至今无从解答，恳请大师们赐教。

那好吧，如果你在骂我，就请骂吧，我本向善。让我们再回过头来看看佛教的起源吧。

佛教是亚洲传播最广的宗教，源于印度。公元前6世纪，今天的印度、尼泊尔境内曾建立有许多奴隶主统治的小国。在这些小国中，居民被分成4个等级，等级之间界限分明，互相不能通婚。第4等级是首陀罗（奴隶和雇佣劳动者），地位最低下，前3者中婆罗门（僧侣）的地位最高，专司祭祀，垄断知识，受人供养。其次是刹帝利（军事贵族），他们虽然拥有军事行政权力，却要受僧侣监视，获得战利品要分给僧侣一半。再次是吠舍（农民、手工业者和商人），他们的身份是自由人，但僧侣却可以任意夺占他们的财产。

因此，当时的印度居民，尤其是军事贵族中的商人，普遍有反对僧侣特权和专横的情绪。佛教就是在这样的社会气氛中创立起来的。佛教的创始人姓悉达多，名乔达摩，本是迦毗罗卫国（今尼泊尔境内）净饭王的儿子，属军事贵族。相传他不满僧侣的神权统治及其说教，29岁时舍弃王族生活，离家修道，经6年苦修，到35岁时创立佛教。佛教教义的核心是宣扬人生充满苦难，人们只有皈依佛门，才能得以解脱，进入所谓极乐世界。乔达摩被信徒们尊称为佛陀，意为"觉悟者"，还被称之为释迦牟尼，意为释迦族的"圣人"。公元前483年，传说即释迦牟尼去世的当年，当时印度境内最大的奴隶制王国摩揭陀的国王在王舍城召集教徒500人，对释迦牟尼生前的说教进行回忆、整理和注解，并汇编成"经""律""论"，作为佛家经典。这就是佛教史所说的第一次佛教大会和佛教的"三藏"。此后，佛教就在印度传播开来。1世纪时，印度孔雀王朝的阿育王召集了第3次佛教大会，宣布佛教为国教，并派遣人员分赴叙利亚、埃及、中亚、东南亚等地传播佛教。佛教于汉代传入我国。

这就是佛教的起源。从此之后，佛教在中国几千年间长盛不衰，占据着中华大地最美的名山大川，即便在繁华的都市，都会坐落着几座寺庙。寺庙的建筑，往往规模宏大，气势威严，雕梁画栋，金碧辉煌，各路神仙更是一应俱全，令人目不暇接。全国各地的寺庙数不胜数，据不完全的统计有75933家寺院，僧人达上百万，全国真心向佛的人则无法用数字计算。

如今的寺庙，多是在旅游胜地内，一天到晚游客不断，佛门乃清静之地，为什么又要受此纷扰呢？修行的人多为出家之人，视一切为身外之物，却要向社会募捐大量钱财，用作修寺建庙及其他用，而我们的许多学校，根本不能与其同日而语，贫困地区的孩子们，甚至连上学机会都很少。更有甚者，当你带着一颗虔诚的心走进金碧辉煌的大殿之内，向佛祖叩拜之时，就有和尚走过来，为你看相，让你为佛祖添香，少则几十，多则几百，更多则成千上万。作为一个真心向佛的人，为佛祖花些钱是应该的，问题是，佛祖要那么多钱做什么？要知道，佛如同神仙，神仙是不食人间烟火的，敢问法师，要钱何用？

佛教作为一种信仰，作为一种文化，本无可厚非，如果打着佛教的幌子四处敛财，就有些说不过去。也许是个别现象，但试问天下的信徒们，有谁没有遇到过这种情况呢？有谁没有为破财消灾祈求富贵而花钱烧香呢？发达时，是佛祖在保佑着你，当你走背字的时候，佛祖哪里去了？占据着名山大川，住着繁华的大殿，却做着有悖于佛教本意，有悖于社会伦理和人类本性的事情，请问要佛何用？大师，请回答我吧。

一个迷茫的带发修行的虔诚的信教徒，期待着您为我解开这一系列的谜团。南无阿弥陀佛。

历史的印迹

有一天，两个强盗闯进了夏宫，一个进行抢劫，另一个放火焚烧。他们高高兴兴地回到了欧洲，这两个强盗，一个叫法兰西，一个叫英吉利。他们共同"分享"了圆明园这座东方宝库，还认为自己取得了一场伟大的胜利！法国著名作家雨果，曾经这样描绘和抨击火烧圆明园那场浩劫。

1857年，英法两国以某种借口，联合出兵，先占广州。1860年犯北京。咸丰皇帝带着后妃、皇子、亲王和一批大臣，慌忙逃到热河行宫，留守北京的恭亲王奕䜣，等待和洋人举行和谈。

10月5日，英法联军兵临北京城下。10月6日，英法联军为寻找清朝皇帝闯进圆明园，疯狂地进行抢劫。圆明园总管大臣文丰投福海自尽，住在园内的常嫔受惊身亡。之后，在不到10天的时间里，英法先后两次对圆明园进行抢劫、纵火焚烧，大火三日不灭，竟有近300名太监、宫女、工匠葬身火海。圆明园及附近的清漪园、静明园、静宜园、畅春园及海淀镇均被烧成一片废墟，英法联军能拿走的拿走，不能拿走的大瓷器和珐琅瓶被打得粉碎。

第一次火烧圆明园后，幸免于难的有蓬岛瑶台、藏舟坞，还有绮春园的大宫门、正觉寺等13处皇家宫殿建筑。四十年后灾难再度上演，1900年八国联军入侵北京，再次放火烧圆明园，使这里残存的13处建筑又遭掠夺焚劫，最终使这座闻名世界的"万园之园"夷为平地，化为一片焦土！火烧圆明园成为世界文明史上罕见的暴行，可谓空前绝后!

事实上,被烧掉的不仅仅是圆明园,除此之外,京西皇家三山五园均遭焚毁,包括万寿山、玉泉山、香山三山,清漪园、圆明园、畅春园、静明园、静宜园五园。现如今,除圆明园之外,其他地方已经很少能找到遗址。因此,保留圆明园遗址显得尤为重要。

走进圆明园,站在一片废墟之上,很难想象,曾经烟雨迷离的人间美景到底是什么样子。从现有的相关资料和《圆明园四十景图咏》来看,那神话般的仙境的确是园林中的精品,奇珍异宝数不胜数,整座园林是无法用金钱来衡量的。这座凝聚着中华民族智慧与劳动人们血汗的宏大皇家园林,只能保存在人们的记忆中,余下的只有反思与雪耻。

侵略军的残酷与野蛮已无须再用文字表述,否则圆明园总管大臣文丰不会投福海自尽,常嫔也不会受惊身亡,更不会有近300名太监、宫女、工匠在圆明园大火中殉葬。而清代统治者腐败无能、贪图安逸、贪生怕死却是根源所在!圆明园已经成为一座警钟,时刻警示着国人,不能忘记这一耻辱!

作为不能忘却的历史印迹,圆明园成为民族耻辱的历史教科书。它离中国的两所著名学府很近,站在北大鸣鹤园中的无名土丘之上,可以望到圆明园里的柏树和柳树;坐在清华的教室里,可以闻到圆明园6月的荷香。多少学子因为身边这座刻满耻辱的遗址而发奋读书!多少年来,一代又一代国人凭吊它,反思它,圆明园被负载了厚重的历史责任。

中国的园林宫殿重奢华,讲排场,金碧辉煌,宏伟高大,展示了民族文明与人们的智慧。然而,多少座名楼宫殿、寺庙建筑,在历次战火中化为灰烬,又多少次在事后重新修建!圆明园也不能免俗。在经济快速发展的今天,重新修建一座圆明园已不是难事,可是,专家们分成两派,一派主修,一派主留,各有各的道理。主修派似乎占了上风,因为中国人爱面子,不愿让丑的地方展示在世人面前,不愿意让别人看到自己的伤疤。圆明园遗迹公园,已经变成一处风景旅游胜地,栽花移木,鸟语花香,似乎已经完全掩盖了历史的印迹!

其实，保留一处历史的印迹又何妨？

知道这段历史的人只是知道，而踏进这座园子的人，无不对它遭到的毁灭感到震惊，历史的印迹更加深了人们对历史的记忆。文字的记载固然可以提示昨天，而留下的遗迹是最好的说明与证明。

残缺是另一种美，残缺的美更能加深人们的印象，激发人们的想象空间。圆明园明明是历史留给后人的一座纪念碑，偏偏就有人想把它砸碎了换一块新的。新是新，却失却了它原有的意义！

中国园林寺庙名胜古迹何止千万，留一处残破的遗址警示国人又何妨？

功　夫

　　"功夫"一词古来有之。唐朝诗人元稹在《琵琶》诗中写道："使君自恨常多事，不得功夫夜夜听。""逢人便请送杯盏，著尽功夫人不知。"唐朝另一位诗人秦韬玉在《燕子》诗中曰："曾与佳人并头语，几回抛却绣功夫。"更有被人们所熟知的"功夫不负有心人"的俗语。而"功夫"一词的英文翻译"kungfu"却是一代武术宗师、功夫电影巨星、截拳道的创始人李小龙所独创。

　　李小龙1940年11月生于美国三藩市，卒于1973年7月，享年仅33岁。尽管过世已久，李小龙依然是功夫的代名词。他的才华，他的正气，他的辉煌，都已成为一个无法拷贝的神话，一个传奇中的传奇。他一生崇尚功夫，勤学苦练，精益求精，将中国武术最早推广到世界。李小龙的童年和少年是在香港度过的，他幼时身体非常瘦弱。他父亲为了儿子的体魄强壮，在他7岁时便教其练习太极拳。李小龙在13岁时跟随名师叶问系统地学习了咏春拳，并在家中设一座木桩，每天对着木桩勤练不辍。此外，他还练过洪拳、白鹤拳、谭腿、少林拳、戳脚等拳种，为后来自创截拳道打下了坚实的基础。

　　为了提高技击水平，李小龙除了勤习中国拳术外，还研究西洋拳的拳法，从中学习拳击的步法、身法、拳法和训练方法。他还经常参加校内外的拳击比赛，研究西洋拳术，不断丰富实战经验，通过精益求精的潜修苦练，使功夫逐渐娴熟乃至达到更高的境界，其中的"李三脚""寸拳"和"勾漏手"更是他的绝招。李小龙是个多面手，除了精通各种拳术外，还擅长长棍、短棍和二节棍等各种器械，并研习气功和硬功。他以咏春拳、空手道、柔道、跆拳道、泰拳、菲律宾拳术、柔术、西洋拳击、击剑等26种世界武道精华为技术基础，结合中国古典哲学及中国传统武术思想精髓，以武入哲，于1967年正式确立其武道哲学"截拳道"之名称。最终创立了与众不同的武道哲学——截拳道，在世界武坛上独树一帜。毫无疑问，李小龙成为了真正的功夫之王。

这是真功夫。

少林功夫起源于古代嵩山少林寺，并因此得名，是我国著名的武术流派之一，其历史悠久，影响深远。

中国禅宗初祖菩提达摩，自印度来到嵩山少林寺传授佛教的禅宗，面壁九年，静坐修心，翻译佛经，传授佛法，为后人所敬仰。当年，达摩祖师为防野兽和严寒酷暑的侵袭，在空暇时间还练几手防盗护身的动作。他模仿鸟、兽、虫、鱼飞翔腾跃之姿，发展"活身法"，创造了一套动静结合的罗汉十八手，经过历代僧徒们长期演练、综合、充实、提高，逐步形成一套拳术，达百余种，武术上总称"少林拳"。达摩祖师面壁九年也叫功夫。

如今的少林功夫内容丰富、套路繁多。按性质大致可分为内功、外功、硬功、轻功、气功等。内功以练精气为主；外功、硬功多指锻炼身体某一局部的猛力；轻功专练纵跳和超距；气功包括练气和养气。按技法又分拳术、棍术、枪术、刀术、剑术、技击散打、器械和器械对练等共一百多种。

少林寺的僧人每日参禅练功，其独门绝技有一指禅、二指禅、童子功、气功等功夫。这些功夫无不令人称绝，无不是日夜苦练功夫的结果。千佛殿至今还保留着当年少林寺的练功房，地堂上还有48个寺僧"站柱"的遗迹。砖铺的地面上留下两行直径约四五十厘米的锅底状圆坑，一个个间隔约两米半，据说是众僧苦心学艺、两脚踏踩而成。这一个个深坑，是练习功夫留下的足迹。

这是真功夫。

《列子·汤问》（战国列御寇）记载：愚公家门前有两大座山挡

着路,他决心把山平掉,智叟笑他太傻,认为不可能。愚公说:"我死了有我儿子,我儿子死了还有我孙子,子子孙孙无穷无尽也,两座山终究会被凿平。"

愚公移山是一个流传数千年的故事,从古至今被人们津津乐道。人们崇尚它踏踏实实、持之以恒、坚持不懈的愚公精神。愚公为了排除险阻,打开通道,率领全家搬走太行、王屋两座大山。这是一项伟大而又艰巨的工程,在有些人看来是难以想象的,但是,愚公胸怀大志,不被困难所吓倒,他敢想敢说敢做,终于把门前的两座大山搬走了。当一个人面对困难,或身处绝镜时,无论怎样艰险,只要具有坚忍不拔的决心,充满必胜的信心,努力做下去,就能战胜一切困难,把理想变为现实。

愚公移山就是功夫。

绳锯木断,水滴石穿,铁杵磨针,冰冻三尺。这些以时间为利器,以柔克刚的方式,也是功夫。

我国唐代著名的大诗人李白小时候很顽皮,不喜欢读书。有一天,他出门去玩,来到山下,看见一个老奶奶正在石头上磨一根铁杵,他好奇地问:"老奶奶您磨铁杵干吗呀?"老奶奶说:"我要把铁杵磨成一根绣花针。"李白很吃惊:"铁杵这么粗,什么时候才能磨成一根绣花针呢?"老奶奶说:"它总是越磨越细,功夫到啦,自然就能磨成针啦!"老奶奶的话使李白很受触动,他由此联想到自己的学业。从此,他牢记"只要功夫深,铁杵磨成针"的道理,发奋读书,终于成了名垂千古的"诗仙"。铁杵磨针就说的是功夫。

盘古开天,精卫填海,女娲补天,吴刚伐桂。这些流传了几千年的中国古代神话故事同样是功夫。

"又北二百里,曰发鸠之山,其上多柘木,有鸟焉,其状如乌,文首、白喙、赤足,名曰'精卫',其鸣自詨。是炎帝之少女,名曰女娃。女娃游于东海,溺而不返,故为精卫,常衔西山之木石,以堙于东海。漳水出焉,东流注于河。"这是《山海经》有关精卫填海的记载。

这个感人的故事是中国远古神话中最为有名的故事之一。世人常因炎帝小女儿被东海波涛吞噬化成精卫鸟而叹息，更为精卫鸟衔运西山木石以填东海的顽强精神而感动。精卫锲而不舍的精神、善良的愿望、宏伟的志向，受到人们的尊敬。晋代诗人陶渊明在诗中写道："精卫衔微木，将以填沧海。"诗人热烈赞扬精卫鸟敢于同大海抗争的悲壮战斗精神。后世人们也常常以"精卫填海"比喻仁人志士所从事的艰巨卓越的事业。人们同情精卫，钦佩精卫，把它叫作"冤禽""誓鸟""志鸟""帝女雀"。精卫填海就是功夫。

功夫是时间的转变。人的一生与功夫密不可分。学习是功夫，写诗是功夫，绘画是功夫，练字是功夫，考试是功夫，孝敬是功夫，诚信是功夫，唱歌是功夫，舞蹈是功夫，杂技是功夫，音乐是功夫，表演是功夫，绣花是功夫，雕刻是功夫，经商是功夫，挣钱是功夫……长时间做一项工作都可以广义上称之为功夫。

功夫茶，功夫菜，功夫酒，都是功夫中的另类的体现。成功需要功夫，成名需要功夫，做事需要功夫，做人需要功夫，做个好人更需要功夫。

功夫无处不在，功夫无时不在，功夫无所不在。功夫所至，金石为开。

功夫，是一个人一生最好的体现。有了功夫，梦想才会变为现实；有了功夫，目标才会离你更近；有了功夫，生命才会变得有意义。这就是功夫。

"题壁文化"——写在凉亭上的杂诗

  在中国的亭台楼阁之上，特别是对外开放的公园景区中的亭台楼阁上，你经常会看到墙壁上、石栏上、亭柱上留下了许多游客的留言，这些留言中，有留下姓名的，多是"某某某到此一游"，其中有一些是感言，也有一些是诗歌和诗词。虽然有伤大雅，但却是游客内心的一种表达，这种表达不是有备而来，往往是随感而发。游客将此时此刻的心情用笔写在上面，临走时没有擦掉。或许写下这些留言的游客，这一生都不可能再来第二次，但他们的"作品"会长时间保留在上边，它的"读者"就是来到这里旅游的游客。我想这些游客的"作品"，它的读者数量要远远超过不部正式出版并发行的诗集的读者数量。

  我敢说长城上的每一块方砖都刻有中国人的名字，除了游客难以到达的地方，就连天坛公园里的柏树和中山公园里的修竹都逃不过游客的手。我们对这种乱写乱画的行为感到不耻，但无形中也形成了另一种文化现象。它比"厕所文化"要显得高雅，虽然有很多留言对恋人的爱意表达很直白，但这种表达与"厕所文化"有着本质上的区别，我暂且把它称之为"题壁文化"或"凉亭文化"吧。

  如果说这些游客乱写乱画是素质不高的一种表现，那么我们来看看号称中国第一学府的北大，我们的天之骄子们的表现又会如何呢？在北京大学的未名湖南岸，有一座很小的花神庙——应该称不上庙吧，因为根本就没有寺院和房屋，只是一个约3米见方的古建筑，这个方形建筑由两面墙和两个石圈门构成，四块方形石柱和两面墙上都密密麻麻地写满了留言，这些留言和凉亭上的留言并没有什么两样，有表达爱意的情话，也有小诗和词，但这些留言却是出自北大的学生之手，水平并不见得比凉亭上的诗句高到哪里去。

所以，我们说诗因情生，所表达出来的感情和话语都是最真挚的流露，只有在这个时候，他们写出来的东西才会和诗人写出来的东西差不多，甚至很多题诗的水平超过了一般诗人所写的诗词。题写这些诗词一般有两种情况，一种是亭子里只有他一个人的时候，另一种是只有一对恋人的时候。当一个人在清晨或黄昏来到亭子里，或因为孤单，或因为郁闷，或因为和恋人分手，或因为短时间的逗留，四下无人，便掏出身上所带的笔，匆匆写下此时此刻的一些感受，水平一般的游客会写下某某人名字，在旁边画一颗心形图案，留下日期，便匆匆离去。当一对恋人来到这里的时候，一般情况下凉亭就会被他们所独占，即使有游客走过来，看到一对如胶似漆的恋人，谁还会走过来当电灯泡呢？只好躲开。这时候，这对恋人就有足够的时间"作案"，写下他们的誓言，以证明他们曾经在这里约会。这两种情况都是在没有被外人打扰的情况下产生的，谁会当着许多人在墙上乱涂乱画呢？当然也不排除第三种情况，三五个同窗或同事，在嬉笑中就留下了"作案"的证据。这些诗加以整理之后，你会发现一个很有趣的现象，每一首诗的作者都藏着一些故事。

这些游客的水平到底如何呢？我们来看几首写在凉亭挡板上的诗歌。前七首及两首不完整的诗词出自同一个人的手笔，虽然落了两个人的名字，一个是幽幽（悠悠），一个是荷中仙，但字迹都是一个人的，其中有两首是现代诗，其他均为古体诗词。

两首现代诗：

纸蜻蜓

千万只旋转的纸蜻蜓呀
它舞动着
它欢呼着
在碧蓝如洗的天空里
随着气流上升
竭力地向上飞
那单薄的身躯却包含着一颗不屈的灵魂
即使冰冷刺痛翅膀
如杜鹃咳血
挥洒青春
绽放色彩
如飞蛾扑火燃烧光和热
(在羽化登仙之际
将满地幽兰踏入泥中)

最后两句和该诗整体不符。

如果你认为
如果你认为自己是一只鸟
那你就能在天空自由自在地飞翔

两首古体诗：

咏荷
荷叶连天荷连天，
荷香曲苑魂深依。
遥知荷香深千尺，
美艳惊俗世上罕。

不知人间六月花,
……

　　山中杂诗
　万里赤霞辉映天,
　绿冰掩掩清猿啼。
　青山楼隔云深处,
　夜听钟馨杳杳音。

——悠悠

一首残诗,这首残诗正着读、倒着读似乎都可以成诗。

　　颂月宫仙子
　玉带空中夹银河,
　铃铛似凤叮叮闪(响)。
　樱子开花待春潮,
　淡淡柳眉似春黛。
　玉兔捣药桂月树,
　兰花幽幽素香来。
　晚秋独上广寒宫。

——荷中仙　2012.4.1

　　颂月宫仙子
　晚秋独上广寒宫,
　兰花幽幽素香来。
　玉兔捣药桂月树,
　淡淡柳眉似春黛。
　樱子开花待春潮,

铃铛似风叮叮闪（响）。
玉带空中夹银河，

——荷中仙 2012.4.1

忆龙宫之王
忆昔念兮承思露，
银河恰似女儿腰。
丰年足食舞龙舟，
海味佳肴通奇方。
一片孤去在碧空，
水晶宫里奏仙月。
云兮雨兮覆苍生，
谁拾碧荷沧海心。

幽幽 2012.4.1

两首残诗：

（1）
花去花来依旧
月圆月缺秋色
浓浓鸟语花香

（2）
林莺啼杏叶
纷飞似春雨

从时间的跨越来看，作者应该是一个住在凉亭不远的"老民间诗人"，他经常到这里来，他有足够的时间和胆量来写下这些诗，而且用的都是些特大字号，诗中有几个错字，我也可以把他推断为一个"怀才不遇的老诗人"。现在，在杂志诗刊上发几首诗词并不难，实在不行可以发表在诗人小圈子里办的民刊上边，或者直接通过互联网，发布到文学网站及个人博客，但他没有，这是因为他没有这样的一个圈子，他的诗词只是写在笔记本上。在长时间的"怀才不遇"之后，他发现了一个非常适合发表的地方，那就是这个公园里假山上的凉亭，几块很大的护栏挡板全被他写得满满的，相信所有到过凉亭的人，都会看到他的诗。他也许经常过来"欣赏"自己的杰作，经常到这里来欣赏荷花，欣赏月亮。这凉亭是这个园子里的最高点，站在上边可以看到整个园子，生活之外，诗便成了唯一可以与他做伴的知心朋友。

这是一首李煜的词，也被游客写在上面。

帘外雨潺潺
春意阑珊
罗衾不耐五更寒
梦里不知身是客
一晌贪欢

独自莫凭栏
无限江山
别时容易见时难
流水落花春去也
天上人间

——唐李煜的《浪淘沙令·帘外雨潺潺》

闲看庭前
花开花落

>   漫随天外
>   云卷云舒

把明代洪应明的一副对联截取了抄在了上面。全联应该是"宠辱不惊,闲看庭前花开花落;去留无意,漫随天外云卷云舒。"

>   我们在不停地招手
>   我们在不停地挥手
>   很多陌生的变熟悉后
>   就会演变成从熟悉变回陌生
>   不断地记住却在不久后全部忘记

这首诗写得很委婉,只有恋爱的人才会写这样的情诗。我们经常相见约会,相见之后又经常挥手告别,从刚开始的陌生人变成了情人,但我们又慢慢地回到了陌生,想要记住你,却因为分手,一切都已经淡忘,形同陌路。

>   记忆阴霾
>   随风飘散
>   如该忘记
>   何须铭心刻骨

一首小情诗。

>   如果你我重来
>   如果爱没伤害
>   如果缘不分开
>   我想再和你相爱

因爱生恨的一首情诗。

登高望远暖风吹，
携爱相拥几重回。
亭台楼阁春已到，
（阅尽）心心天地瞧。

2012 年春　阿海

一首情深意浓的诗词．一对热恋的情人，在凉亭上亲热约会，并写诗盟誓，以表达对爱情的忠贞。

一个名字叫杭琪的西安女孩，在离开北京的时候，在亭柱上写下了这样一首离别诗。

谁说千里归乡难，
我言弹指一瞬间。
若穿河北越河南，
便离燕京眠长安。

杭琪亲笔　7 月 20 日归乡题此

她的家在千里之外的长安（西安）。她准备离开北京了，利用在西客站等火车的空档，来到了西客站附近的这座凉亭之上，再看一眼她曾经在生活过的土地。7 月下旬，正是荷花盛开的季节，湖光荷景，美不胜收。再好的美景也只是异的，哪有我的家乡长安美丽？谁说回到家很难？只要你想回去，再远的路也只是一瞬之间，所谓归心箭似便是如此啊。一点都不远，穿过了河北，再越过了河南就到了陕西西安了，我乘上列车离开了北京，很快就可以到家中美美地睡上一觉。

既不回头，何必不忘
既然无缘，何须誓言
昨日种种，似水无痕
明夕何夕，君已陌路
遗忘则是最好的礼物

　　作者是谁已无证可查。大意是一个年轻的女孩子，和男朋友分手了，独自一人来到这座凉亭之上，痛苦万分。她想起了昨天的事情，激情像水一样没有了痕迹，既然没有缘分，何必对我发那些誓言？说什么明天未来，我们都已经各自分开。最好的礼物不是别的，是遗忘，不再想起这段令人伤心的往事。

　　读这些杂诗，你会发现，一座凉亭里，藏着许多的故事，都是些普通人的故事，但每一段留言，每一首小诗，都有让人感动的故事。

互联网时代的文学

　　网络文学是一场文学革命。
　　网络时代的到来，是人类发展的必然结果，也是偶然。我们是幸运的。人类经过几十万年的进化之后，才有了长达几千年的文字文明。计算机的诞生不过百年，而网络的诞生只有短短的二三十年！
　　这是人类文明发展的一个必然结果。但谁也想不到结果会是这个样子。
　　人类的每一次重大发明与发展，都会改变整个人类的现状，不断推进人类的文明进程。每一次重大的变革，都会伴着不同的声音及阻力。网络的发展也是一样，尤其是文学。网络文学与传统文学更是如此。就像大清朝的晚期，当革命浪潮浩浩荡荡而来，老佛爷依旧不肯打开国门，接受新鲜的事物，就连汽车司机坐在前头开车她都不能接受！但谁又能阻止时代的发展呢？顺之则昌，逆之则亡。当网络文学发展得如火如荼的时候，传统媒体依旧戴着有色眼镜看它。他们中很多人一直认为，网络文学与传统媒体相比，差了几个档次，至今有很多编辑、作家都不上网，甚至拒绝接受网络。殊不知，如果没有当年五笔字型的发明及方正软件的应用，我们将会抛弃中华文明符号——汉字，用英文操作电脑，我们依旧会停留在铅字印刷的时代。殊不知，电脑和手机阅读，大大提高了人们的阅读量，甚至全面提高了国民的文化素质水平，迎来了一个全民写作的时代。在一个人人都可以拿笔写作的时代，在一个人人都是作家的时代，谁会走得更远？什么样的文章可以流传百世？

　　我们的很多作家，依旧认为作品发表在报纸或者是杂志上才算是真正的发表！网站发表不是发表吗？即使发表在报纸杂志，你能保证几年或几十年之后，这些书籍不会出现在废品收购站里吗？而它的阅读范围非常有限。网络时代，你不必担心你的作品会消失，即使百年之后，你的作品依旧能在网络上搜索到，在网络上流传。好的作品不会因为洪水地震等自然灾害而丢失最后的版本。

　　我不能断定，传统纸媒体50年或100年后是否还会存在。我也不能断定网络阅读这种阅读形式和网络文学这种文学形式能够存在100年！但我能断定，文学这种形式在100年、500年、1000年之后依然会存在。文学是人学。自创造文字以来，文学便开始伴随着人类，形影不离。人类需要文学，人类需要用文字这种语言工具，用文学的形式表达感情。因此，人类便离不开文学。好的文学作品也不会因为纸媒或互联网的消失而消失，好的文学作品会一直流传下去，因为人类需要好的文学作品。

　　书籍不会消失。许多年之后，它或许会走上艺术收藏之路。它的设计会更新颖，包装会更精美，内容会更精彩，书籍会成为更艺术化了的艺术品。

　　网络为我们大开方便之门。传统纸质媒体生存面临很大考验。大数据时代的来临，使我甚至怀疑还有没有再建图书馆的必要。当你需要一本书，需要查阅一些资料的时候，必须乘车或者步行到离家很远的图书馆，需要办理手续把书借出来，用完后再还回去……想想都嫌麻烦。当我们的电脑、手机网络化，只需要在上面搜索就可以很快查到所需要的资料，我们还有必要去一趟离家很远的图书馆吗？图书馆还有多少人在读书？如果大家都不去图书馆，图书馆还有没有存在的必要？一个不争的事实是，我们的实体书店正在减少，而网上书店销售正火爆！

　　我甚至怀疑大学校园存在的必要性！假如有一天，有一所全公益性的网络大学出现，文学、历史、哲学、艺术、绘画、音乐、工业、农业、军事、科技……所有的学科都可以在这所网络大学中找到，所有的学生就不必参加高考，受高考的困扰，不再为进哪家学校而发愁，真正实现教育公平。学生随时可以进入网络大学学习，只要学分够就可以申请毕业，拿到相关学历。我们就不需要花费那么多钱、浪费那么多资源跑那么远的路到某一个地方去上大学。我们的家长也不需要背负沉重的压力供应自己的孩子去上大学。没有了校园，没有了学生，我们的大学老师也不用来学校教课，只需要通过网络教学或者只需要把录好的教学资料传到网上就行了。

因此，我们的大学以后是否还有存在的必要？

我有一个梦想，建立一所全公益的网络大学！

或许你会感到这样的想法很荒唐，但在短短的几年内，网络为我们的生活带来了巨大的改变，我们已经开始接受它，使用它！在这个时代，没有什么不可能！只要敢想敢做！我们的作家也是一样，只要敢想敢写！

网络文学是一场文学革命。我们都是文学的革命者。

网络是一场革命，我们都是革命者！

糊涂论

  人有好人与坏人之分，好人与坏人没有评价标准，既没有绝对的好，也没有绝对的坏，这里只是个笼统的划分。所以，好人没有统一标准，好到什么程度才算好人？坏人也没有统一标准，坏到什么程度才算坏人？帮助他人做好事算是好人，救人于水火的是好人，用自己的钱为他人修桥筑路的是好人，济世为民的亿万富豪是好人，在你最迷失方向的时候，为你指路的也是好人。小偷小摸的是坏人，杀人抢劫的是坏人，杀害忠良的是坏人，卖国求荣的是坏人，曾经欺骗过你的人也是坏人。如此说来，帮助他人的人是好人，祸害他人的人就是坏人。不好不坏的人是普通人。有时候，好人会变成坏人，坏人也会变成好人。好人不都是永远的好，坏人不都是永远的坏。但是，坏人一旦把事情做绝，想做好人的机会也就没了。

  人还可以分为聪明人与糊涂人。有的人是真聪明，有的人是真糊涂。有的人则是揣着明白装糊涂，大智若愚；有的人则是揣着糊涂装明白，自作聪明；有的人是真聪明，偏偏使自己变得糊涂，难得糊涂；有的人是真糊涂，偏偏在众人前显示自己聪明，难得聪明。郑板桥写过两幅字，一幅是"难得糊涂"，另一幅是"吃亏是福"。他在"难得糊涂"的自注中写道："聪明难，糊涂难，由聪明而转入糊涂更难，放一着，退一步，当下心安，非图后来福报也。"在"吃亏是福"下的加注中写道："满者损之机，亏者盈之渐，损于己则盈于彼，各得心情之半，而得心安既平，且安福即在是矣。"能做到以上两点，并不容易，郑板桥做到了，所以，郑板桥才是真正聪明之人。

糊涂人要变得聪明不容易，聪明人变得糊涂也不容易。因此，聪明人在为人处事时须带一点糊涂，糊涂人需要学一点聪明。大事上不糊涂，小事上不聪明。林语堂的《中国人之聪明》，道尽中国人聪明的种种玄机，指出："在中国，聪明与糊涂复合为一，而聪明之用处，除装糊涂外，别无足取。"一语道破天机，但未免太世故。

为人应该知道什么时候该进，什么时候该退。一味进取，必然遭受挫折；一味等待，必然一事无成；一味忍让，必然活得窝囊；一味聪明，必然遭人嫉妒；一味糊涂，必然遭受轻视。人可以不露锋芒，可以大智若愚，可以小隐于野，可以大隐于市，可以躲进深山当隐士，也可以深居闹市过居士生活，但注定一生碌碌无为。该糊涂时便糊涂，该聪明时便聪明，是最好的处世之道。

糊涂是一种境界，只有真正聪明的人才能达到这种境界。

论修养

　　修养是人在社会环境中逐渐形成的内在表现。修养是一种能力，是一种思想，是一种品质，是一种道德，是人生追求完美的体现。

　　修养之于心地，其重要犹如食物之于身体。因而，修养对一个人来说，就变得尤为重要。一个有修养的人，举止言谈会与常人表现的不一样，他不会在公共场所吸烟、吐痰、大声喧哗、乱扔弃物；一个有修养的人，往往能成就一番伟业，做人之领袖，受到众人的尊重。

　　一个有修养的诗人，会写很多与生活、生命、自然、社会、百姓等相关的诗篇，他的诗篇就如同太阳的光一样，照亮黑夜，给人力量，温暖人心；一个有修养的作家，他的作品常能反映一个时代的变迁，与读者产生共鸣，体现社会的边边角角，像一面镜子一样，展示在世人面前；一个有修养的画家，他的画是美的艺术品，所表达的主题思想贴近生活，可以被许多人理解、接受，而不仅仅珍藏在收藏家的阁楼里；一个有修养的政治家，会关注底层百姓的生存环境，关心百姓的日常生活情况，成为百姓心中的父母官；一个有修养的思想家，他的思想必被人民广为接受；一个有修养的艺术家，他的作品一定会影响一代人甚至更久远；一个注重修养的社会，一定是一个高度文明发展的社会；一个注重修养的民族，一定是一个优秀、善良、勇敢、充满着智慧的民族。

　　如今，修养被越来越多的人淡忘。很多小时候家中贫穷的学生，在各方面表现很优秀。他们吃苦耐劳，勤奋学习，每天泡在图书馆、阅览室、书店、教室，像海绵吸水一样获取知识。他们没有太多娱乐与游玩的时间。他们宁可每天把三顿饭变成两顿饭，省下来的钱用来买书订报，也绝不会把时间浪费在网吧、游戏厅里。直到有一天，他凭借自己优异的成绩，走上了成功的道路，这与他自身的修养密切相关。

"穷则独善其身，达则兼济天下。""心正而后身修，身修而后家齐，家齐而后国治，国治而后天下平。"只有具备这种积极而达观的态度，乐观向上的思想，最终才能达到"正心、修身、齐家、治国、平天下"的理想境界。

《孟子·滕文公下》："富贵不能淫，贫贱不能移，威武不能屈，此之谓大丈夫。"《周易》中提出"君子以厚德载物"，荀子主张"君子贤而能容罢，知而能容愚，博而能容浅，粹而能容杂"。这些流传了几千年的中华古训，正是一个有修养的人的完美写照。

然而，许多人成功之后，却开始放任自流，把以前一些好的习惯慢慢淡忘。他当上了科长、局长、县长、市长、省长后，保持多年的晨跑停止了，因为用不着锻炼自己的意志，用不着再去为理想而奋斗了；坚持每天骑车上班的习惯也丢了，因为身边有了专车和司机；晚上勤奋写稿的能力下降了，因为身边有秘书为其代笔。钱挣的多了，用来买书的钱却少了；好的习惯少了，享受生活的方法多了；地位变高了，却看不起普通的百姓了；官做得大了，在他眼里大事变小了。

如今的人们，不再评比谁更有道德，谁更有文化，谁更有修养，谁的意志更高尚，谁的品质更优秀，而是去攀比谁比谁更有钱，谁比谁更酷，谁比谁更能出风头。

一个崇尚教育的民族，会产生更多哲学家、思想家；一个崇尚艺术的民族，会产生更多诗人、艺术家、音乐家；一个崇尚金钱的民族，会产生更多大款、富商、富豪、富翁，但却很少产生慈善家；一个崇尚武力的民族，往往是一个野心勃勃最想侵略别人、征服别人的民族；一个崇尚暴力的民族，必会产生更多血腥的凶杀，必会被暴力所害；一个崇尚安逸的时代，必会淫乱盛行。

修养是一个人的修养，是一群人的修养，是一个地区的修养，是一个民族的修养。一个人的修养决定一个人的素质,一群人的修养决定一个地区的素质,一个时代的修养决定一个民族的素质、一个国家的命运。一所不重视修养的学校,不是一所好的学校,这样的学校,必然产生没有修养的老师,必然会产生弑师的学生。如今的孩子,独生子女居多,许多家庭的父母没有正确的教育方式,往往百般溺爱,一切按照孩子的意愿做事,使孩子变得自私,不知道什么是尊敬父母,礼让他人,孩子长大后,不是冤家,就是个白眼狼。

修养,从某一个角度来说,显得很重要。修养,直接影响一个人一个民族、一个国家的外在与内在的气质。

修养是成功的基础。重修养可以使一个人高尚,重修养可以使一个民族昌盛,重修养可以使一个国家繁荣,重修养可以使一个政党受到人们的爱戴与拥护。

源静则流清,本固则丰茂;内修则外理,形端则影直。可见,修养是如此重要。

"傻子概念"

　　日常生活中，我们谁都不愿意当傻子，都想高人一等，胜人一筹。满大街走着的都是精明人、聪明人、明白人，因为我们都不是傻子，所以都不愿意当傻子。傻子只有傻子自己愿意做。

　　精明人善于经商，聪明人善于理学，明白人善于从政。但明白人未必聪明，聪明人未必精明；精明人未必聪明，聪明人未必明白。当精明人遇到精明人，谁都占不了谁的便宜；聪明人遇上聪明人，往往会犯猜疑；明白人遇到明白人，都开始装糊涂。所以，这个世界上的精英们开始喜欢"傻子"。"傻子"可以在某一个工作岗位上兢兢业业，默默工作几十年，任劳任怨；"傻子"可以不计报酬为公司加班加点，从不耍小聪明。还有那些做好事不留姓名，每天忙忙碌碌勤勤恳恳做事的人，都可以称为"二傻子"。正是这些"二傻子"，得到了领导、经理、老板们的欢迎，那些耍小聪明的人往往受到排挤。

　　"傻子"既然受欢迎，自然逃不过精明的商人的眼睛。精明的商人们知道了这一逻辑，开始经营"傻子概念"。于是，市场出现了"傻子瓜子""傻子烧鸡""傻子烤鹅""傻子烤鸭"、"傻子烤肉""傻子公司""傻子食品"等等"傻子"系列东西。我们聪明地希望商家都变成傻子。既然商家自称是"傻子"，就不会欺骗我们，既然商家自称是"傻子"，就不会比我们更聪明，买他们的产品心理上平衡。所以，"傻子"系列的产品往往比其他产品更容易受到顾客的青睐。岂不知，自称是傻子的商人，比其他商人更精明。所以，买的没有卖的精，这句话永远都不过时。

　　傻子是谁想当就可以当的，做傻子未必是一件坏事，做精明人、聪明人未必是一件好事。要做还是做个明白人吧，如果你真不想做傻子。

为了夜晚的来临

生活在这个世界上，时间给予生命的，只有两种选择：一个是白天，一个是夜晚。在日夜交替之中，生命由幼小变得强壮，由强壮变得苍老，直至死亡。

有一件不幸的事，我选择了创作。有一件更不幸的事，我选择了业余创作，而且痴心不改。写作是一件很苦的事，你必须一个人，独自待在房里，当然也可以是其他什么地方。我又常常选择在夜晚来临的时候开始写作，通宵达旦，夜不成寐，夜以继日。更要昆的是，我白天还要忙学校里的事——学校是自己亲手创办的，大事小事，事事都要关心。为了学校的生存与发展，要跟社会上的许多部门打交道，因不善于交际，往往达不到事半功倍的效果。加之本人生性直白，处理事情不会拐弯抹角，揣摩别人的心思，所以，碰钉子的事时有发生。因此，我与常人不同，白天往往遇见鬼，或者自己变成鬼，去和鬼打交道，只有到了晚上，才有做人的感觉。经过白天的忙碌，只希望夜晚来临，让身心得以平静，重新回到真正属于自己的空间。在书的天地中畅游，在自己的电脑前写作，在虚构的小说中穿行，直到深夜，直到黎明。就这样，中午变成了早晨。醒来后常常是上午10点多钟了，不得不快速洗漱，收拾完闭，匆匆走出家门，匆匆赶往车站，匆匆来到学校，做一些自己不喜欢却又必须去做的事。我常常这样梦想，如果有一天，能踏下心来创作，该是一件多么奢侈的事。

每到凌晨三四点钟，站起来休息，走向阳台，推开窗子，看窗外一片寂静。晨星依稀,晨雾朦胧,空气清新,沁人心脾,心情格外舒畅。

　　我喜欢夜晚,特别是深夜。我喜欢一个人独自思考,喜欢沉浸在一篇小说的构思中,与小说中的人物一起哭,一起笑,一起走向辉煌,又一起走向毁灭。每写完一首小诗、一篇短文,欣欣然如同吃了个蜜枣,心里甜滋滋的。要是一篇小说创作完毕,那就如同痛饮茅台美酒,酣畅淋漓,如释重负,兴奋之心,难以言表。

　　一个人做自己喜欢做的事情,就会不顾一切,尽管要付出很大的代价去完成,也是值得的。就像我,把夜晚当成向往,真正的生命就没有活在白昼。

诗人的不幸

如今，做诗人真是不幸。也许有人会被诗人的光环所迷惑，这是因为，他看上去像夜空里遥远的星星，既发着微弱的光芒，又无法与月亮相比，既不让人注意，又让人忘不了。也许，历史上诗人曾经有过它辉煌的时期，但如今已不再那么耀人眼目了。这让许多诗人为之感慨，感慨世事变迁，风光不再。

做诗人会饿死，所以大多数诗人都身兼数职。许多人说诗人是疯子，这话不假，因为写诗而误入歧途的不少，因写诗而走上绝路的更多。这么说诗就成了现代诗人的罪魁祸首、罪恶之源，似洪水猛兽了？当然，也不光是诗人有这么多不幸，不少画家、作家、音乐家比诗人有过之而无不及，所以有人说艺术家都是疯子。

为什么这么说？因为艺术家在思想上是与众不同的。外貌基本相似，有时穿戴怪异，有时表现怪异，有时外表怪异，想显示自己的与众不同，结果脱离了大众，难免会让人说其为疯子。

诗人爱幻想，有时是生活在幻想的世界里，认为世界上一切都是美好的，一切都是自己理想中的世界，当现实摆在眼前的时候，有点无法接受，期望越大，往往失望越大。这使人想起了屈原。现在，就拿投稿一事来说，有的人写了十年、二十年诗篇，经过一次又一次投寄，几乎投遍了全国各地大大小小的报纸杂志，结果连一篇也没有发表，好的杂志社编辑会在百忙之中写封很短小的回文，说你的诗与自己杂志的风格不一，不对大众读者的口味，请投它社，有的说诗歌语言不够精练，请再斟酌。这算是好的，有的写诗者连片言只字都盼不到，失望至极，可想而知。纸也费了，墨也费了，邮票也费了一大堆，就当是支援了邮电部门。这诗坛之路奥妙何其深也？偶尔写写，抒发一下自己美好的情感，表达一下浪漫的情怀是可以的，最可怕的是那些执迷不悟又勇往直前不碰南墙不回头者，家里人说他犯傻，朋友说他清高，有妻子的怨自己眼拙，有孩子的会认为他老子了不起，他哪里知道，做一个诗人爸爸是多么不易。孩子还小，根本不知道他的老子是个幻想家，一点也不现实，越写越穷，越穷越写，到他儿子长大以后，还是一篇稿子都没有发表。可悲可叹。精神可嘉。年过半百之人，一心痴迷不改，儿子实在看不过去，从自己工资里拿出了几百块钱，找个书商，和几百人出本合集。最后诗集出版了，翻半天总算找到了自己苦思冥想、挑灯夜战、美其名曰"创作"而成的得意之作。送亲戚，送朋友，送老师，请求指正。这种事你能说他不傻？

画家画画不管成功与否，只要有真功夫，说不定哪天找一家画店或画画加工厂、工艺美术厂加工一下，那些画就有了用武之地，最次的一幅画也能卖上几十元。当然版权就没有了，归老板，或归买者。而诗人呢？发表不了是得不到稿费的，把诗拿到大街上去卖的话，自己要带足干粮，否则一个礼拜或一个月卖不出去一首诗，岂不饿死街头？何况城管容不得你随便摆地摊。听说深圳市场开放，有诗人在大街上摆诗摊，还真有不少中学生去买，不过写诗不是卖商品，卖掉一批再进一批，生意可以源源不断，诗人常有才思枯竭的时候。所以，我给摆地摊卖诗的人出个主意，兼卖点日用品，卖诗卖商品两不误，既填饱了肚子，又卖掉了灵感，岂不更好！

写诗的人没有自己的发表之地，偌大的中国，只有屈指可数的几家诗社，这么多舞文弄墨的诗客，无名小卒想过河，岂不淹死在诗河中？幸亏有了网络，把诗作挂到网上，既满足了虚荣心，又能让看客看到自己的诗，可惜没人给稿费，饿死的可能性还是很大。

其实，诗社的编辑大有这种心态，有名有姓的作家和编辑的作品还登不过来呢，你是谁？真正做到发掘新人的编辑少之又少。如果有，真该给这样的编辑颁奖章并发诺贝尔文学编辑奖。结果，诗坛出现了一种怪现象，走后门找关系，请客送礼，刊登几首小诗的事情时有发生，而且经久不衰，想想看，诗人的命运是多么悲哀！

诗人的另一条出路就是改行。诗照样去写，然后再做点自己想做的事，而自己选择的事业往往很容易成功，这岂不是件两全其美的事情？诗也可以写，也不会饿死。自古到今，诗人们大有作为的人不计其数，远的不说，先说近代，中国革命的先行者有不少是出色的诗人。就在我们周围，也有不少走向成功的诗人，只不过写诗没有成功。诗人成功的因素之一是敢想，这是诗人的天性。因素之二是敢做，只要是认准的事，就马上去做，直到成功。当然，鱼和熊掌不能兼得。

所以诗人和艺术家往往是儒商的前身，而经商者却很少能有变成诗人的。关于诗人话题暂时写到这里，希望普天之下的诗人们好自为之，多多保重。

读书与赚钱

已经记不清来过多少次了,用无数次来形容比较合适。

那些书,陪伴我走过了半生时光。在我最失落的时候,是它们伴着我一路走来,而在我最得意的时候,我却疏远了它们。

明明知道那些书买了也没有时间看,但还是从书架上取下,拿到了自己的书房。这种感觉,就像你看到美女,我看到了喜欢的书。也许它们一直摆放在书架,直到下一位读者的到来。

倒是网络时代的到来,为我省了不少买书的钱。网上能找到的,能不买就不买,花钱是次要,关键是要为它们找一个安身之处。好书则是例外。

书为知友,可以无怨无悔,只知道给予,不求任何回报。书,大概是这个世界上唯有的不求回报的物品。

假如这个世界上没有钱,人间将会少了许多奔波与劳碌,又会有多少伤心的故事不再重演呢?假如这个世界上没有书,那么钱或将变成为艺术品。但这个假设并不成立,人类在远古时代,就用贝壳当货币了。但两者之间并不矛盾,一边赚钱,一边读书,看你更偏重哪边。最好是赚钱读书两不误。

如果想赚更多钱,去培养自己的后代读书,并以此为荣,那么为什么不从现在开始直接去读书呢?

书只有读了才叫书。

在你最孤独、最痛苦、最寂寞的时候,它或是你的良师,是你最可靠的朋友。

文友的悲哀

新识一位文友，夜晚来香山小聚。聚会是次要的，他主要是来看望自己的儿子。儿子在前妻那里，前妻住在香山脚下的村子里。因为自己的贫穷，妻离子散。因为自己无力抚养，儿子判给了前妻。虽然达成了共同抚养的协议，终因不能按时交付抚养费而被前妻取消了与儿子见面的自由。

为见儿子一面，他不得不和前妻商量，得到允许之后，他才惶惶来见，等看完儿子，已无公交车可乘。凤凰岭的住处离香山很远，不得已，他只好求助住在香山的朋友。若是单身的朋友，尚可对付一晚，如果朋友成了家，又有妻儿老小，租住在香山陋室，就不便留宿，左右为难之际，雷音琴院的沈老师为文友解了燃眉之急。

迎着漆黑的夜色，踏着路灯昏暗的灯光，冒着初冬袭来的阵阵寒气，行走在游人散尽的香山的大道上，文友不断感激，内心应该像打碎的五味瓶吧。握手言别之时，我们只能默默为其祝福。

"天已经很晚，去朋友那里住吧，他单身，关键是房间里比较暖和。"回家的路上，回想着沈老师的话，即使在寒冷的冬夜，文友也一定会感受到那股暖人心身的热气吧！

文友的穷，究其原因，莫衷一是。好坏都在自己，像是天生注定，文人就应该经历磨砺，这样的磨砺未免有些残忍与不公，但他们也绝不是被救济的对象。他们大都视金钱为粪土，虽满腹经纶，却不被认可，流落到居无定所、食不果腹的地步，真让人心酸不已。这或许就是大多数文人骨子里那种不可缺少的傲然之气吧！穷也穷得有志气，虽然还在现实中苦苦挣扎着。香山一带这样的文人不在少数，相比松树花木，他们更像是香山上蔓生的荒草，自生自灭。这，也只是一个缩影。

一颗牙齿的脱落

这颗牙齿迟早都会掉的。一颗蛀牙，里面早已经空了，只有牙根还在。早在十年前，牙科大夫就告诉过我，这是一颗坏得不能再坏的后槽牙，要么拔掉，要么留着，留到最后还是要拔掉。后来我还单独为这颗牙拍了片子，我看了，觉得可惜，问还有没有其他补救的方法。大夫说："有，可以补一下窟窿，也可以做一个烤瓷牙，但都不是长久的办法，因为这颗牙已经开始松动，会影响你的饮食。"我坚持留着，大夫同意，让我躺在那张让很多人痛苦过的手术床上，让我张大嘴巴，让聚光灯照进我的口腔，用专业的磨牙机器为这颗牙打磨、上药，几天之后再去看，再打磨、上药。三番五次，烤瓷牙终于好了，我看过试过之后，感到比较满意。

但这颗牙还是不争气。应了大夫的话，没过多久，这颗牙开始抗议我用它吃东西，每吃一次，牙根部分就开始隐隐作痛，到了最后，我只能放弃用右边牙吃东西，就这样，一直用左边牙吃东西，一吃就是十年。

后来，左边的两颗也开始抗议，也有了松动的迹象，我不得不再用右边牙吃东西，但这一吃不要紧，那颗在那里休眠了十年的后槽牙开始了它最后的疯狂，让我右边的牙根肿了起来，而且左右晃动得厉害。我恨不得把它马上拔掉，就这样，坚持了一个礼拜，在一次忍着疼痛用力晃动之后，它终于恋恋不舍地离开我的牙床。

痛苦没有了。只是感到后槽牙的位置空空的，总像是缺了点什么似的。

　　一颗牙齿本来没有什么可以留恋的,只是它曾经是我身体的一部分,从七八岁换乳牙的时候就一直伴随着我,也经历了许多风雨,见过了饥饿与口渴,饱食与美味,也知道从我的嘴里说出的话,和什么样的人说过什么样的话。当然,舌头和它最熟悉,舌头尝过的滋味它没有尝到,舌头有过的痛苦它一定记得。

　　我不知道那颗牙齿是应该留着,还是把它埋葬。留着一定没有用,只会让我记起更多的痛苦。埋葬应该埋在哪里?一颗牙齿应该有一个属于它的地方吗?那么以后的31颗牙齿都掉了该怎么办?还是扔了吧,扔远点,眼不见,心不烦。

四十不惑

如果不是朋友打电话来祝我生日快乐，我还记不起已经到了不惑之年。我很少为自己过生日，即使到了生日这一天，也不会有意去过。除了母亲之外，很少有人知道我的生日。年少时，只有母亲记着我的生日，在生日这天，为我下手擀面，煮新鲜的鸡蛋。在桃红柳绿的树下吃面的情景至今记忆犹新。

40岁生日这天，我依旧像往日一样，忙碌了一整天，只是到了晚上回到家，在心里暗自庆祝自己而已。但40岁的年纪，已经到了人生中最重要的时刻——不惑之年！

不惑之年，让我感慨万千。

自从19岁离开故乡算起，转眼已经在外漂泊了20年。20年来，成家立业，娶妻生子，也算是按照人生的规律一步步走过来，只不过人与人的人生经历有很多不同而已。20年来，有不辞而别的离走，也有勤奋好学的日子，有四处漂泊的痛苦，有艰苦创业的经历，有事业成功的喜悦，有浪漫爱情的故事，有年轻时的鲁莽，有青年时的固执，有对梦想的执着，有对文学的狂热，有对诗歌的迷茫，有对人性的痛恨，有对人生的思索。也曾独自穿行在天柱山的茫茫山林，感叹人类的渺小；也曾一个人迷失在长白山原始森林中思考生命；也曾孤身行走在午夜寂静无人的长安街上，感慨人生的寂寞；也曾与朋友相约举杯豪饮；也曾一挥千金、逢场作戏、说说笑笑；也曾为事业忙忙碌碌，淡忘了家庭的温馨与家人的团圆；

有失落，有幸运，有辉煌，有悔恨，有过失，有愧疚，有呐喊，有彷徨，有不平……有对生活、对爱情、对家庭的热爱，有对明天、对未来、对人生的希冀。

40岁，像人生中的一道智慧的大门，打开后，你会发现其中的故事已经很多很多。

也曾经为真爱付出过真情，海誓山盟，至终不渝。从激情回归到平淡，从浪漫回归到理性，至今不肯改变当初的誓言。

也曾经为大师们倾倒，为美丽所惑。崇拜他人，而不贬低自己，追求美而不狂热，喜爱美而不贪婪，迷恋美而不痴迷，要自信，更要自强。

有欣慰，对金钱拿得起，放得下，不再成为金钱的奴隶。学会放弃，学会取舍，专心自己所爱的文学事业与文学创作。

接触的人很多。有些人只有一面之缘，有些人因财聚散，有些人志不同道不合，有些人偶然会想起，有些人一辈子都不能相忘。让我敬佩的人不多，让我唾弃的不少。懂我心的人不多，作品少被人所知，公开发表的更不多见。思想保守不开化，搞创作不想被人了解，甚至连自己一张照片都不肯发到互联网上。笔名用了好几个，以至于很多认识我的人不知道我是谁。

有过劫后余生的幸运，便更加珍惜生命。曾经的失败与成功，曾经的名与利，都将烟消云散。

20年来，按比例计算，十有八九做教育，六七年搞电脑，四五年搞网络，三四年搞艺术，两三年搞创作，一两年在学习。

要去的地方不少，要读的书很多，要做的事更多，要写的题材不少。亦动又亦静，喜欢到各个地方云游，也喜欢独自在房间里读书，喜欢养花草，不喜欢养动物，喜欢善与美，憎恶丑与恶。

惑与不惑对于一个40岁的人来说已经不重要，重要的是现在就动手，把理想变为现实。如果说而立之年还有一些鲁莽，那么不惑之年应该走向平稳，有更多的责任和义务，待到知天命时还不能成其志愿，抱恨终生也难免。

古人云："物格而后知至，知至而后意诚，意诚而后心正，心正而后身修，身修而后家齐，家齐而后国治，国治而后天下平。"由此可见，"内修"与"外治"，对人生的每一个阶段都至关重要。做到此，到老也就无憾了。

让梦想变成现实

当你成为文学院的一名学员的时候，我们真为你感到高兴，因为你已经走进了文学艺术的大门，开始了真正的文学创作。我们每个人对文学创作都不陌生，我们其中的一些学员已经进行过或正在从事与文字相关的工作与创作，甚至有很多同学已经有了相当数量的文学作品，或诗歌，或散文，或小说，或杂文，但有些作品还称不上是真正意义上的文学作品，在这里我们暂且称之为习作。

习作就是文学创作的开始。从习作到真正的艺术作品还有多远的路要走呢？我们首先要明白一件事，我为什么写作？我写作的真正目的是什么？写作的唯一目的就是为了要发表？我最终要把自己变成诗人、作家或文学家吗？

不错，一个不想当将军的士兵不是一个好士兵。

今天所谓的文学，不同于以往的文学概念，我更愿意把它分为两个部分，一个是传统意义上的文学，另一个是文学修养。传统意义上的文学创作，在于让文章千古流传，成为文学史上的不朽之作。在今天这样一个人类文明高度发达、网络信息丰富的时代，文学除了吟诵诗词歌赋自娱自乐之外，更应该成为个人修养的一部分，我们应该把文学作为自身发展的基础，让自身有无穷的魅力。无论你是选择传统意义上的文学创作，还是选择现代意义的文学修养，都将提升你的能力与素质。无论你是从事专业的文学创作，还是从事其他的职业，你的文学修养无论在什么环境里，都将随时随地为你增色异彩。

明白了这样一个道理,学习写作或从事写作就不再是心理上的一个包袱。可以是有意识的写作,也可以作为一个爱好,自娱自乐地写作。就像是在写个人博客,想到哪里就写到哪里,遇见什么就写什么。当然,文笔好的博客内容,会博得大家的好评,文笔差的内容,甚至连自己都会感到惭愧。

写作不仅需要激情与灵感,更需要艺术上的技巧、持之以恒的毅力、坚持不懈的学习,还需要不断创新的写作思维。写作,就好像一只勤劳的蜜蜂,采得百花粉,才能酿佳蜜。

写作不是一项急功近利的事情,不是百米冲刺,在很短的时间内就可以跑到终点,去获得梦想的成绩与荣誉。写作更像是马拉松长跑,等待自己的是前方漫长的道路,只有脚踏实地,一步一个脚印地往前跑,才能到达预期的终点。这段距离,可能是10年,也可能是20年,也可能要付出一生的心血。

毫无疑问,这是一项有意义的事情。她使自己的思想得到体现,她使自己的激情得到释放,她让自己的灵感变成了文字,她使自己变得更加成熟,她让自己看待这个社会不再那么幼稚,她让我们明白了更深刻的道理。她甚至让你在不知不觉之中,走在别人的前面。这个时候,你会发现,自己是多么与众不同,你完全可以把自己看作是一个预备诗人或预备作家了。

做到这些,不是件轻而易举的事,你甚至会感到痛苦、迷茫,看不到曙光与太阳,与身边的世界格格不入,多年的劳作没有一点回报,投出的稿件如泥牛入海,没有哪个编辑看得上眼,甚至得不到朋友的赞许。屡战屡败,屡败屡战,却不知,青春已经悄悄远去,青丝变作白发。怨天尤人,背地里骂编辑。不错,面对一次次失败与打击,我们迷失在文学的十字路口。放弃,不甘心!继续,路在何方?是的,原来文学与现实是两个完全不同的世界,文学创作就像大浪淘沙,她只会留下金子,泥与沙石会被水冲走。我们需要做的就是,不去死钻牛角尖。走出去,看看外面的风景吧!景色多么迷人,做一个旅游者有什么不好?看看我们的社会,看看五花八门、千奇百怪、千姿百态的世界有什么不好?找一本《周易》,研究一下八卦与太极有什么不好？上网聊聊天，谈谈恋爱，交流一下思想有什么不好？我们的世界太精彩，有无数个未知等待你去发现。我们要做的事情太多，还有许多比文学更有趣的事情可以做。只要你心里还有文学的梦，去做任何事都不为过。

"天生我材必有用。"一句多么富有哲理的座右铭，它会使你不被埋没。因为你是一块金子，是金子总会发光。握紧你手中的笔，继续你伟大的创作吧，让生命变得更有意义。那是因为，你更富有社会责任感，你的生命注定与众不同。直到有一天，你会发现，那些和你站在同一起跑线上的人，被你远远地抛在后头，而你站在了金字塔的塔尖。这时候，你会觉得，我的选择没有错，我的努力没有白费，离最终的目标是如此接近，成功就在眼前。这就是文学的意义，这就是生命的价值。她之所以让你无怨无悔，就是因为文学艺术的魅力。

读万卷书，行万里路。当你真正做到这一点的时候，你已经获得了成功！

文学创作首先要过文字关，一个连文字关都没有过的文学创作者，很难相信他的作品会好到哪里去。文学函授的目的不是把每一个参加学习的人变成作家，而是让这个人首先懂得如何写作，然后懂得如何鉴别作品的好坏，懂得怎样去欣赏作品，其次是不断学习、创作、研究，最后学会真正意义上的写作。

文学创作没有捷径可言，我们所告诉你的只是哪一条路更接近目标。成为一名优秀的文字工作者，在今后的日子里，一定要养成多读、多想、多看、多写的习惯。如果你能坚持做到这"四多"，我们相信你会成为一名真正的诗人或作家。

学习不是一句口号。学习是一个人走向成功的阶梯。学习的意义是使自己不断进步。只有知道学习的人，才会掌握知识；只有掌握知识的人，才会是最终获得成功的人。

2011 年跨媒介诗歌节散记

有关诗歌的辩论比较多，这次比较特别，现代诗歌能不能进行性方面的描写？为什么？

"性"在中国历来是一个很敏感的字眼。"只许做，不许说。"诗歌更是如此。

诗歌仿佛是一位从远古走来的贞洁烈女，容不得半点玷污。诗歌为什么不能被玷污？我想有这么几个方面，一个是诗歌的严肃性，二是诗歌的传统性，三是诗歌的政治性。中国古典诗歌是中国艺术水准的最高表现，其地位一直高于散文与小说，即便从古典诗歌演变到白话诗再到现代诗歌，因为诗歌的政治性，诗歌的地位也从未动摇过。因此，诗歌具备严肃性的一面。但并不是所有诗都如此，中国的艳诗很早就有，早在战国后期，宋玉就开创了艳诗的先河。宋玉是继屈原之后的又一位杰出的辞赋作家，其代表作《登徒子好色赋》影响深远。据说宋玉是历史上有名的"风流帅哥"，与潘安齐名。事实上，《诗经》中就有很多私情的描写，这仅仅是一个开始，之后中国古代文学中的"艳歌""艳诗""艳词"层出不穷，《西厢记》《牡丹亭》《金瓶梅》《肉蒲团》等等，到具有小说最高艺术水平的《聊斋志异》《红楼梦》，都有以性爱为主题进行描写的语言和诗词。今天，国内外有关性爱方面的优秀小说，更是不胜枚举。那么现在诗歌为什么不能进行性方面的创作？

诗歌有它严肃的一面，也有它通俗的一面。每个时代，每个时期，诗歌都在扮演不同的身份，也展现了不同的艺术手法与艺术效果。它可以是写景的，也可以是写情的；它可以是政治的，也可以是军事的；它可以是爱国的，也可以是讽刺的；它可以是委婉的，也可以是豪放的；它可以是抒情的，也可以是愤怒的；它可以是为人民代言，也可以是个人内心的表白；它可以是公开的，也可以是私密的。诗歌就是这么多样，它不仅仅是艺术。

诗歌与绘画同样是艺术。西方绘画以油画为表现形式，以人物创作为题材，不少以年轻裸体女性为主题的作品，表现出唯美的艺术效果。这些作品没有遮遮掩掩，而是赤裸裸的艺术表现，从外貌到身体，从脸蛋到眼神，从乳房到大腿，从臀部到阴部，都是完美的呈现，那么这样的艺术表现到底是美还是不美呢？它是色情，还是艺术？从绘画，到小说，到摄影，再到影视，都有人体艺术的描写、表现与表演，有人说那是艺术，有人说那是色情，甚至说是淫乱。是与不是，早有定论。问题是，不管是与不是，它都是存在的。

诗歌为什么不能呢？

孔子说："《关·雎》乐而不淫，哀而不伤。"朱熹《集注》的解释是："淫者，乐之过而失其正者也；伤者，哀之过而害于和者也。"诗歌作为一种语言艺术表现形式，和情感密不可分，无论是什么表现形式，都会突出人的情感与形象，包括性。但诗是"言志"的，诗歌更多方面会去表现人的情感、志向。所谓"文如其人""诗如其人"，都是通过语言抒发自己的意愿。因此，诗歌必须是正直的。宋代诗歌的另一种表现形式是"存天理，去人欲""发乎情止于礼"，但什么事情都不是一成不变的。

诗，"思无邪"。这是孔子在《论语》中对《诗经》的论断。朱熹在《朱子语类》中的解释是："思无邪，乃是要使读诗人思无邪。读三百篇诗，善为可法，恶为可戒。故使人思无邪也。若以为作诗者思无邪，则《桑中》《溱洧》之诗，果无邪耶？"朱熹认为《桑中》《溱洧》是淫诗，孔子说不是。司马迁说得最好："国风好色而不淫，小雅怨诽而不乱。"我的结论是，艳歌、艳诗、艳词直至现在诗歌的另一种表现形式"性诗"，只要具有一定的艺术价值，都值得去欣赏。

再从绘画的角度来谈诗歌。绘画是视觉艺术，诗歌是语言艺术。绘画是静止的，而诗歌的语言是变化的。同样是艺术表现，为什么裸体绘画是美的，而诗歌这么做却是邪与淫，而不能这么直白地去描写性爱？我想主要原因在于诗歌的形象吧，另外一个是诗歌的含蓄。当我们欣赏到关于性爱方面的诗歌的时候，就会有这种感觉，一位传统的保守的大家闺秀，突然有一天穿上了比基尼，甚至赤裸裸地从你面前招摇过市，让大街上的行人看客大跌眼镜，无论从情理上还是从心理上，都不能接受！

诗歌承载的使命过于沉重！

诗歌为什么不能娱乐化？诗歌娱乐化是不是对诗歌的践踏与破坏？正方的观点是反对，反方的观点是可以娱乐化。反方认为道德绑架了诗歌，现代诗歌可以写眼睛、鼻子、嘴巴等器官，为什么就不能描写性器官？为什么描写眼睛是艺术，而描写阴道、处女膜就是淫秽？从情理上无法通过。浅予写过大量这方面的诗歌，另外还有其他几位女诗人和男诗人，都写过很多这方面的诗歌。情欲方面的现代诗歌创作，他们不是开创者，当代著名诗人也有多位写过类似的诗歌，问题是，时代在发展，人们的观念在变化，新鲜的事物层出不穷，为什么诗歌就不行？

东北二人转是一个地方戏，表演方式多变，演员表情丰富，艺术形式多样，深受广大群众喜爱。但二人转表演有些黄段子，在一些娱乐场所公开表演，也很受欢迎。因此，二人转上不了春晚，原因可能是春晚算得上是中国最高艺术的舞台吧，高雅艺术是不能被践踏的，一些低俗的内容是不能出现在这个舞台上的，但不能否定它是存在的。你可以把它掩杀，没有了二人转，还会出现三人转，还会出现四人转、五人转，这是人类本性所在。人类之所以走向文明，是想脱离以前的愚昧，但人性自古至今都没有改变，改变的只是历史与生活。

浅予是我在 2011 首届跨媒介诗歌节上认识的，算不上真正的认识，我甚至不知道她的真名叫什么，到现在为止，她都不知道我是谁。她在现场朗诵了几首她的小诗，给我印象比较深，其中一首叫

《此物最相思》。当时我就在思考，诗歌还可以这样写？为什么会这样写？一位眉清目秀的90后女孩为什么会写出这样的诗歌来？后来又想，为什么就不能这样写？

具有讽刺意味的是，我去参加2011首届跨媒介诗歌节的时候，正好从孔庙国子监游览出来，中午饭都没有吃，只带着一瓶矿泉水和一包饼干，饼干都没有来得及打开包装，就匆匆赶到举办地——方家胡同46号院，与孔庙只隔着两条胡同。一边是传统的圣人庙和中国最早的大学堂，一边是现代的诗歌艺术节，但它们都能在这里共存共荣，相安无事。

方家胡同46号院我早有耳闻，一直没有去过。这次有幸参加这样一个盛大的诗歌节，也算幸事。这里有来自全国各地的近百位诗人，当前国内著名的诗人几乎都在这里露了脸。餐厅是以前的老工厂的电影院改建的，这里有数家艺术馆式的餐厅，很有特色，名字都很怪，百思不得其解。"跨媒介"一词更是让我头痛，时间都过去半年了，也不知道是什么意思。当然，我可以去问他的举办者刘不伟或苏非舒，但至今也没有问。

我知道这个消息的时候，先在网上搜到了苏非舒的QQ，加他为好友，在电脑上和他交流，问了一些相关的事情，他告诉我：只要喜欢诗就来参加好了。我去了。那天天真好，可惜没吃中午饭，因为逛孔庙国子监的缘故，差点误了诗歌节的开幕式。我找到"猜火车"的时候，大厅里已经坐满了人，楼上也坐满了人。大厅里灯光灰暗，我环视四周，偏偏第二排有一个空位，旁边是洪烛（王军），我和他还算是熟，打了个招呼就坐下来。后来发现了后排的女诗人安琪，前排坐着何三坡，刘不伟堵在门口处的桌子前签到，赠发诗集，苏非舒戴着眼镜，坐在吧台处操作他的笔记本电脑，旁边是乐队，音乐是我从来没有听过的。有两家新闻媒体的人在摄像，摄影记者则长枪短炮不断轰炸。其他著名诗人来了很多，但以前都没有见过面，所以大多数不认识，只知道其名。我想那天来的百分之九十都是诗人吧！

签名时还是写了笔名，在密密麻麻的签到纸上，好不容易找了个空隙。从刘不伟手里领到了两大本厚诗集及一条绿领巾（不是红领巾，也不知是何用意？环保？有可能！也许是"绿领巾事件"），有人戴在脖子上，有人绕在胳膊上，有人捆在诗集上，我把它叠好放在了书包里，留作纪念。诗集共有三本，一本黄色封面，一本红色封面，黄色是《唯物主义作品集》，红色是《北京主义作品集》，另一本是后来发的很薄的像一本16K笔记本样的《类型诗歌》，即类型主义的杂志。在此之前，我从不知道还有这三个诗歌门派。

  我以前不识刘不伟，刚见他时感觉有点像歌手臧天朔，以为他是乐队的人，其实他是北京主义的代表人物。刘不伟把他的北京主义称之为"不是东西"，经他解释后，才知道什么都不是，就是诗。三大主义都派出各自的代表，诗人代表，诗歌代表，轮番登台，其他诗派代表诗人也不断登台诵诗，好不热闹。其间还有诗歌行为表演，苏非舒把一首《冬天不会太冷》的诗歌用毛笔写在宣纸上，然后一个字一个字用剪刀挖除，最后只剩下满纸的窟窿。还有诗人把自己的诗歌写成书法长卷，但现场无法展示，实在太长了。"猜火车"的过道上，挂满了诗人们的照片，树枝上、花草上，都挂满了，算是另一种诗歌行为艺术。

  跨媒介诗歌节无疑是成功的，总共三天时间，可惜我只参加了一个下午，另带半个晚上。给我印象最深的除了诗歌之外，就是诗人们的行为艺术，感觉除了前卫还是前卫。原来诗歌也可以这样前卫！或者说疯狂吧，因为是难得的诗人们的节日！

  嘈杂黑暗的现场突然传来了一个小女孩清新的声音。这是诗人爱若干的女儿，五六岁的样子，她的朗诵收到了意外的效果，她的出现并不在议程之内，但她的朗诵赢得了摄像师的青睐，以及现场所有人的掌声。她的确是一个很优秀的小女孩，她的爸爸把她带到了福利院，为那里的孤寡老人作陪护，一去就是一个礼拜！我开始还担心，她能不能接受这样一个成人的现场活动，但后来我发现，这种担心是多余的，她好像百毒不侵的样子，一个只有五六岁的小女孩，除了纯真、聪明、可爱之外，还有一颗很多人没有的爱心。

  诗人陈冲、陈世友在方家胡同46号院裸奔！在客人们完全不知情的情况下，两个哥们以最快的速度脱光了衣物，在院子里奔跑，而摄像师则像黄蜂一样，紧跟其后，很多片段都变成了快镜头。这是印象很深的一个短片，不知道是什么时候拍的，感觉不像是夏天。他们博得了现场阵阵笑声，赢得了女诗人们的赞叹与掌声。

另一个行为艺术短片是诗人陈世友的《嚎叫》，陈世友依旧裸体示人，躺在冰冷的水泥地上，身体周围全是散落的大大小小的石子，头顶上有一个聚光灯，灯光正好把人物照全。他用手拿起地上的石子，放在嘴里，衔着，再用力吐出，射向挂在脸部上方1米多高的电灯泡上。一次，两次，三次，也数不清多少次了，每一次的用力吐出石子都是失败的，因为他的目标是想用石子把灯泡打灭！而每一粒石子打在灯罩上，都发出清脆的撞击声。每一次吐出的时候，都伴着诗人的嚎叫，都伴着台下女诗人们的尖叫，在长达半小时的重复后，我的耐心都没有了，但就在这个时候，最后一粒石子终于打在灯泡上，屏幕上全黑了。会场全黑了。掌声响起。所有的诗人都在鼓掌，开灯时只有陈世友一个人静静地坐在那里，表情沉默。这掌声送给诗人，有勇气与毅力的诗人！诗歌同样需要勇气与毅力！

晚上，按照刘不伟提供的会餐地址，我们几个人和乐队的女琴师，提着沉重的乐器，跑了四五站地，就是找不到餐厅的地点。西安女诗人一路上都在骂，而林童一直在用手机核实餐厅的地址，经过"长途跋涉"之后，总算在一处居民楼的院子里找到了。聚餐的诗人来了大约一半。气氛非常友好。李娃克（像个女孩的名字或艺名）这位山东的"老艺人"，热爱诗歌，消瘦，刚毅，一身戎装，外加一个摄影师专用的多口袋的灰色马甲。他见人就发他的黄色光盘签名的名片，上面用红笔写着他的名字和联系电话，他是位优秀的摄影师和制片人，在所有人里头，数他年龄最大、资格最老。他参加过汶川地震的现场报道，他说在汶川地震的废墟里，发现最多的就是A盘。很多人问娃克："你送的光盘是不是真的？"娃克说："只要你擦掉我的名字和电话，就可以看到里面最真实的内容。"很多在现场的诗人都收下了，我只发现一个旁听的路人拒绝了。

给我印象最深的是诗人殷龙龙，他的名字和他的诗歌经常出现在诗歌杂志上，但他却是一位残疾人！这是让我没有想到的。他患有严重的小儿麻痹症，说话口齿不清，坐在轮椅上，不能站立，需要多位诗人的照顾，但却能写一手好字。他很认真地把他的名字和手机号留在了我递给他的诗集上，临走的时候还和我亲切地握手……

这就是全国最高水准的一场诗歌节的开始。当然，后面还有很多，我想会更精彩，但我无缘参与。

中国最高资格的诗歌奖颁给海子和食指。海子死了，食指疯了。诗歌到最后还剩下什么？

诗歌到底是什么？按照北京主义的解释是——不是东西！其实，诗歌什么都不是，诗歌就是诗歌；其次，诗歌是一种精神，我们需要它。

我的十万大山

　　这是我的山，我的十万大山。它们分布在大江南北、长城上下，它们遍布在我的国。从东到西，从南到北，无处不是它的影子。雄伟，壮丽，险峻，秀美。自盘古开天，到秦皇汉武，直至今日，它们一直都在我的周围，谁都不能夺去它的每一座山峰，每一道山梁，每一条沟壑，每一块岩石！

　　我矗立在高山之巅，张开双臂，昂起头，仰望天空，旋转周身，任风梳理我的头发，任风亲吻我的面颊，任风抚摸我的身体。那流动的空气是新鲜的。它们一会是雾，弥漫群峰；一会是云，飘过山尖；一会又是雨，滋润群山。我仰望天空，蔚蓝、深邃、明净、悠远，仿佛一眼便能望穿。天愈悠，山愈远。

　　我是群山之王，端坐在高山之巅，周围的山都是我的臣民，这里的一草一木、一峰一石都属于我。那些连绵不绝的群山，像是忠于我的士兵，它们一动不动地立在那里，即使时间过去一千年、一万年，它们依旧岿然不动。它们守候在我的周围，随时听任我的调令。

　　从来不会寂寞，从来不会孤独，背上背包，在我的王国里旅行。群山给了我无限的遐想，还给了我满目的风光，我可以放声高喊，山谷里回荡着我的声音，这是我与山的对话，它们听得懂我的心声。

　　"空山不见人，但闻鸟语声。"我可以躺在高山的草甸上，绿茵茵的青草，柔软得如同我大地之床上的草垫，我的周身是野花散发出的芳香，蝴蝶在漫山飞舞，蜜蜂在花簇间穿行，雄鹰在头顶盘旋，鸟儿在山涧的密林中鸣叫，蜘蛛在草丛中织网，壁虎翘起半个身子在岩石上张望，花蛇在石缝中穿行，蟋蟀在草稞子上振动着小翅膀……茂密的灌木丛下、厚厚的落叶里渗出点滴流水，汇聚在一起，成了山谷中欢快的小溪。它们在一起，为我弹奏出无比动听的乐曲，比吉他单一的曲调更多，比摇滚音乐的嘈杂更纯，比交响乐团的演奏更全，是真正的天籁之声。

那寂寂的群山，是在等着我吗？这寂寂的群山是盼着我的。我总是要去看望它们，为它们秀美挺拔的身影拍照留念。它们出现在我相机的镜头里，保存在我内心的相册里。我站在群山之巅，毫无顾忌地尽情跳舞，连绵不断的群山，更像是一群舞者，是静止的，却不死。忽远忽近，忽高忽低，忽秀丽忽险峻，忽如水墨丹青、高山流水，忽如群雁冲天，忽如群仙游离从天而降。由近而远，由远而近，层层叠叠，层次分明。云海与山海相接，山不再是山，云不再是云，天空与群山形成一幅大美的山水画卷！

我喜欢站在高山之上的悬崖边沿，俯瞰幽谷。绿树梢冠像波浪，云雾流动似江河。我想纵身跃下，像鸟儿一样，自由飞翔，或者像蝴蝶，在飞舞中翩翩坠落，与山做一次最亲密的接触。生与死，只在一念，人与山，方可融为一体。青山葬我，方可安息！

那些豪迈的诗词，必然要站在高山之巅吟唱，才更显得出豪迈的气！我作《高山吟》，以壮我少年之志！我作《高山吟》，以示我对山之敬仰！

  高山之巅入青云，地球万物之标杆，唯我独尊，谁敢与我争锋？东有雁荡阿里，西有天山昆仑，南有十万五指，北有祁连兴安。巍巍太行，雄踞华北，五岳如棋，定我神州；黄山观松，峨眉拜佛，崂山看海，庐山探幽；唐古拉，冈底斯，珠穆朗玛，世界之巅，谁与比肩！神州大地，无处不青山！十万大山十万兵，看何敌敢再来侵犯？

  我之高，无人可比！我之险，无人可攀！我之坚，无人可撼！从来不向世俗低头，哪怕粉身碎骨，每一块岩石都有它坚硬的意志！

　　高山仰止，景行行止；穷且益坚，不坠青云！

我的十万大山，存于胸中，始于足下，魂牵梦绕，壮我心志。

永德寻"根"

一到永德，便被耸立在文化广场上的特别雕塑吸引，如果不做解释，很容易让人浮想联翩。这是永德的标志。一条银龙盘在顶天立地的柱子上？柱子却设置成男根的形状？的确。这是这一地区众人顶礼膜拜的图腾！

驱车百里，翻山越岭，终于到达被当地人称之为"土佛"的地方。这些土佛形似男根。当地人有生殖崇拜风习，每年为它举行两次大规模祭拜，将之称为"佛"，亦称"仙根"。

这是大自然亿万年的杰作。全国发现形似男根的山石还有两处：龙虎山金枪峰，丹霞山阴元石。而永德的"土佛"则是由200余尊柱形土林组成，蔚为壮观。既有单独的，也有成双的，更有成组的。在茫茫群山之中，根根挺立，勃勃生机，仰头天外，傲然苍穹，笑看群峰，伫立天地。俯视如精雕玉笋雨后出土，仰望如群龙直插云霄……亿万年间接受日月的洗礼，千百年来受到信徒的膜拜。

如此这般造型奇特之物，天下绝无仅有，故有"天下一绝"之称。

每年的农历正月十五、三月十五，人们为土佛举行两次大规模祭拜活动，均有几万人到此烧香、祭拜、赶仙根盛会。杀鸡、杀猪、杀牛，求子、求财、求平安。许多缅甸、泰国等地的华侨也赶来参加土佛会。

几千年来，我们一直在追寻中华民族的根，中华民族的根在哪里？

岳阳·南湖一夜

　　所有的喧嚣被夜的宁静淹没。谁还在灯火辉煌的街头散步？谁还在如龙的堤岸游走？游船在漆黑的湖中夜游，传来了秦淮河上旧时的歌声。这是湖中唯一的灯红，如同湖的眼睛。汇三湘，纳四水。南湖的水连着洞庭的水，洞庭的水连着长江的水，长江的水连着东海的水，东海的水连着太平洋的水。我听到了海的声音。湖水拍打着湖岸，像海水拍打着海岸，澎湃而反复。

　　心声如涛声，即使夜深人静。我是踏着谁的足迹而来？在南国，在岳阳，在洞庭，在南湖，一个陌生的世界里，我在追寻什么？这是伟大诗人屈原的岳阳。《离骚》与《九歌》，《天问》与《九章》，不朽的诗篇永远都闪耀着悲壮的生命之光！这是诗仙李白的岳阳。"南湖秋水夜无烟，耐可乘流直上天。"唐时明月照湖水，举杯吟诗的李白今又何在？这是北宋文豪范仲淹的岳阳。登斯楼，去国怀乡，把酒临风，岳阳楼上高唱"先天下之忧而忧，后天下之乐而乐。"岳阳更显悲壮与豪迈。这是我的岳阳。不悲不喜，不吟不唱。我将独自与夜为伴，与岳阳共度良宵。

　　夜高悬。笼罩穹宇。星子散落其间。远处，朦胧的可是龟山？形如巨龙的可是龙山？更远处的或是君山吧！那漫山的斑竹曾是湘君与湘夫人的泪痕。

　　夜如此宁静。苍茫中的尘埃，尘世中的世界。我沉浮于时间与空间之中。心在天地之外。

谁在寂寞的床上等候？谁在孤灯下呆坐？谁在被窝里偷偷流泪？谁把黑白颠倒？谁在黎明的晨曦中半梦半醒？

　　谁能理解谁的孤单？谁能亲吻谁的眼泪？如此，便没有了孤单，如此，痛苦的眼泪里包含着幸福。孤单的滋味，如眼泪的滋味。或许，它只会顺着脸颊，流到自己的嘴里。

　　夜如此宁静。

　　人有人的孤寂。夜有夜的悠长。白天的城与夜晚的城如此不同。

　　生命不过如此。一个白天，加一个夜晚。一些幸福，加一些烦忧。一些快乐，加一些痛苦。一生的爱情，加一生的思念。

　　谁将朝露凝结为霜？谁让眼泪停止流淌？

　　南湖之夜，这唯一听得见的涛声，这唯一看得见的夜空。这涛声如同心声，这心声如此澎湃。此时，天与地一色，人与夜一体。夜淹没了一切。我们在同一时空下，静等黎明的到来。

广州印象

在长沙参观游览完湖南大学、岳麓书院及岳麓山后，6月5日下午乘高铁前往广州。到广州已经是晚上。夜色浓厚，阴云密布，大雨随时都会下起来。来接站的朋友把我们带到离广州塔不远的一处大排档。广州塔是我初到广州时，唯一能辨别的一座建筑物，广州人叫它"小蛮腰"。同行的除了柳诗人外，还约了广州诗人熊国华教授。

天下起了小雨。路面有积水，是上场雨留下来的。广州的大排档比较有名，但和北京的大排档没有太大的区别，无非是啤酒、烧烤。海鲜是必不可少的，煮毛豆、煮花生也是有的。柳诗人走到哪里都兴奋不已。除了吟诗，他最大的爱好就是饮酒。到长沙与诗友聚会，酒后大醉，兴致不减，在餐厅的大厅里展示功夫，突然一个前空翻，右脚着地后崴了脚，站立走路都成了问题。回广州之前，其他诗人都各自离开长沙回家，只有我陪着柳诗人去广州，大有保驾护航的意思。几个诗人一起喝，一直喝到深夜，我才回到住处。

住宿条件比较简陋，但离柳诗人家不远，离《南方周刊》报社也不远。柳诗人准备明天约《南方周刊》的记者来采访。广州夜晚的小区街头总是有人摆地摊卖烧烤，不管多晚，后半夜几乎无人光顾，但摊主依旧坚守，直到天亮前离开……

天亮后，雨开始大起来。大雨倾盆，街道瞬间水流成河。早饭过后，雨时大时小，时急时缓，时而伴有雷鸣与闪电。我是耐不住寂寞的人，特别是来到一个新的陌生的地方后。临近中午，雨还是不停。

我急着要出去走走，看看广州这座城市的风景。雨再大也困不住我。撑着伞，独自走向街头，漫步雨中，感受南国雨的激情与热情……鞋很快湿透，正好路过一家老北京鞋店，换双凉鞋是必然的事。而聪明的广州女孩，把鞋子脱了，提在伞下，赤着脚，走在雨中。或许是习惯，或许是雨中广州固有的风景，伞成了这座城市每个人左手必不可少的雨具。而雨让城市的节奏慢了下来……我必须习惯这动作，一手举着雨伞，一手拿着相机……广州的雨，或者比晴天能更让诗人们产生灵感，但我相信，广州的诗人一定躲在屋里，绝不会漫步在雨中……

广州的建筑与这里的啤酒树一样，线条笔直而优美，和长沙的高层建筑相比，更新颖，更现代。这所城市，满是清新、活力、魅力、开放，甚至连思想都无拘无束。广州人把标志性建筑广州塔形象地称作"小蛮腰"，把广州（广东）女人的形象表达得淋漓尽致。站在塔前，深切体会到其他比喻都显得不贴切。小蛮腰，对于南国的女人来说，更加富有诗意。

如果不是雨天，绝不会拍到白云在"小蛮腰"及高楼顶流动……山水之美与城市之美，哪个更美？看完之后再说。

广州，一座没有冬天的城市。鲜花淹没了卑微与伟大的灵魂，思想在这里像珠江之水一样自由奔放。花草树叶舒展生长，果子可以不按季节收获。高楼可以毫无节制，直插云霄，壁虎爬上啤酒树的主杆，它以为没有人会发现它的存在……老女人和她的狗，席地坐在超市门口的大理石地面上，不是等雨停，也不是等要等的人。

那个站在猎德大桥栏顶准备自杀的人怎么样了？不管警察如何对待你，退一步海阔天空。白云山山顶的茶楼门口，端着茶具迎客的女孩，依旧站在雨中，谁会去品她亲手泡的茶呢？环卫工正在打落街头杧果树上的杧果，是怕一个月后成熟的杧果会掉下来打到路人。雨中的马路上，举伞前行的人们，不急不慢，他们习惯于这座城市的雨，就像伞习惯了雨滴一样。夜，在雨后来临，恋人们正坐在江边的长椅上，等着"小蛮腰"亮起来，许多人走进花城广场，为了分享这座城市夜色的美带给自己的快乐。街头，凌晨摆夜摊的生意人又出现在路灯下，真是有耐心。我一直在想，到天亮时会有多少上街头吃东西的顾客？

广州，不是你想象中的广州，它超出了你的想象。一切顺其自然，又与众不同。

广州，一座相见恨晚的城市，在此之前，我还是我，在此之后，我将不再是我。

再见，广州。一座美得让人心跳不止的城市。我只看到了她的一角，更多更美的地方，需要走更长的路。爱一座城，不仅仅是爱那里的一个人、一处风景、一顿美食、一段路途、一座山、一条河、一朵花……要爱就爱她的全部！就像爱一个人，爱故乡，爱华夏！哪怕她（它）不完美，哪怕她（它）有一些缺点！

再见，广州。我会想念你！

即墨的海与山

我们的双脚有多长时间没有被露水湿过？我们有多久没有闻过田野上的花儿散发的芬芳？有多久没有听到过林间的鸟们鸣叫？有多久没有抬起头仰望天空？数一数天上的星星及流动的白云……忙碌是大多数都市人的共病。每个人都异常忙碌。有朋友邀请到青岛考察摄影基地，没有推辞，就答应了。再忙也要挤出时间去旅行。青岛的即墨市，概念上就是青岛。在即墨走了几个地方，只有鳌山湾和鹤山印象最深。

碧海蓝天、金色沙滩、海洋温泉、欧美建筑、绿草鲜花，优美的景色，开阔的视野，美轮美奂的建筑，欧美式的景观设计，构成了美丽的小海湾——海泉湾。海泉湾地处青岛即墨温泉镇鳌山湾，是一处世界级旅游度假区。我们的目的不是度假，而是摄影。绝美的景色对于摄影人是一种诱惑。

夜，何其短。那眉上弦月就挂在早晨推窗可见的大海上，它在日出之前悄悄隐退。日出比预计的时间早了一个小时，这意味着凌晨4点20分起床能拍到太阳跳出海平面的那一瞬！或者更早。整个晚上，海涛无休无止的喧嚣让人难以入眠。如此豪华的五星级套间不睡足八小时一定感觉很亏！但贪睡显然没有大海的诱惑更大。

顺着海的涛声寻去，鸟语花香，清新的空气与天空，令人神清气爽。对于久违了大海的人来说，这是人生中的奢侈！一只小狗一直跟在镜头前，从海边跟到宫殿的海神像前，就是为了抢个镜头儿……赶潮的父子俩，恰到好处地走在光影下。海潮一层叠过一层，旧潮退却，新潮复来，如此重复，无休无止。

沙滩平整细腻，贝壳遍地，海带被浪潮带到了沙滩上。海岸潮湿，小草粘满晨露。潮水的银波，曲线优美，不断变化，伴着潮声，周而复始。一只海鸥在沙滩上觅食，警惕地环望四周，尽管偌大海滩上没有别的动物。海浪一层接着一层汹涌而来，在沙滩的尽头上揉成碎末。海总是充满活力！天空被黎明的晨曦映得通红，圆圆的一张脸露出海面。渔船从天海之际缓缓驶来，一切都沐浴在金色的阳光里……

去鹤山游览时已经接近傍晚。整座山上的游客寥寥无几。

鹤山，因东峰有巨石形似仙鹤而得名。属崂山北部余脉，主峰海拔223米。山以石为特色。巨大的火成岩随处可见。甘泉清潭，奇石遍布，峥嵘清秀，迤逦多姿。入山即见石刻。巨大的岩石上刻有明代国子监祭酒周如砥撰写的《鹤山正殿碑记》词句："泰山虽云高，不如东海崂，崂山最秀奇者，尤首推鹤山焉。"另一块岩石上刻有"游崂山不游鹤山乃为憾"之叹。古往今来，文人墨客，达官显贵，来此游历，或题诗，或刻石，以示永念。或归隐山林，或潜心修道，为鹤山增添不少人文色彩。鹤山是道教圣地，道教文化源远流长。山中建有遇真宫，多个道教古迹散布其中。相传道人丘处机、明代道士清虚子都在鹤山驻留过。

山不高，景色却出人意料。聚仙门、遇真宫、招鹤回鸣、水鸣天梯、滚龙洞、鹤山晓钟、梧桐金井、仙人路、升仙台、摸钱涧、栖鹤梳羽、仙宫秋月、仙台凌空、鹤鸣烟雨、鹤山晓钟、一线天、玉女池等景观令人称奇。最绝的当属"招鹤回鸣""水鸣天梯"，绝无仅有，至今无人能破解悬谜。

"烟波江上不解愁，黄鹤飞离鹦鹉洲。仙山还是鹤山好，海阔天空任遨游。"三真殿前，凝神拍掌，会有"仙鹤"鸣叫。此乃鹤山第一谜。

从三真殿到老君殿，有47级台阶，台阶开始的石柱上刻有"水鸣天梯"。人在上端，另一人拾级而上，上端的人便会听到悦耳的水鸣声。此乃鹤山第二谜。

从老君殿往山顶攀登,山势险要,极目远眺,海天一色,景色更佳。到滚龙洞处,天色更暗。又有回程,只好至此而返。

路过迎翠亭,此处便是"鹤山晓钟"佳景。青铜大钟挂在亭中。用钟锤连撞三次,钟声响彻山谷,清脆洪亮,远播四方。敲钟以保佑四方,消灾降福,吉庆瑞祥,如钟体四面铸字:"国泰民安""政通人和""风调雨顺""五谷丰登"。人世间,莫不期盼如此。

千年古镇长辛店

　　永定河上有座闻名遐迩的卢沟桥，风光独特绝美，"卢沟晓月"为燕京八景之一，只是近代历史为它增添了许多沉重的记忆，七七事变的源头就发生在这里。我去过几次卢沟桥，桥下的永定河总是断流，河床总是干涸的，干涸的河床上长满了杂草，深可没膝。北京是一座严重缺水的城市，作为北京的母亲河，它已经断流许多年，但桥依然矗立在永定河上，时间跨越近千年。

　　桥的作用对于交通来说至关重要，永定河上需要这样一座桥！卢沟桥的修建解决了这一交通难题，使古老的渡口变成了桥梁。这座桥在当时是唯一的，时到如今依然独一无二。卢沟桥不仅是桥梁史上的奇迹，更是北京东西交通史上的奇迹。它的作用和它的设计都无与伦比！卢沟桥闻名于世还在于意大利旅游行家马可·波罗，卢沟桥经他介绍到了欧洲。他在《马可·波罗游记》中说卢沟桥是"世界上独一无二的"，后来外国人都称它为"马可波罗桥"。

　　桥这头是宛平城，桥那头是同样闻名遐迩的历史名镇长辛店。历经千年沧桑的古镇，比古老的卢沟桥的历史还要漫长。千百年来，桥栏望柱上那些饱经风雨侵蚀甚至残缺不全的石狮子，或怒目圆睁，或憨态可掬，或双目凝神，或昂首，或俯视，静默无言，默默关注着从古城到古镇之间来来往往的行人，悠远漫长的历史岁月，往事历历在目。

　　长辛店是进出北京西部的重要门户。卢沟桥没有落成之前，这里就是渡口，是蒙古高原和东北平原进入北京的必经之路。它在元明清时期是古驿站，到了清代时已经形成了店铺林立商贾云集的"五里长街"。

卢沟桥，这座北京现存最古老的石造联拱桥，始建于金大定二十九年（1189年），建成于金章宗明昌三年（1192年）。从此，长辛店古镇更加繁华，三教九流，五行八作，都云集于此。"五里长街"变作"九省御道"。这是清雍正六年（1728年）铺设的一条北起广安门、南至长辛店的石道。石道旁树立的御制碑文中记载："周道如砥，其直如矢，是以达天下。……天下十八省所以朝觐、谒选、计偕、工贾来者，莫不遵路于兹。"站在桥头，望着这条大石条铺成的九省御路，车轮的碾压、马蹄的打磨，使石条表面变得光滑发亮、坑坑洼洼。大石条上深深的车辙，印证了当时这座桥的作用与繁忙。老爷庙、火神庙、娘娘宫、清真寺、天主教堂，不同宗教的特色建筑，分布在五里长街。在古镇周围，曾经有过大小十几座庙宇和遗迹，玉皇大帝庙、文庙、药王庙、崇恩寺、西峰寺、杨公庄、玉皇庄等建筑，寺庙现在早已经不复存在。古镇长辛店成了当前北京市内唯一一处同时会集了道教、佛教、天主教、基督教、伊斯兰教的宗教聚集之地。

长辛店的闻名还在于近代的革命运动。京汉铁路通车后，长辛店作为车站，有近3000名铁路员工在此工作生活。长辛店工人俱乐领导并指挥了1922年的八月罢工和1923年的二七大罢工。这里留下了李大钊、毛泽东等共产党人早期的革命足迹。

行走在古镇的大街上，浏览历史的遗址，感受历史的变迁。当时光推到2015年，古镇再次发生了划时代的变化。长辛店地区棚户区改造，街道、胡同、平房，都要进行改建。经过长期规划建设，远在湖北、河南交界的丹江口水库的水引到了北京，引到了永定河。经水利部门规划设计和整治，永定河焕发了新颜。坐落在永定河畔长辛店地区的北京园博园，为第九届中国国际园林博览会举办地。永定河大型河道公园建成，一条河串起门城、莲石、园博、晓月、宛平五湖。永定塔矗立在园博园的鹰山之上，登高远望，远处的群山苍茫重叠，俯瞰，五湖碧波荡漾，宛如五颗璀璨明珠串在一起。青山环绕，湖光塔影，一桥飞架，数桥飞虹，消失长达30年的"卢沟晓月"美景重现。观水望山，亲水休闲，波光粼粼的湖面，野鸭翻飞，白鹭戏水。芦苇野趣横生，花卉遍布河畔。花香鸟语，蝴蝶飞舞。行走其间，谁不为这样的美景陶醉？谁能想到，永定河会变成美丽的生态公园？

来过长辛店的人，才会感受它的美。走进山区，体验乡村民俗。"吃枣就到长辛店"，长辛店以枣闻名。这里的长辛店白枣，是北京市特色果品。勤劳智慧的长辛店人，以大枣为主题，搞起了大枣文化旅游节，连续举办了十三届，天下人爱枣人哪还有不知道这长辛店大枣的呢？在中华名枣博览园中，还能观赏到磨盘枣、葫芦枣、茶壶枣、辣椒枣等新奇的大枣品种。全镇5000亩枣园，年产30万斤大枣，共计200多个品种，许多品种不要说吃，想必是见都没有见过的。在10月前后，亲临枣园采摘，别是一番乐趣。

8月下旬，我随丰台作协采风团前往长辛店山区采风。先到了张家坟，去看那里的金代镇岗塔，后到了太子峪，观赏太子峪古树群。这里生长着80株树龄均在百年以上的白皮松、油松、侧柏。其中，以侧柏居多。9棵白皮松排列成箭头形，棵棵翠绿，挺拔参天。相传清代一太子，病故葬在这里。树下长满了花草，黄色的花像一张黄的地毯，铺满了整个树林。如此美景让我们颇感意外。想不到这里的树木保护得这么好。

最后一站去了麦秀生态农场，不少作家便萌生在这里包地做农民的愿望。农场旁边种植了大面积枣树，这里是长辛店主要的产枣基地。我们沿农场边的道路往上走，来到了李德水枣园，专访了枣园的主人李德水。李德水不仅是经验丰富的种枣专业户，还是位种枣的专家，对枣的研究门清，两三个小时，把枣的来龙去脉、枣的品种、枣的优劣，讲得头头是道。我们这些作家、摄影师听入了迷。仔细观看，细细品尝，哪种枣好吃，哪种枣早熟。在李德水的讲解下，我们总算是入门了。

走吧，进了园子，亲手采摘，别提多有趣了。但我们来早了半个多月。园子里的枣还没有挂红。接下来半个月，将是枣子成熟最快的日子。枣树按梯田种植,一层一层,一株挨着一株,每一株都密密麻麻结满了枣子。就在上个月,山区下过两次冰雹,许多枣子的表皮被打破,因此表皮上都留下了像刀割一样的痕迹,好在对收入影响不算太大。

　　下山的时候,夕阳正浓,大片枣园被夕阳的余晖撒上一层金光。李德水和老伴送我们到山下的公路旁,路上一再叮咛:"10月份要来枣园免费采摘。我们乐此不疲。告别了他们,大巴车行驶在回城的路。"过永定河时,我透过玻璃窗,远眺横在河面上的卢沟古桥。玉片样的月亮已经挂上还没有暗下来的天空,到了晚上,如果站在桥上,便能欣赏到"卢沟晓月"的美景了。

密云云岫谷

旅游总是件令人兴奋又快乐的事。素有"北京山水大观"的密云，绝对是旅游的胜地。要山有山，要水有水。山川壮丽，山清水秀，森林茂密，奇峰林立，湖水浩荡，潭瀑众多。密云山水之大美，绝非虚名。我去过密云的多个旅游区，像黑龙潭、白龙潭、京都第一瀑、桃源仙谷等地，每个地方都各具特色，云岫谷是我见过最美的地方之一。

密云之名源自密云山。密云峰峦叠嶂，山谷纵横，山多生云，云雾缭绕，这会不会是云岫谷地名的由来呢？带着这样的疑问，在金秋十月，我驱车前往密云，开始云岫谷金秋之旅。

我非常喜欢"云岫"这样的字眼。"云岫"一词出自哪里？晋代陶渊明在《归去来辞》中写道："云无心以出岫，鸟倦飞而知还。"也许从那时候起，人们开始用"云岫"代指云雾缭绕的峰峦。宋代苏轼开始用"云岫"一词入诗："云岫不知远，巾车行复前。"辛弃疾把它写进词中，《行香子·云岩道中》词："云岫如簪。野涨挼蓝。向春阑、绿醒红酣。青裙缟袂，两两三三。"云岫谷也如同诗词中那般诗情画意。

沿安达木河岸的山路前行，群山密集，秋色无边。一路上，一簇一树的红叶从眼前不断掠过，我的心情兴奋不已。到达安达木河上游，在遥桥古堡停车，徒步往南便是云岫谷。遥桥古堡是一个古村落，处在群山环抱的开阔山谷中。城堡始建于明万历二十六年，东西长123米，南北宽102米。城墙高7米，内外全用河谷里的巨大椭圆形石头砌成，非常独特坚固。城堡设计缜密，设施俱全，与山上的长城敌楼遥相呼应。城堡内有几十户人家。站在城墙上放眼望去，群山叠翠，奇峰竞秀，山峦起伏，骆驼峰欲动还静。古堡、青山、幽谷、清溪、野菊、红叶。天地间无须动笔就形成了一幅自然的画卷。沿着溪水流下的方向前行，进景区，一场寻幽探奇之旅就这样开始了。

最先入眼帘的还是红叶吧。一树树，一簇簇，如鸡冠般鲜艳，如女红般凝固，如火焰般燃烧。有一叶飘零，有三五片留在树头舞动，整个山谷开始燃烧。那飘落的黄色的、红色的叶子，铺满了上山的石道。

过一座铁索桥，红叶夹道，沿石阶而上，见平台上有块冰川巨砾，是古四纪冰川的遗石。另一块在谷底，同样的大，有诗刻在石壁上，赞曰："雾灵巨石飞京畿，冰川漂砾献奇迹。万载醉卧云岫谷，今朝名扬神州地。"过岫谷门又见同样一块，上书"岫谷门"三个大字。冰川巨砾是云岫谷中的一道自然奇观。

从峡谷上行，色彩不断转换。先是满眼的青绿，然后由青绿转换成蛋黄，由蛋黄转换成心红，再由心红转换成青绿，仿佛在多彩的油画中漫步，令人心旷神怡。诗人们说，让心灵去旅行。云岫谷是心灵之旅的绝佳之地。云岫谷把一个多彩的秋天展现得淋漓尽致。醉人的秋色是眼的福，是心的浪漫，是脚步的轻盈与急促。

串珠潭是进入峡谷的第一个水潭，像名字一样形象，一条短瀑串起两个水潭。百米一潭，千米一瀑，清溪碧潭，一路相伴。瀑如白练，满耳水响，声音如琴，一曲不断。最神奇的瀑布要数"五彩三迭"，那是一处"三迭瀑"。正值深秋，瀑布流量变小，岩石又不被两旁的灌木掩盖。红色的安石岩呈现于眼前。"三迭瀑"高低错落，水从上游流下，一瀑一迭，水花四溅，落入清可见底的水潭，几枚金黄的叶子浮在上面，更多的卡在水潭出口的地方。爬上陡峭的铁梯，但见垂虹瀑如彩虹挂在绝壁上，水雾在阳光的照射下形成半空中的一道彩虹。过了一线天，可见"瑶池吐珠"四个大字刻在岩壁上。可惜不是夏天，高达20米的瀑布，只留着绝壁上的黑色水痕。深秋的山顶水已经枯竭。

再往上是藏龙涧、跃龙潭、卧龙潭、龙卷身，风景最佳的要数卧龙潭。潭深石巨，绝壁千丈，树高林密。红色、黄色、绿色的树叶混杂在一起，让人感到深秋那种自然的美，这是摄影者要捕捉的画面。潭内落满了枯叶，潭不见了。

越到山顶，溪流渐细，水声渐稀。山顶处的树叶黄的更黄，红的更红。山道被落叶铺满，脚踩上去发出沙沙声响。在幽静的山谷里，除了流水和脚步的声响，就是心跳的声音。

过七仙潭，但见"游人止步"的牌子。再往前的山道更难行，树木更加茂密，像是进入了原始森林一般。好奇心并没有让我停下脚步，我越过"游人止步"的牌子继续前行，竟寻到溪水源头——长寿泉。过了长寿泉，再行百米，便见"南天一柱"。七仙峰如七位仙女般排在山顶，欲飘然而下，来七仙潭中洗浴。美丽的传说与美丽的秋色，让我陶醉其间，不愿归还。

"溪路行将尽，初过北峡关。几行红叶树，无数夕阳山。"王士祯在去往桐城的路上写下了这样的诗句，他竟然与我的心境如此一样。不是悲秋，心为何这般苍老？来时的路已被枯黄的落叶掩盖，我迷失在这峡谷壁立沟壑幽深的山谷中。秋风起时，落叶漫天飞舞，像一群黄蝴蝶，在半空中飞来飞去。

饿了去吃灶台鱼，困了就住农家院。遥桥古堡里家家户户都是客栈。随便敲开一家院门，坐在幽静的小院里，等着这家主人为你呈上口味独特的可口饭菜，绝对惬意。最具特色的要数这锅灶台鱼。这可是从密云水库里打捞出来的活鱼，每条足有十斤重。加上作料，与豆腐在一起炖。炖好后放入青菜。金黄色的玉米面饼飘着玉米的香，安达木河里的小河虾新鲜味美，贪吃的话再添一碗红豆焖米饭。与酒楼饭店里的美食相比，农家饭更能勾起许多人对以往的回忆。从山谷回来的我们，饥肠辘辘，饥不择食，以风卷残云之势，吃了个肚歪。

雾灵山区有植大面积果园，以"云岫"命名的苹果远近闻名。个大，色红，清脆，可口。穿行在果实累累的苹果树间，头经常会碰到枝头苹果。还不等摘下来，就想对着红红的脸蛋啃上一口。亲手摘下的感觉与从水果店里买来的感觉不同，丰收的喜悦是发自内心的，劳动与快乐同行。

"老夫聊发少年狂，左牵黄，右擎苍，锦帽貂裘，千骑卷平冈。"想和当年大文豪苏轼一样，上演一曲《江城子·密州出猎》吗？云岫谷国际狩猎场绝对能满足你的愿望。这个占地近120平方公里的狩猎场，鹿、狍、山鸡、野兔、青羊、狐狸等野生动物有20多种。虽然不能像当年苏轼在密州那样，率领千骑出猎，但这里同样会在你生命中留下一段抹不去的记忆！

出猎归来，再去寻找另一处桃源仙境。雾灵湖就在雾灵山下。海拔2116米的雾灵山，号称"燕山之巅"。水秀石红，风光秀丽，景色决然不同。垂钓、划船、乘快艇，悠闲快活。要是夏天，还可以在湖水中畅游，这是避暑的清凉世界。惬意！绿中泛滥的湖水，深不可测。远望如镜，山水相连，群山与建筑倒映其中。平静、宁静、幽静。安静祥和，静谧清幽，是神仙都向往的仙境之地。

云岫谷游猎风景区的好玩之处还远不止这些，我们暂且作别，给下一次来这里探幽寻奇找一个理由。

安达木河的河水静静地流淌，夕阳把河面染成秋天一样的色彩。我们的车穿行在密云如画的山路上。